AF203982

www.tredition.de

Das Leben gibt so einiges her, denn irgendwas ist immer: Es ist zu heiß. Es ist zu eng. Der Alltag ist unerträglich. Der Mann geht fremd. Die Frau hat einen Liebhaber. Man streitet sich. Man rächt sich. Oder man versöhnt sich, findet sich endlich wieder, schließt mit alten Verletzungen ab oder fängt überhaupt ein ganz neues Leben an. In dieser Anthologie haben Die Schreibwilden die kleineren und größeren Dramen des Lebens in 56 Kurzgeschichten und Gedichten festgehalten.

© 2019 Alex Devesper, Ellen Göppl, Claudia Hellstern, Sabine Lauffer, Uta Neumann, Ilse Reichinger

Layout & Umschlagsentwurf: Die Schreibwilden
Fotos: © Die Schreibwilden
Verlag und Druck: tradition GmbH, Halenreie 40-44, 22359 Hamburg

ISBN
Paperback: 978-3-7497-7555-2
Hardcover: 978-3-7497-7556-9
e-Book: 978-3-7497-7557-6

Das Werk, einschließlich seiner Teile, ist urheberrechtlich geschützt. Jede Verwertung ist ohne Zustimmung des Verlages und des Autors unzulässig. Dies gilt insbesondere für die elektronische oder sonstige Vervielfältigung, Übersetzung, Verbreitung und öffentliche Zugänglichmachung.

Alex Devesper, Ellen Göppl, Claudia Hellstern,
Sabine Lauffer, Uta Neumann, Ilse Reichinger

Was das Leben hergibt

Wilde Geschichten

Die Schreibw!lden

Chikiding!

Ellen Göppl

 Frau Mayer war eine dicke Frau. Das heißt, sie war nicht einfach nur dick, sondern wirklich fettleibig. Wo selbst bei molligen Frauen die Taille saß, wies ihr Körper eine unerhörte Wölbung auf, und ihre Arme und Beine kamen kleinen Säulen gleich. Ihr Nachbar Herr Petersen sah ihr oft nach, wenn er sich, die Unterarme bequem auf ein Kissen gestützt, aus seinem Fenster lehnte, und Frau Mayer die Straße hinunterwalzte. Sie war eine Person voller Energie und, nebenbei bemerkt, auch mit erstaunlich viel Charme. Ihr Gang ließ an ein Erdbeben denken, ihr Temperament an einen Vulkan. Herr Petersen schüttelte oft den Kopf, wenn er ihr so nachsah.

Noch mehr schüttelte er jedoch den Kopf, wenn Frau Mayer einmal im Monat, immer an einem Donnerstagabend, vor dem Haus in ein Taxi stieg. Sie trug an jenen Abenden stets wallende, gerüschte, geraffte und fransenbesetzte Gewänder sowie hochhackige Schuhe, auf denen sie vorsichtig trippelte, ganz im Gegensatz zu ihrem sonstigen Walzenstil. Es dauerte immer einige Zeit, bis Frau Mayer erfolgreich ihren Platz auf der Rückbank eingenommen hatte, all die Rockzipfel, Rüschen und Fransen mussten mit ins Taxi, und es durfte nur ja nichts in der Tür hängen bleiben. Oft genug kam es vor, dass der Fahrer ihr beim Einsteigen behilflich war. Herr Petersen drückte seine Unterarme dann besonders schwer ins Kissen und beugte sich noch weiter vor, um das Spektakel in allen Details verfolgen zu können.

Was Herr Petersen nicht wusste war, dass Frau Mayer an jenen Abenden zum Freiburger Hauptbahnhof fuhr, wo sie sich so nah wie möglich am Eingangsportal absetzen ließ und unter den teils überraschten, teils spöttischen Blicken der Reisenden durch die Wartehalle stöckelte, um zur monatlich stattfindenden Salsaparty im Restaurationsbereich zu gelangen. Und während hinter dem Bahnhofsgebäude die ICEs surrend hielten und wieder anfuhren, die Regionalbahnen ratternd bremsten, die Güterzüge klappernd vorbeirauschten, die Passagiere murrend von Abschnitt A nach E hasteten und das Bahnpersonal inkompetent über den Bahnsteig wieselte, walzte Frau Mayer drinnen über die Tanzfläche. Walzte? Nein, sie schwebte vielmehr, sie glitt und drehte, sie wallte und wackelte, sie trippelte und trappelte, sie schwang sich und sie wand sich, stets perfekt im Takt. Sie kannte alle kleinen Schnicks und Schnacks des Ladystyle – von Suzy Q bis Chikiding, und die knackigsten und hübschesten Kubaner der Freiburger Salsaszene wurden nicht müde, sie aufzufordern.

Eines Abends wurde Frau Mayer bei der Salsaparty so vom Fernweh gepackt, dass sie nach Ende der Veranstaltung einfach nicht zurück zum Taxistand ging. Der Gedanke, in ihre Zweizimmerwohnung in der Wiehre zurückzukehren, war ihr mit einem Mal unerträglich. Eine Viertelstunde lang trippelte sie unschlüssig durch die Bahnhofshalle, blieb erst vor dem geschlossenen Reisecenter stehen, dann vor dem ebenfalls geschlossenen Buchladen und schließlich vor der Anzeigetafel für die abfahrenden Züge. Sie blickte lange darauf und in ihrem Kopf ratterte es so, wie sonst nur die Güterzüge über die Gleise ratterten. So kam es, dass sie in den frühen Morgenstunden einen ICE zum Frankfurter Flughafen nahm. Sie buchte dort einen Platz in der nächsten Maschine nach Havanna und bestieg diese einfach so, wie sie war, mit all ihren Fransen und Rüschen und Rockzipfeln und mit nur einer winzigen, paillettenbesetzten Abendhandtasche, in die sie ihr am Flughafen ausgestelltes Touristenvisum steckte. *Hasta la vista Freiburg*, dachte sie, als der Flieger abhob.

Auf Kuba änderte sich nicht nur Frau Mayers Leben drastisch, sondern vor allem ihr Körper. Es begann mit einem Käse-Tamale, den sie nicht vertrug. Auch die Empanadas und Tortillas reizten ihren Magen schon, ehe sie satt war. Sie verstand nicht warum, sie hatte immer alles essen können. War das Essen zu scharf? Zu fettig? Nicht deutsch genug? Sie versuchte es mit Selbstgekochtem. Doch sie musste feststellten, dass sie mit den landestypischen Zutaten kein vernünftiges Gericht zustande brachte. Ein Haufen Mais, Avocados, Yucas und schwarze Bohnen landete im Müll. Als ihr einfiel, sie könne es mit ein bisschen Reis und Gemüse versuchen, hatte sie schon 15 Kilo abgenommen. Nichts wollte ihr mehr so richtig schmecken. Ihr wurde langweilig. Sie überlegte, endlich Salsa tanzen zu gehen, wie sie es sich erhofft hatte, doch alleine traute sie sich nicht ins kubanische Nachtleben.

In Havanna lebte sie in einem winzigen Apartment im vierzehnten Stock eines hässlichen, langsam verfallenden Hochhauses in einem der ärmeren Viertel. Immerhin hatte die Wohnung einen kleinen Balkon, von dem aus Frau Mayer auf den Strand blicken konnte. Eine Mauer trennte diesen von der trostlosen Straße entlang der Häuser. Bei Flut klatschten die Wellen wütend gegen die Mauer und rauschten dann beleidigt wieder über den Strand zurück. Bei Ebbe kamen die jungen Leute aus den Hochhausblöcken an den Strand, spannten eine Schnur zwischen zwei Pfähle und spielten Volleyball. Kein Beachvolleyball, wie es in Freiburg inzwischen alle spielten, sondern ganz klassisch sechs gegen sechs.

Eines Tages waren sie auf der einen Seite nur zu fünft.

Frau Mayer überlegte nicht lange. Sie zog ihren pinken Badeanzug an, den sie am ersten Tag in Havanna gekauft hatte, und band sich ein buntes Tuch mit allerlei Fransen und Perlen um die Taille, denn dort schlotterte der Anzug inzwischen allzu sehr. Auch das Dekolleté zierte eine Reihe gelber und grüner Plastikperlen. Eilig lief sie die vierzehn Treppen hinunter. Dem Fahrstuhl traute sie nicht mehr, seit sie in der ersten Woche fast eine ganze Stunde darin festgesessen hatte. Ihrer Fitness schadete das Treppenlaufen nicht.

Am Strand dann verblüffte, aber freundliche Gesichter. Ob sie mitspielen dürfte – so viel Spanisch konnte sie immerhin. Die Spieler wussten nicht so recht, was sie von ihr halten sollten, aber es gab auch keinen triftigen Grund, warum man zu fünft weiterspielen sollte. Frau Mayer hatte in der Schule Volleyball gespielt, es war lange her. Das Pritschen würde sie wieder üben müssen, doch ihr Aufschlag donnerte auf der gegnerischen Seite auf den Sandboden wie eine Granate. Überraschte Rufe auf beiden Seiten. Plötzlich fühlte Frau Mayer sich leicht, trotz der Hitze. Sie baggerte und hechtete und schmetterte, und die Fransen und Perlen an ihrer knappen Kleidung wogten auf und ab wie die bunten Fischerboote draußen auf dem Meer. Von da an spielte sie jeden Tag mit.

Einen Monat später hatte sie bereits 25 Kilo abgenommen. Sie warf den Badeanzug auf den Müll wie zuvor die Avocados, Yucas und Bohnen. Von dem wenigen Ersparten, das sie noch hatte, leistete sie sich einen türkisnen Bikini ganz ohne Schnickschnack. Sie flog nur so über das Volleyballfeld. Alle nannten sie nun „La paloma".

Sie war sehr stolz, als sie beim wichtigsten Volleyball-Turnier der Saison mitspielen durfte. Alle wollten sie auf dem Spielfeld sehen, als ihre Mannschaft ins Finale kam. Den ersten Satz gewannen sie locker, den zweiten verloren sie knapp. Auch im dritten wurde es eng. Doch als ihr Team 17 zu 16 führte, holte Frau Mayer das Match mit einem hammermäßigen Aufschlag nach Hause. Chikiding!

Völlig überraschend geriet sie am Tag danach in eine Polizeikontrolle. Aufgrund ihres längst abgelaufenen Touristenvisums und mangels eines geeigneten Betrags, um die Beamten milde zu stimmen, wurde sie des Landes verwiesen. Ihre Freunde vom Strand hatten über Umwege von der Abschiebung erfahren und kamen alle zum nach dem kubanischen Nationalhelden José Martí benannten Flughafen von Havanna, um sie zu verbschieden. *Adiós, la paloma!,* riefen sie ihrer persönlichen Heldin nach. Tun konnten sie nichts. Wie in Trance saß Frau Mayer schließlich im Flieger zurück nach Deutschland. Vorbei die sorglose Zeit am Strand, vorbei die Flirts mit den Habaneros, vorbei ihre Volleyballerfolge im türkisnen Bikini.

Doch als sie am Frankfurter Flughafen trotz Jetlag mit federnden Schritten durch die Ankunftshalle lief und ihr Blick auf ihre schlanke Silhouette fiel, die sich in den großen Scheiben spiegelte, wusste sie: Nichts ist jemals umsonst!

Das Gespräch beim Arbeitsamt verlief nicht schön. Die erstaunliche Hochsteckfrisur der Sachbearbeiterin lenkte Frau Mayer zuerst so ab, dass sie fast vergaß, was sie eigentlich wollte. Am liebsten hätte sie auf dem Absatz kehrt gemacht und sich in den nächsten Flieger nach Gott-weiß-wohin gesetzt. Aber es erschien ihr einfach nicht erwachsen, jedem Problem durch eine Fernreise zu entgehen.

„Ich möchte Arbeitslosengeld beantragen", sagte sie schließlich. „Oder Harz IV. Wozu ich halt berechtigt bin." Sie hatte keinen Schimmer.

„Für Arbeitslosengeld hätten Sie sich längst arbeitssuchend melden müssen", erwiderte die Dame mit dem Vogelnest auf dem Kopf.

Oh Mist. Frau Mayers Gedanken ratterten wie einst die Anzeigentafel am Hauptbahnhof. Für ein paar Sekunden gab sie sich der kindlichen Hoffnung hin, dass, wenn sie nur die Augen fest genug zusammenkniff, sie gleich wieder am Strand von Havanna stehen würde, doch als sie die Augen wieder öffnete, saß sie immer noch in der Agentur für Arbeit.

„Ging nicht", sagte sie schließlich bestimmt. „Hing auf Kuba fest. Von Havanna aus mal eben einen Antrag zu stellen, war unmöglich." Sie nahm ihre Finger zu Hilfe und zählte auf, wie sie es früher immer in den Präsentationen für ihren Chef hatte machen müssen: „Das Handelsembargo. Fidel Castro. Der Hurricane. Die Amerikaner. Sie verstehen?" Ihre Mimik ließ auch bei 25 Kilo weniger noch an einen Vulkan denken, auf den man lieber keinen Deckel schrauben sollte.

Mrs. Vogelnest klappte den Mund auf und zu. „Formular E", purzelte es schließlich zwischen ihren Lippen hervor. „Bei dringender Verhinderung können Sie Formular E ausfüllen." Mit spitzen Fingern reichte sie Frau Mayer ein Blatt Papier mit Durchschlag.

„Danke", sagte Frau Mayer ebenso spitz und rauschte hinaus. Ihr war, als ob um sie herum eine ganze Armada von Rockzipfeln rauschte, dabei trug sie nur eine Röhrenjeans.

„Ich muss zu Danilo!", war alles, was sie denken konnte. Die deutsche Bürokratie machte sie jetzt schon wahnsinnig.

Am Abend fuhr sie zu ihrer ehemaligen Tanzschule. Mittwochs hatte Danilo doch immer Salsakurse gegeben.

„Wo ist denn Danilo", bellte sie etwas unfreundlich, als sie Cristina, die Leiterin der Schule, auf sich zukommen sah.

Cristina starrte sie an: „Kennen wir uns?"

Ach ja. Es fehlte ja ein Drittel von ihr.

„Ich bin's doch. Frau Mayer."

Jetzt sah Cristina noch verwirrter aus. „Danilo arbeitet nicht mehr hier. Hat seine eigene Schule aufgemacht. Scheint aber nicht so gut zu laufen", schob sie schnippisch hinterher.

Danilo gehörte jetzt also zur Konkurrenz.

„Alles klar, danke." Und schon war Frau Mayer wieder abgerauscht, in ihrer imaginären Wolke aus Fransen, Rüschen und Körperfett.

Danilo war immer der Beste von allen gewesen, dabei war er nicht einmal Kubaner, sondern kam aus der Dominikanischen Republik, aber kleinlich war Frau Mayer nun wirklich nie gewesen. Er war groß und schön und hatte einen kaffeefarbenen, perfekt trainierten Körper, nach dem sich die Kursteilnehmerinnen mehr oder auch eher weniger heimlich verzehrten.

Für Danilo war das Wiedersehen die perfekte Überraschung. Er schien der einzige in ihrer Heimat zu sein, der sie an ihrem energischen Gang und ihrer brodelnden Stimme sofort erkannte. Eine erfahrene Tanzpartnerin, die – aus seiner Sicht – urplötzlich auch in knappe Fransenfummel hineinpasste, in Personalunion mit einem Marketing- und Organisationstalent war genau das, was er in dieser Lebensphase brauchte. Sie setzten gleich einen Vertrag auf, und Formular E landete ungelesen in der Altpapiertonne, deren Existenz sich Frau Mayer gerade erst wieder bewusst wurde. Dieses ewige Sortieren von Müll! Und es gab viel zu entmüllen und auszumisten. Der Kleidercontainer an der Dreisambrücke war dank ihr innerhalb weniger Tage komplett vollgestopft.

Die Frauen in den Tanzkursen, von denen manche sie noch aus ihrer Zeit vor Kuba kannten, schwankten zwischen Staunen und Empörung. Frau Mayer habe sagenhafte 25 Kilo abgenommen! Da müsse man selbst doch auch irgendwie zwei Kilo Bauchspeck verlieren können! Alle wollten Tipps von ihr, aber sie wusste beim besten Willen nicht, was sie empfehlen sollte. Tamales gab es hier ja nicht.

Frau Mayer selbst interessierte sich am wenigsten für ihre Figur. Selbstvergessen schwebte sie über die Tanzfläche, sie glitt und drehte, sie wallte und wackelte, sie trippelte und trappelte, sie schwang sich und sie wand sich, stets perfekt im Takt. Unaufhaltsam. Nach fünf Wochen machte Danilo ihr einen Heiratsantrag.

Uta Neumann

Ohrringe

in Silber

besser in Gold

schmücken mich immer mehr

jung

Ein kleines Mädchen geht weg

Ilse Reichinger

 Ich stand am Fenster und sah in den trüben Morgen hinaus. Es nieselte und alles war grau. Am Hoftor huschte ein kleiner Schatten vorbei, vielmehr ein viel zu großer Schulranzen schob eine kleine Gestalt vor sich her. Ein kleines Mädchen lief sehr schnell am Straßenrand entlang. „Seltsam, es ist ja fast noch dunkel und so ein kleines Mädchen ganz alleine", dachte ich.

Neugierig geworden, warf ich mir den Mantel über und schnappte meine Einkaufstasche. Rasch verließ ich das Haus. Der Nebel verschluckte alle Geräusche. Zögernd folgte ich dieser verwischten Silhouette. Das Mädchen hatte einen dicken roten Wollrock an. Sie kam mir seltsam vertraut vor. Niemand war auf der Straße, nur wir zwei. Sie trug einen schweren Gegenstand. Jetzt erst sah ich, dass die zierliche Gestalt ein klobiges Holzscheit an die Brust drückte. Ihre kleinen Hände mit den zu dünnen Handschuhen konnten das Holzstück kaum umfassen. Sie ging langsamer, blieb stehen, schaute unschlüssig zurück, ging weiter, zaghaft setzte sie einen Fuß vor den anderen. Doch dann lief sie entschlossen los. Der Schulranzen war viel zu groß, der Rock viel zu lang, das Kindergesichtchen viel zu ernst. „Wo gehst Du denn mit dem Holzscheit hin?", fragte ich, als ich sie endlich eingeholt hatte. Das Kind antwortete nicht. „Zur Schule geht es in die andere Richtung."

Plötzlich standen wir vor dem Bahnhof. „Willst Du mit einem Holzscheit verreisen?" Das Kind nickte: „Ich will hier nicht mehr wohnen und in einer Hütte brauche ich Holz für das Feuer. In meinem Schulranzen habe ich das Essen dabei. Meine Mutter schläft noch."

„Du kannst doch nicht alleine fahren, lass mich doch bitte mit."

Eine brennende Liebe für dieses kleine Wesen überfiel mich. Als ich mich zu dem nahenden Zug umdrehte, war sie verschwunden, wie von der Erde verschluckt. Quietschen, Dampf, dumpfes Grollen, der Schaffner hatte schnell wieder zur Abfahrt gepfiffen.

Ich hastete am Gleis entlang, öffnete alle Türen und rief: „Wo bist Du kleines Mädchen?" Der Zug fuhr langsam an. Keuchend lief ich hinterher. Plötzlich sah ich sie auf der Plattform des letzten Wagens. Ein blasses, ernstes Kindergesicht. Sie hatte die Hand leicht erhoben. Der Zug entfernte sich, wurde bereits schneller.

Auf der anderen Seite am Bahnsteig rannte eine Frau im weißen Nachthemd hinter dem Zug her. Das Hemd umflatterte die dünnen Beine. Die Füße steckten in klobigen Holzschuhen. Sie hob eine verbeulte Blechkanne mit Wasser hoch, wollte sie dem Kind reichen. Unbedingt wollte sie auf den Zug aufspringen, sie, die Mutter. Körperlich fühlte auch ich ihn, den unendlichen Schmerz dieser Frau. Trotzdem, das Kind und ich wollten nicht, dass sie es schaffte.

Der Zug wurde schneller und schneller. Bald verschwand er in der Ferne.

Kleine Hoffnung
Alex Devesper

Die Gruppe hat sich schon gefunden, reihum abwartende Gesichter, gespannt, verlegen, neugierig. Ich bin spät. Die Begrüßung und Einführung ist vorbei. „Seht Euch um, lasst Euch inspirieren und schreibt. Los geht´s!"

Wir befinden uns im Museum. Wir wollen schreiben. Uns inspirieren lassen, der Kreativität Raum geben. Ein kleiner Rundgang, ein kurzer Überblick, ich kann mich nicht entscheiden. Schreibe ich bunt, schreibe ich grau? Will ich Wand, will ich Raum? Nehm ich Bild?

Ich sitze weit weg von meinem auserwählten Werk, im Zimmer nebenan, ohne Sichtkontakt. Das Bild hat mich gewählt, nein, besser noch, der Titel hat mich gefangen: „Kleine Hoffnung" 2016 Mischtechnik auf Leinwand. Ist es eine Collage, welche Farbe? Ich sehe nach. Gelb, braun, grau und beige. Sind das die Farben der Hoffnung? Was ist mit grün? Heißt es nicht: Grün ist die Hoffnung?

Die große Hoffnung wahrscheinlich. Bestimmt. Bestimmt ist die große Hoffnung grün, die kleine ist es offensichtlich nicht.

Wann habe ich mir das letzte Mal Hoffnung gemacht? Und auf was? Was ist das Gegenteil von Hoffnung? Resignation?

Meine Gedanken galoppieren in hoffnungsvollen Pastelltönen durch meine Hirnwindungen, die Synapsen transmittern, die Elektronen hüpfen von einer Hemisphäre in die andere, ein Fünkchen glimmt ...

... und Stopp. Zurück zur Hoffnung, zur kleinen. Ist sie messbar, gibt es sie in verschiedenen Größen als S M L und XL, in welcher Einheit? Drei Pfund Hoffnung, geschnitten oder am Stück? Abgefüllt in Flaschen, verpackt in Dosen, Schachteln, sackweise? Die kleine Hoffnung, von der ich spreche, misst 70 mal 1 Meter, ist 3 cm tief und hinten hohl. Und es gibt sie nicht im Plural. Dafür als Film und Song und jetzt als Bild.

Da fällt mir ein, meine Nachbarin ist guter Hoffnung, die nächstes Jahr im Februar erfüllt wird.

Die Hoffnung ist lebendig, man kann sie nähren, auf ihr ruhen und sie an etwas knüpfen. Manchmal ist sie trügerisch oder übertrieben. Sie wächst, sie wird aufgegeben, manchmal ist sie alles, was bleibt und sie stirbt zuletzt.

Uta Neumann

Besenkammer

oh Jammer

die dunkle Kammer

ach, du bist es

Willkommen

Nerven für die Mama
Claudia Hellstern

 Bärbel zog sich ihren hellblauen Anorak und die blau gestreifte Mütze an und packte ihren Rucksack. Sie war ganz aufgeregt, denn sie durfte heute ganz alleine mit dem Bus in die Stadt fahren, um Weihnachtsgeschenke zu kaufen. Bärbel hatte eifrig gespart. Sie hatte den Rauhaardackel Struppi von Herrn Bennewitz Gassi geführt, der alten Frau Kraus aus dem dritten Stock kleine Besorgungen gemacht und bei der Apfelernte mitgeholfen. Für gute Noten hatte ihr der Opa immer ein paar Münzen zugesteckt. Das Taschengeld hatte sie nie ganz verbraucht.

Die Mutter brachte sie zur Bushaltestelle und ermahnte sie, den Bus um 16:45 Uhr nicht zu verpassen, damit sie noch vor dem Dunkelwerden wieder daheim sei. Bärbel wollte ihre Besorgungen alleine machen, denn ihre Geschenke sollten eine Überraschung sein.

Als erstes ging sie ins Sporthaus Hör, wo sie ihrem Vater ein Stirnband kaufte. Der Vater hatte immer, wenn er von draußen kam, knallrote Ohren und eine fast blaue Stirn, so sehr fror er. Sie wählte ein dunkelblaues Stirnband, das super gut zu Vaters Winterjacke passte. Die Verkäuferin packte es ihr als Weihnachtsgeschenk ein. Bärbel steckte es sorgfältig in den Rucksack, bedankte sich und ging weiter zu Radio Rombach, denn ihr Bruder Max sollte Kopfhörer bekommen. Seit Wochen schimpfte er über seine Kopfhörer, die ihm nicht gut im Ohr saßen. Max, der vier Jahre älter war als Bärbel, hatte nie Geld übrig und würde sich bestimmt nie selber Ohrhörer kaufen. Er war der absolute Musikfreak und hatte, wann immer man ihn sah, Ohrstöpsel in den Ohren. Der junge Mann bei Radio Rombach beriet sie freundlich und empfahl ihr welche, die er selber hatte. Er packte die Ohrhörer in buntes Weihnachtspapier mit einer Schleife darum gewickelt. Bärbel freute sich und verließ stolz den Laden. Oma bekam Stofftaschentücher, denn sie benutzte keine aus Papier. In jeder Tasche, ob im Mantel, in der Jacke oder in der Schürze hatte sie ein Taschentuch. Kürzlich hatte sie sich beklagt, dass sie immer weniger Tücher habe. Sie hatte wohl einige verloren. Im Heimtextilienladen von Vroni Burger würde sie welche finden. Das Geschäft war vollgestopft mit vielerlei Artikeln. Man konnte dort Wolle und Stricknadeln, Nähzeug, Unterwäsche, Nachtwäsche und Vorhänge kaufen, Handtücher, Küchentücher und Taschentücher. Frau Burger war sehr freundlich. Sie begrüßte Bärbel mit einem breiten Lachen. Die Oma hatte früher bei den Burgers ausgeholfen und Vorhänge genäht. Daher kannte Frau Burger Bärbel schon von klein auf.

„Groß bist du geworden. Du bist doch schon elf Jahre alt, oder habe ich mich verrechnet?"

„Nein, das stimmt, ich bin im Oktober elf geworden", antwortete Bärbel höflich.

Sie war seit jeher fasziniert von Frau Burger, deren Kopf unentwegt hin- und herwackelte. Frau Burger machte eine große Schublade auf und zeigte Bärbel eine Unmenge von Taschentüchern. Bärbel entschied sich für eine Packung aus fünf mit verschiedenen Blumen bestickten weißen Taschentüchern. Diese werden der Oma gefallen. Frau Burger packte sie in glänzendes Papier, wickelte eine Schleife darum und hängte einen kleinen Engel daran. Bärbel steckte das Geschenk freudig in ihren Rucksack. Frau Burger schenkte ihr eine kleine Packung Weihnachtsgebäck. Bärbels Wangen glühten. Nun zu Zigarren Mack. Sie liebte das Geschäft, weil es dort so unbeschreiblich gut roch. Sie schnupperte und schaute sich in dem Laden um. Er hatte sich nicht verändert, wie auch Herr Mack, der immer gleich aussah. Weißes Haar und eine hängende Unterlippe. Er trug eine weiße Schürze wie ein Frisör und hatte eine ganz tiefe Stimme. Sie war schon oft mit Opa hier gewesen, wenn sich dieser seinen Pfeifentabak und seine Fußballzeitschrift kaufte. Sie war das erste Mal alleine in dem etwas düsteren Laden und stellte sich auf die Zehenspitzen, um besser über die Theke schauen zu können. Der Opa sollte Pfeifenreiniger bekommen. Herr Mack zeigte ihr die Lieblingsreiniger vom Opa und reichte sie ihr über die Theke. Sie wollte ihn nicht fragen, ob er sie ihr als Geschenk verpacke, denn dem alten Mann traute sie das nicht zu. Herr Mack schenkte ihr eine Packung Kaugummi und wünschte ihr frohe Weihnachten.

Bärbel schaute auf die Uhr. Eine gute Stunde hatte sie noch Zeit. Nun kam die schwierigste Aufgabe, das Geschenk für ihre Mutter. Sie wollte es bei Frau Weiß versuchen und betrat deren Laden. Frau Weiß stand ganz hinten in ihrem Gemischtwarenladen und winkte ihr zu.

„Nun Bärbel, was kann ich für dich tun?", fragte sie freundlich.

„Ich brauche ein Weihnachtsgeschenk für meine Mama und weiß gar nicht, wie es aussieht. Sie wünscht sich Nerven."

„Aha", sagte Frau Weiß, „Nerven. Wie kommst du denn darauf?" „Ich habe sie in letzter Zeit oft gehört, wenn sie sagte, ich habe fast keine Nerven mehr. Und da dachte ich, das ist ein gutes Geschenk."

Frau Weiß überlegte eine Weile und strahlte plötzlich. Sie holte aus dem Regal eine dicke Tafel Schokolade.

„Nerven selber habe ich keine, aber etwas, was den Nerven gut tut und sie stärkt. Da freut sich deine Mutter sicherlich."

Bärbel betrachtete die Schokoladentafel und nickte. Frau Weiß packte ihr die Schokolade mit Nüssen und Nougat in buntes Papier und schenkte ihr ein paar Gummibärchen.

„Du kannst es ja gegenüber bei Herrn Spörl noch versuchen. Vielleicht hat er Nerven zu verkaufen."

Bärbel überquerte die Straße und betrat die Drogerie von Herrn Spörl, der groß war wie ein Riese und dennoch auf der Leiter stand und Waren einsortierte. Sie mochte Herrn Spörl, denn er wirkte immer ganz ruhig und hatte ihr einmal für den Kaufladen eine ganze Tüte voller Pröbchen geschenkt. Sie erzählte ihm ihren Wunsch. Herr Spörl war wie Frau Weiß etwas überfordert, doch dann holte er aus seinen Schubladen verschiedene Sachen heraus, die er vor Bärbel auf die Theke stellte. Nerventee, ein Beruhigungsbad, Klosterfrau Melissengeist und Johanniskrautdragees.

Nerven selber habe er keine, aber diese Dinge tun den Nerven gut und lassen sie stark werden und wieder wachsen.

Bärbel nickte. Herr Spörl packte alles in eine wunderschöne Tüte. Er band einen Christbaumanhänger daran fest und schenke Bärbel ein paar Traubenzuckerbonbons. Sie füllte ihren Rucksack, bedankte sich und ging wieder hinaus in die Kälte. Sie wollte noch zu Herrn Lutz in die Apotheke. Doch unterwegs sah sie das Kaufhaus Kuner. Dort konnte man eigentlich alles bekommen. Damit wirbt das Kaufhaus und so ging sie kurz entschlossen hinein. Sie hatte gehofft Herrn Kuner dort anzutreffen, doch es war nur seine Frau da, die sie seit jeher fürchtete. Sie war ganz dick und hatte einen spitzen Riesenbusen, der unentwegt auf und ab wippte. Außerdem hatte die Frau einen Bart. Das ließ sie wie eine Hexe aussehen. Bärbel wäre am liebsten wieder umgekehrt, doch die Frau hatte sie schon entdeckt und war gleich auf sie losgestürzt.

„Was brauchst du Kindchen?", fragte sie mit zuckersüßer Stimme. Bärbel sagte ihr, was sie suche und da lachte Frau Kuner.

Sie ist ja richtig schön, wenn sie lacht, dachte Bärbel. Frau Kuner überlegte kurz und sagte, dass sie mal im Katalog nachsehen wolle, was der so empfiehlt, denn Nerven selber seien echt schwierig zu bekommen.

Sie setzte sich an den Schreibtisch und holte den Katalog. „Sie sticht mit ihrem spitzen Busen noch die Blätter durch. Er liegt ja schon auf dem Tisch", beobachtete Bärbel sie. „Vielleicht hat Mama deshalb so wenig Nerven, weil ihr Busen nicht so groß und nicht so spitz ist".

Da schaute Frau Kuner auf: „Ich habe eine Idee. Sie holte eine kleine Schachtel aus dem Regal. Das ist Tangram, ein Legespiel, das wunderbar beruhigt und ablenkt und die Nerven stärkt. Das ist eine Supersache für deine Mama."

Bärbel nickte. Frau Kuner packte ihr die Schachtel liebevoll in Weihnachtspapier und machte einen Sonderpreis für Bärbel.

Auf dem Weg zur Bushaltestelle kam Bärbel bei Apotheker Lutz vorbei und als sie feststellte, dass sie noch etwas Zeit hatte, ging sie hinein.

Apotheken sind fast wie Kirchen, ging es ihr durch den Kopf. Hier wird nur geflüstert und ganz sachte aufgetreten. Herr Lutz begrüßte sie freundlich und fragte nach ihren Wünschen. Bärbel erklärte ihm, was sie suchte und was sie schon alles für die Nerven erstanden hatte, aber Nerven habe ihr keiner verkauft.

Herr Lutz schaute ernst und überlegte.

„Nerven sind schwierig zu bekommen", sagte er. „Ich muss mal hinten im Labor nachschauen, ob ich noch welche habe."

Er bat Bärbel kurz zu warten. Er ging nach hinten und tuschelte mit einer Helferin. Es dauerte eine Weile, bis er wieder nach vorne kam und Bärbel eine 30 cm lange Schachtel überreichte, auf der in großen schwarzen Druckbuchstaben NERVEN geschrieben war. Mit ernster Miene übergab er Bärbel die Schachtel und erklärte ihr, dass darin eine Beilage liege, die die Mutter gut lesen solle. Wichtig war, dass sie die Nerven einzeln und in aller Ruhe essen sollte. Ganz langsam kauen, am besten mit geschlossenen Augen.

Seine Helferin wickelte vielsagend Weihnachtspapier um die Schachtel. Bärbel war glücklich. Die Mama würde sich bestimmt freuen, so viel Geschenke; echte Nerven und dazu allerlei Mittel, die ihr halfen die Nerven zu stärken und beruhigen. Sie machte einen Knicks vor dem Apotheker und rannte zufrieden hinaus zum Bus.

Herr Lutz und seine Helferin zwinkerten sich zu. Sie hatten auf die Schnelle Haribo-Schlangen eingepackt. Wunderbare Nerven.

Bärbel kam noch rechtzeitig zum Bus. Zu Hause versteckte Bärbel ihre Päckchen im Kleiderschrank. An Weihnachten überraschte sie die Familie.

Der richtige Zeitpunkt

Uta Neumann

Noch drei Mädchen stehen vor mir. Meine Hände sind feucht.

Es riecht nach Gummi und Schweiß.

Ich werde ausrutschen!

Ich werde es nicht schaffen!

Wieder hintenanstellen?

Geht nicht. Gegen die Regel.

Noch zwei Mädchen vor mir!

Iris! Schlank, schnell; springt locker, sogar über einen extra Aufbau.

Sie ist schon drüber.

Sieht wunderschön aus.

Elegant und frei, selbstverständlich.

Ich habe bestimmt rote Flecken am Hals,

und außerdem: so heiß, alles schwitzt.

Das Mädchen vor mir rennt los. Sie fliegt über den Bock.

Meine Füße kleben am Boden, sind schwere Klötze geworden.

Ich stehe am Start.

Die Turnlehrerin schaut zu mir.

Sie verspricht mir, mich zu halten und zu helfen!

Sie sieht doch, dass ich mich nicht bewegen kann.

Ich fühle Tränen, jetzt nicht heulen.

„Ich kann nicht", sage ich, „es ist zu hoch! Ich schaffe das nicht."

„Trau dich. Ich bin da. Komm, los, du schaffst das. Kriegst ´ne Tafel Schokolade."

Sie gibt Anweisung: „Rennen, nicht stoppen, die Hände vor dem Bauch aufsetzen

und dann schnell wieder wegnehmen."

Schokolade, das wär vielleicht was! Das hat sie noch nie gesagt, niemandem!

So viel für einen kleinen Sprung,

denken bestimmt alle anderen.

Meine Beine sind Zentner schwer.

Ach was: Warum sollte ich es nicht auch können? „Ich rieche meine Angst und ich fühle Mut."

Hab ich mal im Fernsehen gehört. Dieses Mal könnte es klappen!

Es ist leicht für alle.

Ich muss nur:

Rennen, die Hände aufstellen und gleich wieder loslassen beim Rüberspringen, und zum richtigen Zeitpunkt die richtigen Bewegungen machen.

Ich muss beim Rennen Schwung bekommen.

Jemand tippt mich an: „Los, mach schon, es soll weitergehen."

Ich wiederhole die Anweisung still.

Ich renne los, werde angefeuert: „Ina, Ina."

Kurz vorm Sprung komme ich ins Stocken, denke: „Der richtige Zeitpunkt, ich muss die Hände aufstellen."

Laufe noch zwei Schritte, springe so hoch es geht, stütze mich mit den Händen ab, versuche mich festzuhalten.

Klebe mit den Händen fest!

Keine Hand hält mich!

Den richtigen Zeitpunkt?

Verpasst!

Ich falle nach vorn, mit dem Gesicht zuerst. Die Hände lösen sich zuletzt.

So schwer, dieser Körper.

Eine Bewegung! Mit dem Gesicht zuerst auf der Matte.

Erst dann kommen Arme, Hände und Beine in die richtige Position.

Es schmeckt nach Blut.

Etwas klebt an meinen Händen. Ich höre Lachen.

Sie lachen alle über mich.

Sie hat mich nicht gehalten.

Es tut so weh!

Perspektiven
Alex Devesper

 „Früher gab es immer frische Sachen zum Essen", sagt er, während er sich den knackigen Eisbergsalat mit Gurkenscheibchen, Paprika und Tomaten in den Mund schaufelt. „Und Du hast immer mal beim Feinkost oder auf dem Markt eingekauft, jetzt gibt es nur noch Verpacktes, Fastfood, lieblos und billig."

Er kam zum Abendessen vorbei, einfach so. Er wollte seine Familie besuchen. Das kommt in letzter Zeit häufiger vor.

„Und überhaupt, Du gibst Dir gar keine Mühe mehr wie früher." Gedankenverloren pickt er mit einer gefüllten Rucola-Tortelini, natürlich selbstgemacht, die Kräuterblättchen auf, tunkt alles nochmal in die Olivenöl-Parmesan-Sauce, die mit einem Hauch frisch gemahlenem Zitronen-Pfeffer und ein wenig glatter Petersilie garniert ist und redet mit vollem Mund weiter: „Das ist so lieblos und ungesund, wie Du Dich und die Kinder ernährst."

Während er sich ein paar Trauben aus unserem eigenen Garten abzupft, redet er weiter: „Ich kaufe ja nur bio, keine Aromen und Spritzmittel wie bei dem Zeug, das Du nimmst. Und dann diese Fertigprodukte für die Mikrowelle, pure Chemie."

Das Quarksoufflée aus dem Dampfgarer – wir hatten noch nie eine Mikrowelle – scheint ihm zu munden, ebenso die Orangen-Ingwer-Sauce. Ein neues Rezept, das ich im Kochclub letzte Woche ausprobiert habe.

„Ich habe mir eine neue Nespresso-Maschine gekauft", erzählt er, während ich den Rigoletto mahle, eine Kaffeemischung von der kleinen Rösterei aus dem Nachbarort, 75 % Arabica und 25 % Robusta. Ich stampfe den frisch gemahlenen Kaffee in den Siebträger und lausche entspannt dem Gegurgel meiner geliebten, alten, italienischen Kaffeemaschine, während ich die Crema in den zarten, goldgeränderten Espressotässchen aus dem Nachlass meiner Oma bewundere. Dazu gibt es ein Stückchen Rotweinkuchen von gestern. Der schmeckt erst nach ein oder zwei Tagen richtig gut, wenn er ein bisschen feucht ist.

Den Autoschlüssel in der Hand verabschiedet er sich: „Nespresso hat jetzt eine neue Sorte, mit Kokos-Aroma. Das ist ja so einfach mit den Kapseln."

Mein erster Mord
Claudia Hellstern

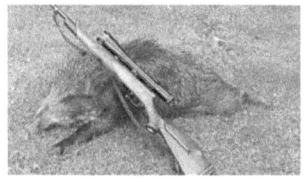

Mir war klar, bevor ich diesen Mord begehe, muss ich lernen, meine Nerven im Griff zu haben. Nie hatte ich mich getraut, etwas Verbotenes zu tun, etwas Unrechtes zu machen, denn ich hatte schon allein bei dem Gedanken daran das Gefühl, dass man es mir ansieht. Nicht einmal Schummeln in der Schule konnte ich, meine genialen Spickzettel waren völlig für die Katz. Ich traute mich nicht, man sah es mir an.

Nun hatte ich Großes vor, einen Mord. Dieser musste eiskalt geschehen, ohne dass man es mir ansehen, mich damit in Verbindung bringen konnte.

Ich begann zu üben. Ich musste meine Nerven beherrschen und nicht mehr umgekehrt, dass sie mich beherrschten.

Ich las viel darüber, Studien und Forschungsergebnisse, Erfahrungsberichte und Reportagen. Ich übte Atemtechniken und legte mir eine Coolness zu. Gemahnte mich zur Ruhe und Selbstbeherrschung und lernte, dass ich nicht mehr so schnell aus der Ruhe zu bringen war. Nervenstärke nennt man das.

Neben dieser nicht einfachen Beschäftigung musste ich mein Objekt studieren, denn ich kannte es nicht. Wirklich, lieber Leser, ich kannte mein Mordopfer nicht persönlich, ich wusste nur von ihm. Allein das Wissen reichte, mich zu überzeugen, dass sie gemordet werden sollte. Mein Plan, der zuerst klein und winzig wie ein Embryo in mir schmorte, wuchs heran und bald nahm er Formen an.

Das eine war meine Nervenstärke, das andere eine genaue Studie meines Objekts. Das war nicht so einfach, weil ich nichts, aber auch gar nichts mit ihr zu tun hatte und es genau genommen bis auf einen winzigen Punkt keine Berührungspunkte mit ihr gab.

Zufälle gibt es nicht, das war schon immer meine Devise, und dass ich von ihr erfuhr, war vorherbestimmt. Ich begann zu forschen. Via Google und Facebook fand ich sie, diese Frau, die dabei war, mein Leben zu zerstören. Nun sollte sich der Spieß umdrehen, ihr Leben stand auf der Kippe.

Ich fand heraus, dass sie von ihrem Mann verlassen worden war, weil er eine andere, eine umgängliche Gefährtin gefunden hatte. Zu sehr musste er unter ihren Launen und Zicken leiden. Sie zog aus mit den beiden Söhnen, die alle vierzehn Tage die Wochenenden bei ihrem Vater verbringen durften. Mir kam zu Ohren, dass die beiden immer etwas kränkelten und überbehütet wurden. Doch für mein Vorhaben war das nicht ausschlaggebend, denn, wie ich wusste, waren die beiden lieber bei ihrem Vater als bei der Mutter, die jede Gelegenheit wahrnahm, ins nahe gelegene Fitnessstudio zu rennen und die beiden alleine zu lassen. Dort im Fitnessstudio hatte sie einen guten Boden, Männer kennen zu lernen, die sie ungeniert anbaggerte und nicht nach ihrem sozialen Umfeld fragte. Egal, ob verheiratet, single oder Vater, egal, ob glücklich oder nicht, sie nahm alles und jeden und meistens diejenigen, die um einiges älter waren als sie. Mit diesen Herren hatte sie ein leichtes Spiel, da ein junges Betthaserl eine gute Schmeichelei für das Ego dieser graumelierten Herren war.

Ich meldete mich in diesem Fitnessstudio an, wenn auch halbherzig. War ich doch kein Fitnessjunkie, aber was nicht war, konnte ja noch werden.

Ich wusste, dass sie arbeitete und nur abends zum Sport kam. Also musste ich abends dorthin gehen. Ich kannte ihren Namen, doch nicht ihr Gesicht. Das fand ich bei Facebook.

Wie gesagt, es gibt keine Zufälle.

Ich prägte mir das Gesicht ein und ging fleißig zum Sport, mit wachen Augen. Wochenlang sah ich sie nicht.

Doch eines Tages war mir das Glück hold. Ich kam von meinem Training zurück in die Umkleide und da sah ich sie. Ich erkannte sie sofort an ihrem markanten Lidstrich. Wie auf dem Facebookbild.

„Entschuldigung, ich habe die 2-7-1."

So sprach sie mich an, denn ich hatte mit meiner Tasche ihren Spint Nr. 271 belagert. Endlich – da war sie. Sie kannte mich nicht. Mein Vorteil. Stumm nahm ich meine Tasche und machte mich ganz langsam fertig, wobei ich sie beobachtete. Aus den Augenwinkeln sah ich ihr zu, wie sie sich auszog, umzog für den Sport. Sie schminkte sich vor dem Sport.

„Eitle Kuh", dachte ich. „Wieder mal auf Männerfang."

Sie sah gut aus, keine Frage. Schlank trotz der beiden Kinder.

Ihr Po ist etwas unförmig, dachte ich. Aber Männer sehen das ja nicht.

Schwarze Haare, gefärbt. Männer sehen das nicht.

Krähenfüße um die Augen. Männer sehen das nicht.

Gut, der erste Blick war genommen und gespeichert. Ich ging jeden Tag zum Sport, wurde rank und schlank und muskulös und mein Wissen über die „Schnalle", wie ich sie in Gedanken nannte, wurde immer größer. Ich spitzte die Ohren, wenn sie auftauchte und sich mit jemandem unterhielt. Sammelte jede Info, oft telefonierte sie nach dem Sport und ich hörte zu. Ich beobachtete, registrierte, speicherte. Meine Nerven machten mit und ich ließ mir Zeit. Mein Hass und meine Abneigung gegen diese Frau wurden immer größer und meine Lust auf Mord wuchs mit jedem Treffen.

Ich kannte nun ihre Zeiten. Sie besuchte Kurse in Bauch-Beine-Po und Bodyforming. Danach ging sie in die Sauna. „Treffen wir uns in der Wärme", hörte ich sie sagen. Männer rannten und sie ließ sich anglotzen.

An den kinderfreien Wochenenden war sie auch da. Eine gute Chance, Familienväter und Ehemänner dort zu treffen. Die Frauen hüteten die Kinder oder kochten das Sonntagsessen. Gut geplant – und die Männer wussten, dass sie „in der Wärme" oder „im Crunchbereich" wartete. Auf dem Laufband oder in der Gastro, immer bereit.

Ab und zu schaute sie mich an, ich schaute ungerührt zurück. Keine Reaktion von mir. Vielleicht wusste sie mittlerweile, wer ich war. Doch was soll's? Ich hatte keinerlei Interesse auf ein Gespräch.

Sie verschickt Engel, hörte ich. Etwas esoterisch. Naja, dann soll sie mal an ihren Schutzengel denken, denn der muss bald harte Arbeit erledigen.

Langsam reifte in meinem Kopf der Plan. Cool bleiben, das war das Wichtigste. Durch meine gezielte Aufmerksamkeit entging mir nichts. Ich wusste, welche Kosmetikprodukte sie verwendete, kannte ihre Marken. Bald wusste ich auch, was sie gerne aß und trank und … mit welchem Getränk sie ihre Flasche füllte.

Ich besorgte mir das Gift. Lange hatte ich geforscht. Das geruchslose und tödliche Zeug zu besorgen, war nicht das Problem. Irgendwie findet man alles. Ich beobachtete genau, wie ihre Trinkflasche aussah und besorgte mir die gleiche.

Eilig hatte ich es nicht. Überstürzen durfte ich es nicht. Der Zeitpunkt musste passen, alles musste passen. Und - meine Geduld wurde belohnt.

Es war Montag, ein Montag wie alle anderen Montage. Ich ging wie immer zum Sport. Als ich mein Programm beendet hatte, ging ich in die Umkleide. Ich hatte schon geduscht und war so gut wie angekleidet, als sie kam. Wie immer stolzierte sie auf hohen Absätzen herein und ganz in meiner Nähe belegte sie einen Spint. Ganz nach Plan. Es gibt keine Zufälle.

Mein Herz klopfte bis zum Hals. Heute musste es geschehen. Sie zog sich schnell aus und um und ließ ihre Tasche offen vor ihrem Spint stehen, als sie zur Toilette ging.

Ich tauschte blitzschnell die Trinkflaschen aus.

Hoffentlich merkt sie den etwas anderen Geschmack nicht, dachte ich. Ich hatte die Flasche mit Handschuhen angefasst. Als sie zurückkam, schloss sie ihren Spint nach einem Blick auf das Handy. Irgendeiner ihrer Galaner wartete sicher schon auf ihre Anwesenheit. Sie nahm die Flasche und das Handtuch und ging zum Training.

Ich blieb noch ein bisschen sitzen und horchte in mich hinein. Kein schlechtes Gewissen.

Dann ging ich lächelnd nach Hause.

Als ich am nächsten Tag kam, war alles wie immer. Ich benahm mich wie immer. Trainierte, duschte und ging. Über Tage sie war nicht da. Und dann in der Zeitung diese Anzeige: Plötzlicher Tod!

Sommernacht
Ellen Göppl

 Als Nadja langsam wach wird, hört sie Vögel singen. Andere Vögel als sonst. Sie hat ein fremdes T-Shirt an, statt der Bettdecke ein Laken um die Beine. Das Bett fühlt sich anders an, es ist heller im Zimmer als in ihrem eigenen, das merkt sie trotz geschlossener Lider. Sie öffnet die Augen einen Spalt breit – und erkennt einiges wieder, zuerst den Holzventilator an der Decke, der sich gestern noch langsam drehte. Er kommt ihr vor wie ein stummer Zeuge, Partygast, der nie geht. Die angebrochene Flasche Wein noch auf dem Parkett, ihre Hose, ihre Sandalen in der Ecke. Ihre Uhr auf dem fremden Nachttisch sieht stumm in eine andere Richtung, hat sich wohl mit dem Ventilator verbündet.

Nadja wendet langsam das Gesicht zur anderen Seite. Unter Ihrem Kopf liegt ein fremder Arm. STOPP. Der Arm ist nicht fremd, nicht seit der vergangenen Nacht. Sie drückt ihre Nase an die fremd-vertraute Schulter und atmet den fremd-vertrauten Geruch ein: *Alles-wird-gut-hier-kannst-du-dich-fallen-lassen*-Geruch. Sprechen geht noch nicht, Nadja ist noch zu erschöpft von der nächtlichen Hitze, die nahtlos in die Sommermorgenhitze übergeht. Ihr Mund ist ganz trocken, sie kann nur durch ihre Bewegungen sprechen: *Ich-fühl-mich-wohl-schön-neben-dir-aufzuwachen*-Bewegungen. Die Bewegung wird an ihrer Seite aufgenommen und ein Kuss landet auf ihrer Stirn. Trotz Hitze und Schweiß und klebendem Haar ist sie ganz entspannt.

REWIND. Die Party war gut. Nadja kam erst spät, die Hitze hatte ihren Tagesrhythmus verschoben. Und der Weg mit dem Rad dauerte länger als gedacht. Eigentlich hatte sie mit Jan gar nicht so viel gesprochen, außer *Willst du Bier oder Sekt, lieber Sekt, warte, ich kann sie selbst aufmachen*, später dann *Hast du was von ABBA, Dancing Queen ist gut, kann ich mal in dein Zimmer um mir die lange Hose anzuziehen, klar, und wenn du nachher nicht mehr so weit fahren willst, kannst du hier schlafen, Simmie und Dirk bleiben auch.*

PLAY: Irgendwann, bis zur Dämmerung kann es nicht mehr lange hin sein, sitzt Nadja also mit Jan, Dirk und Simmie in Jans Zimmer unterm Dach, ein letztes Glas Wein für alle, Nadja und Simmie reden zu viel, ein bisschen albern, aber den Jungs ist es egal, sie schweigen müde. Nadja beobachtet Jan und Jan beobachtet Nadja, aber auch das ist schon egal, sie ist zu aufgedreht und er zu müde, um etwas zu verstecken. „Wo werde ich eigentlich schlafen", denkt Nadja. Simmie und Dirk schlafen im Gästezimmer, und eigentlich ist schon klar, wo sie schläft. Der Ablauf ist wie ein Programm, das abgespeichert ist und abgerufen wird. Sie geht noch schnell ins Bad und dann *Kannst du mir ein T-Shirt leihen, danke, Hast du genug Platz?, Oh, jetzt hab ich dir das Kopfkissen weggenommen, macht nichts, ich hab ja deinen Arm.*

Und über ihnen dreht sich langsam der Ventilator, von irgendwoher fällt schwaches Licht durch die Jalousien, die Uhr tickt, völlig unnütz. Für Nadja und Jan hat die Zeit gerade aufgehört zu vergehen. Und irgendwann geht die Sonne auf und wirft den Schatten der Kletterrose auf den Dachgiebel, Jan schaltet den Ventilator aus und stopft das Laken ein bisschen um Nadjas Hüfte fest, aber das merkt sie gar nicht, denn da schläft sie gerade tief. Am liebsten würde er sie wärmen, aber es ist sowieso zu warm und kühlen kann er sie schlecht.

FAST FORWARD: Als Nadja und Jan die Treppe hinuntergestiegen sind und in die Küche von Jans Eltern kommen, sitzen Simmie und Dirk schon am Tisch, sie fragen nichts, Kaffee steht schon da. Jans Mutter kommt durch die zweite Tür herein und guckt freundlich und sieht so aus, als warte sie auf etwas, und Nadja sagt *hallo* und lächelt ihr schönstes *Es-ist-genauso-wie-Sie-denken*-Lächeln.

Schwarz

Alex Devesper

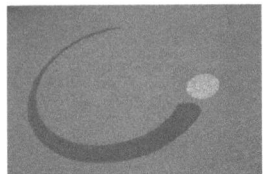 Bisher war Schwarz meine Lieblingsfarbe. Bisher. Seit gestern weiß ich, dass Schwarz eine unbunte Farbe ist. Unbunt. So will ich nicht sein. Und ich will auch nicht alle Lichtstrahlen absorbieren oder als schwarzes Loch enden in irgendeiner Galaxie. Gleich heute werde ich anfangen, mein schwarzes Leben bunter zu gestalten und das halte ich hier fest: schwarz auf weiß!

Ich werde mit dem Bus nicht mehr schwarzfahren und ich trinke keinen schwarzgebrannten Obstler meines Schwagers mehr. Obwohl der vorzüglich schmeckt.

Mein Schwarzgeld bei den Eidgenossen werde ich transferieren. Ist sowieso notwendig bei den ganzen Enthüllungen und Steuer-CDs. Da könnte noch eine ganze Menge rauskommen in Zukunft. Aber ich will ja nicht schwarzmalen. Dennoch. Wenn mein Name auf so einer Schweizer Schwarzen Liste stehen würde, ich würde mich schwarzärgern. Mein Vermögen habe ich übrigens mit Spekulationen von Kohle und Erdöl gemacht. Schwarzes Gold also. Mit Aktien habe ich aber nichts mehr am Hut. Ein schwarzer Freitag hat gereicht.

Und auf dem Schwarzmarkt kaufe ich auch nichts mehr. Brauch ich auch nicht. Es gibt andere Möglichkeiten.

Mit der schwarzen Magie hab ich es eh nicht so, da bin ich ehrlich. Und nach Schwarzafrika fahre ich nicht. Da können die warten, bis sie schwarz werden.

Mein schwarzer Humor ist sowieso nicht so stark ausgeprägt. Ich bin eher der direkte Typ, der ungefiltert sagt, was er denkt. Und damit treffe ich immer wieder voll ins Schwarze.

Und meine Ernährungsgewohnheiten werde ich ändern. Ich werde nicht mehr so farblos essen und auf Schwarzbrot, Schwarzwurst und Schwarzbier verzichten.

Aber das kleine Schwarze bei besonderen Anlässen, das trage ich noch. Mit einer weißen Weste.

Wüstenlandschaft
Ilse Reichinger

Flammendes Ocker Sehnsucht nach Wüste

Oasen Tümpel

Verschlungene Wege Geträumte Unendlichkeit

Dann doch so nah

Liebend: Antlitz an Antlitz Verwobene Innigkeit

Entfremdung lauert schon

Erinnerungen einer Sechzigjährigen

Uta Neumann

 Liegt es an dem Tisch? Schöner Holztisch, weiß gebeizt. Die Musik spielt vorne. Dieses Mädchen da vorn ist jung. Warm und herzlich sind ihre Töne. Der Mann, der sie auf der Gitarre begleitet, bewegt seinen Mund, als ob er zu sich spricht in leisen Worten.

Der Fotograf neben mir rückt wiederholt Dinge auf dem Tisch hin und her. Die Kasse mehr nach links, die Einladung für diesen Abend, mit den Fotos der Künstlerinnen, mal aus dem Bild nach rechts, dann wieder umgekehrt. Am Schluss entscheidet er: Einladungen nach rechts und Blumen in die Mitte.

Ich drehe meinen Oberkörper zu ihm und biete ihm an, Dinge ebenfalls auf dem Tisch zur Seite und wieder in die Mitte zu rücken.

Er guckt streng: „Nein, danke", sagt er. Ich drehe meinen Oberkörper schnell zurück. Er riecht aus dem Mund nach faulem Zahn.

Ich denke an früher. Wir haben gespielt. Johann Gitarre und ich Querflöte. Wir haben uns vorgemacht, was wir gern gewesen wären, und haben es schnell wieder aufgegeben. Wir sind wir geblieben. Irgendwie jämmerlich.

Ich war keine gute Mutter. Weder habe ich meinen Kindern die schöne Musik nahegebracht, noch sie ausreichend ermuntert, ein Instrument dauerhaft zu spielen. Nicht die Freude damit konnte ich vermitteln, noch den Preis des Übens, die Frustrationen durchleben und trotzdem weitermachen. Ich bin gescheitert in mir und mit meinen Kindern.

Ungeduld und Schweigen habe ich ihnen vorgelebt. Freunde sind wichtig! Das habe ich auch vorgelebt. Wie wichtig mir Freunde sind.

Wer ich damals war? Vor den Kindern? Wenn ich zurückfühle, fühle ich Frühling. Liege in meiner Hängematte in Berlin, mit Blick auf den blühenden Kastanienbaum. Der große alte Sessel, in dem ich geküsst wurde. Nackt schwimmen im Teufelssee. Reggie tanzen allein in der Disco, arm und frei, schlank und voller Pläne, was wird und was kommt.

Es ist nichts Schlimmes gekommen bisher, aber auch nichts Großes, total Fremdes, wie ich damals dachte.

Vielleicht, weil alles Fremde meins geworden ist. Eins geworden mit mir.

Ich bin müde. Denken strengt nicht so an wie Fühlen. Es schmerzt mich, dass ich viel versäumt habe. Unzählbar viel. Ich bin müde.

Ich erzählte Dir eine Kindheit. Meine Kindheit, wie sie nicht war, wie ich sie gedacht habe, geträumt auch. So ist sie in sich sinnvoll. Es ergibt sich ein roter Faden bis heute, sechzigjährig. Es entsteht etwas! Wasser fließt überall und ein roter Faden hat ein Ende und ist klar.

„Warum ich nicht so erzählen will, wie es war? Vielleicht wird es ein bisschen so ähnlich."

Ich kann mich an einiges erinnern, aber ich bin getäuscht worden, schon öfter, von mir selbst. Es ist nicht wahr gewesen, Orte und Zeiten und vorher und nachher. Ich habe es gemerkt beim Nachprüfen der Briefe oder jemand hat es mir gesagt.

Das Gefühl, das ich hatte, als ich in Portugal im Zelt am wilden Atlantik aufwachte, war umwerfend, groß, universell, fast vernichtend und gleichzeitig offen. Wie eine Geburt! Die große Angst: in diesem Moment geht die Welt unter. Ich hatte keine Drogen genommen. Ich hatte geschlafen und war aufgewacht. Die Sonne war dabei aufzugehen. Ich hörte nur das Schlagen der Wellen an die Steine. Kein Wind, kein Hahn, kein Hund, keine Autos. Und das Fehlen aller anderen Töne erweckte diese großen Gefühle.

Vielleicht hätte ich die Gefühle auch gehabt auf dem Klo in Berlin, mit Blick auf das Poster von Che Guevara, und es war einfach nur vorbestimmt, dass ich sie in Portugal erlebe, mit 20 Jahren. Keine Ahnung, was das eine mit dem anderen zu hat, es ist ja schon spät und die Stimmung macht man sich ja irgendwo selbst.

Jetzt stimme ich mich ein auf Frieden, meine Welt ist klein und sicher und alles ist gut.

Ich kann dann besser schlafen.

Ein Traum in Rot
Claudia Hellstern

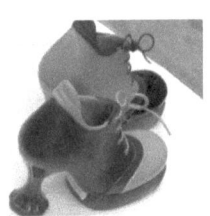 Lizzi war wie immer in Eile. Sie hatte mehrere Arbeitsstellen und musste meist rennen, um pünktlich zu sein. Ihr Tag war durchorganisiert. Nichts durfte passieren. So auch heute, als sie wieder durch die Stadt spurtete, um rechtzeitig anzukommen. Doch da sah sie in den Augenwinkeln etwas blitzen. Abrupt blieb sie stehen und schaute in das Schaufenster. Da standen sie, ihre Traumschuhe. Alle Vorsätze, alles war vergessen. Sie blieb stehen und bewunderte sie. Rot, glänzend rot, leichtes Plateau und Pfennigabsätze, mindestens 70 mm.

Oh, meine Schuhe, dachte sie.

Doch als sie auf den Preis schaute, wurde ihr schlecht. Designer-Schuhe, sündhaft teuer, nichts für eine Frau, die sich mit mehreren Jobs über Wasser hält. Sie schenkte ihnen ein Lächeln und rannte weiter. Der

Anblick dieser Schuhe hatte sich allerdings in ihren Kopf, in ihr Herz gefressen, wie ein Zahir, der sie nicht mehr loslassen wollte.

Von nun an ändert sich etwas in ihrem Leben. Es vergeht kein Tag, an dem sie nicht vor dem Schaufenster klebt und mit diesem Traum aus rotem Lackleder liebäugelt. Manchmal fährt sie abends noch einmal in die Stadt, nur um an dem Schaufenster zu stehen und mit diesen Schuhen einen stummen inneren Monolog zu halten.

Sie weiß, dass sie viel zu klein und zu plump ist für solchen Schmuck und dass sie nicht darin laufen könnte, dennoch halten sie all diese Gegenargumente nicht ab, an diese Schuhe zu denken. Lizzi macht einen Sparplan, wie andere auf einen Jaguar oder Ferrari sparen, will sie nun jeden Groschen, den sie erübrigen kann, auf die Seite legen, um sich ihren einzigen Traum zu verwirklichen. Irgendwie hat ihr Leben einen Sinn, ein Ziel bekommen.

Eines Tages wagt sie sich zögerlich in das Geschäft. Es ist ein teurer Laden mit Designerware, sündhaft und unbezahlbar. Sie geht auf ihre Schuhe zu, nun, endlich keine hinderliche Scheibe mehr zwischen ihr und ihnen, und spürt ihr Herz hüpfen. Zum Greifen nah, traumhaft schön. Sie nimmt sie in die Hand, streichelt zärtlich über den roten Lack, dreht und wendet sie, hebt sie an ihre Wange und steckt ihr Näschen hinein, um ihren Geruch aufzusaugen. Sie will alles mit nach Hause nehmen und sich ihren Traum lebendig halten.

Fast täglich betritt sie von nun an das Geschäft und begrüßt ihre roten Verbündeten, die, so meint sie, ebenfalls auf ihren Besuch warten.

Eine freundliche Verkäuferin, jung und elegant, die sie mittlerweile kennt und beobachtet, fragt sie eines Tages, ob sie die Pumps nicht einmal probieren wolle. Sie gibt ihr einen Strumpf und Lizzi steckt vorsichtig und voller Zartgefühl ihre Füße in diese Schuhe. Welch ein Wohlgefühl, was für ein Zauber, was für ein Glück. Sie steht vor dem Spiegel und betrachtet sich, dreht sich und wendet sich und kann es nicht fassen - wie geschaffen für ihren Fuß, wie bei Aschenbrödel. Doch der Preis ist nicht weniger geworden. Sie bedankt sich, stellt das Objekt der Begierde wieder an seinen Platz und geht beschwingt nach Hause.

Abnehmen muss ich, denkt sie, dann sind sie noch schöner. Sie beginnt bewusster zu essen und verändert ihren Kleidungsstil. Und wieder macht ihr Leben eine kleine Wendung. Denn jetzt probiert sie die Schuhe täglich und immer in einem anderen Outfit. Einmal im Strickkleid, dann im Jeansrock. In Caprihosen oder langen Hosen – sie kombiniert alles, was ihr Kleiderschrank bietet und veranstaltet ihre eigene Modeschau und ohne es zu wissen, auch für die Mitarbeiter des Geschäftes, die sie schon erwarten und gespannt sind, was sie heute trägt.

An diesem Freitag nun ist sie besonders schick. Sie ist nach der Arbeit schnell nach Hause gefahren, denn heute will sie sich in einem ganz ungewöhnlichen Outfit anschauen. Sie holt ihr kleines Schwarzes, nicht mehr ganz der letzte Schrei, aber immer noch schick, aus dem Kleiderschrank. Sie schminkt sich sorgfältig, steckt ihre Haare hoch und macht sich auf den Weg zu ihrem täglichen Event.

Lizzi betritt den Laden, etwas aufgeregt, lächelt der Verkäuferin zu und … sie sind weg. Ihre Schuhe stehen nicht an ihrem Platz. Jemand hat sie geklaut! Ihr Traum scheint zu explodieren, sich aufzulösen. Seit nunmehr fast drei Monaten waren sie ihr einziges Ziel und nun … sind sie weg, haben sie ganz ohne Kommentar einfach verlassen. Sie spürt die Tränen, die ihr in die Augen steigen, sie beißt sich auf die Lippen und hat das Gefühl gleich umzukippen. Lizzi ist völlig aus dem Häuschen. Ihre Schuhe sind weg. Geklaut!

Sie muss hier raus und gerade als sie sich dem Ausgang zuwendet, klopft ihr die junge hübsche Verkäuferin auf die Schulter und fragt, ob sie ihr behilflich sein könne. Lizzi schaut sie irritiert an und schüttelt kaum merklich den Kopf. Und dann geschieht das Wunder.

Aus dem hinteren Teil des Ladens sind Stimmen zu hören. Es kommen Leute auf sie zu. Eine der jungen Frauen hält ein Tablett, auf dem Sektgläser stehen. Eine andere, die sie noch nie gesehen hat, perfekt gekleidet, trägt ein schwarzes Samtkissen, auf dem ihre Schuhe drapiert sind und dann der Geschäftsführer, der hinter seinen Damen auftritt.

Er geht direkt auf Lizzi zu, lächelt sie an, seine grauen Augen blitzen vor Vergnügen.

„Gnädige Frau, ich darf Sie beglückwünschen. Sie haben gewonnen. Sie sind die Kundin, die unser Geschäft am öftesten betreten hat. Täglich - nur nicht an den Sonntagen - haben sie uns beehrt. Dafür wollen wir Ihnen danken und haben einen kleinen Preis für Sie."

Ungläubig schaut sie ihn an. Nein, dass man sich nun auch noch über sie lustig macht, das kann sie nicht ertragen.

Die Dame mit dem Kissen tritt aus den Reihen hervor und überreicht ihr mit ernstem Gesicht das Kissen mitsamt den Schuhen.

„Dies ist ihr Preis für ihre Treue!", hört sie sie sagen. Lizzi kann ihre Tränen nicht mehr stoppen. Sie versteht nicht, glaubt nicht, meint zu träumen. Schluchzt, bebt, weint.

Plötzlich steht ein Fotograf da, der alles dokumentiert. Und Lizzi? Fassungslos und glücklich trinkt sie den Champagner und führt stolz ihre Schuhe vor. Ein Traum ist wahr geworden.

Leichenschmaus
Alex Devesper

 Ich gehe gern auf Beerdigungen. Fast täglich. Da suche ich mir meine Opfer aus. Es erstaunt mich immer wieder, wie erzählfreudig die Trauergemeinde beim Leichenschmaus wird. Leichenschmaus. Schmaus. Das heißt laut Duden „vergnügt und mit Genuss essen ..." Na, jedenfalls werde ich oft dazu eingeladen und ich höre ganze Lebensgeschichten mit intimsten Details. Ich, eine Fremde.

Der alte Mann von neulich zum Beispiel, der seit Jahren um seine geliebte Frau trauert, die vor ihm starb, obwohl sie wesentlich jünger war. Jeden Tag begießt er sie, Sommer wie Winter. Er braucht dieses Ritual, den Halt, die Struktur, die ihn den Tag überleben lässt. Er war nur zufällig bei der Beisetzung, auf dem Weg zum Friedhof, und die weiße Rose, gedacht für seine Frau, legte er einfach auf den fremden Sarg.

„Sie hätte es so gewollt", erklärte er mir zwischen zwei Bissen Biscuitrolle mit Käsesahne und Mandarinen. Er schluckte zweimal schwer, nippte am Cappuccino-Schaum und seufzte. Aufmunternd hob ich mein Glas mit dem 2014er Spätburgunder trocken, Staufener Schlossberg, Barrique und er fuhr erleichtert fort: „Wissen Sie, in Ihrem Alter macht man sich da noch keine Gedanken. Aber wenn Sie so viel mitmachen mussten wie wir ..."

Verlegen wischte er sich über die Krähenfüße, strich sich übers struppig weiße Haar, räusperte sich und fing an. Chronologisch rückwärts, angefangen beim Tod seiner Frau. In seinen Augen war sie ein Engel. Ganz so stimmt das ja nicht, dachte ich. Da gibt es schon einige menschliche Verfehlungen. Um seine beiden Söhne macht er sich ständig Sorgen. Der ältere ein Weltenbummler, chronisch pleite, der aus

Südamerika eine zugelaufene Katze mitgebracht hat, die der Herr Papa jetzt versorgen muss. Der Nachzügler, Altphilosoph, ewiger Student, derzeit Philosophie und Psychologie, auf der Suche nach dem Sinn des Lebens – mit Anfang vierzig. Beim Cognac waren wir in der Nachkriegszeit angelangt, der Mirabell diente als Gesprächsbeschleuniger auf der Flucht aus Österreich. Seine Kindheit und Jugend war bei Gott kein Zuckerschlecken. In seinen Augen widerspiegelte sich sein Leben. „Wir sind durch die Hölle gegangen", meinte er.

Das war mein Stichwort. Wie er sich denn die Hölle vorstelle, fragte ich nach. „Heiß!", meinte er nur, „furchtbar heiß!"

Da hat er Recht, dachte ich. Es geht heiß her bei uns. Wir tanzen nach heißen Rhythmen, heizen auf heißen Öfen durch die Wüste, campieren an Lagerfeuern und wärmen uns mit Punsch auf, in der Weihnachtszeit Glühwein. Es gibt hitzige Debatten, die jugendlichen Damen unter uns tragen Hot-Pants und die älteren Herrschaften schwören auf ihre Rheumadecken.

Wir sind viele. Und demnächst einer mehr. Mir wird ganz heiß bei dem Gedanken an die Überraschung, wenn meine Leichenschmaus-Bekanntschaft zu uns stößt und seinen Engel wieder trifft.

Ein knallrotes Ledersofa
Ilse Reichinger

 Ein Jogger lief vorbei. „Guten Tag", rief er, sein Tempo beschleunigend. Ich wollte mich entspannen und versuchte, einen geeigneten Platz auf der Wiese zu finden. Ich hoffte auf Abgeschiedenheit, Ruhe und eine kreative Eingebung, um eine Geschichte schreiben zu können.

Auf meiner Jacke, zwischen Butterblumen, Sauerampfer, Vergissmeinnicht sitzend, dachte ich und dachte ich. Es fiel mir einfach keine Geschichte ein.

Eine Ameisenfamilie erkundete inzwischen meine Härchen an meinem Bein, wollte in meine Kniekehle flüchten. Einem dicken schwarzen Käfer gefielen meine nackten Zehen. Überall piekte es.

Nun versuchte ich, meditativ meine schreiberische Kreativität zu erzwingen. Meine Gedanken schweiften wieder ab: ein knallrotes bequemes Ledersofa auf dieser grünen Bilderbuch-Wiese, ein netter Butler mit Kaviar und Champagner. Das wäre eine Erfüllung meiner bescheidenen Wünsche.

Stattdessen immer wieder „Tach, Grüß Gott, Hallo". Hier schien der Knotenpunkt einer Route für alle Naturliebhaber zu sein.

Schmeißfliegen parkten an meinen bloßen Fersen - wahrscheinlich war der Geruch richtig. Eine Wespe nippte an meinem Ohrläppchen. Ich war bereits voll integriert in die heimische Fauna und Flora. Mein Herzenswunsch wurde drängender. Ein rotes Ledersofa, eine einsame grüne Wiese, notfalls auch ohne Champagner. Inzwischen hatte ich den Platz gewechselt. Ich lehnte mich an gefällte Baumstämme. Das war nicht bequem, der Weg führte direkt vorbei.

Zwei junge Familien blieben neben mir stehen. Gezänk, Geschrei, Diskussionen hin und her. Ein etwa fünfjähriger Junge wollte keinen Schritt weitergehen. Alle redeten auf ihn ein. Er genoss es sichtlich.

Mein Aggressionspegel schraubte sich hoch. Aber ich widerstand der Versuchung, dem Bengel ins Ohr zu flüstern: „Wenn du nicht sofort weitergehst, haue ich dir eine auf die Backe." Er hatte es offenbar telepathisch wahrgenommen.

Der drängende Wunsch wurde übermächtig. Ich wusste, es war irreal: ein knallrotes Ledersofa, grüne Wiese, Einsamkeit! Eine Ameisenstraße schien es in Richtung meiner Wade zu ziehen.

Oh holde Natur, wie liebe ich dich.

Prustend und schimpfend sprang ich auf, rief zornig zu Wiese, Wald und Bach: „Ich hole jetzt Claudias rotes Sofa!"

Als geübte Joggerin war ich schnell verschwunden. Nach einer Stunde kam ich zurück, den Handkarren hinter mir herziehend, beladen mit Claudias rotem Ledersofa.

Zwei Nonnen standen lachend auf meiner gelbgrünen Wiese. Die Sonne blendete mich. Waren es schwarze Vogelscheuchen? Nein, sie hielten sich unsicher an krummen Stöcken fest, winkten und grinsten mir christlich liebevoll entgegen. „Komm Kind, ruhe Dich aus!", sangen sie im Duett. Es schien für sie selbstverständlich zu sein, dass da eine ein rotes Ledersofa auf die grüne Wiese kippte, daneben der einzige Apfelbaum.

Völlig fertig, überirdisch genervt, schmiss ich mich auf das rote heißgeliebte Sofa. Glücklich schaute in den blauen Himmel.

Oben im Apfelbaum saß der Papst und lächelte verschmitzt.

Hitzewellen
Claudia Hellstern

 Sie kommen und gehen. Sie kommen, wenn man sie nicht brauchen kann, kommen völlig unverhofft und in riesigen Wogen, diese hitzigen Wellen. Sie durchfluten dich in Schwallen von unten nach oben. Kündigen sich manchmal mit einem leichten Kribbeln in den Beinen an, manchmal in den Armen und unaufhaltsam erobern sie deinen Körper. Drücken die Poren auf und lassen Wasser, perlengleich, überall aus dir herausdringen.

Du kannst dich dagegen wehren. Du kannst sie hassen und sie beschimpfen, du kannst sie verdammen und verfluchen. Nichts hält sie auf, nichts lässt sie stoppen. Sie kommen und fluten und kochen dich auf. Drücken Röte in deine Wangen, feuchten deine Haare, hinterlassen Tropfen auf Nase und Schläfen, Perlen auf der Oberlippe.

Du fühlst dich unwohl, unbeherrscht, könntest schreien. Und bevor du sie richtig begrüßt hast, vielleicht sogar akzeptieren konntest, sind sie wieder weg und hinterlassen ein unangenehmes Gefühl.

Du fühlst dich unwohl, meinst, du riechst schlecht und versuchst diesen Gedanken zu verdrängen, bist dankbar, dass dies nun vorüber ist. Doch du weißt auch, dass irgendwann - bald - die nächste über dich hereinbricht. Wellengleich – ohne Plan.

Wechseljahre.

Mikka
Ellen Göppl

 Es war das einzige Mal, dass ich jemanden in einem Club kennen lernte und mit ihm mitging. Und es war das einzige Mal, dass ich in Kopenhagen war. Als ich ihn sah, lächelte er die Frau hinter der Theke gerade an und ich fand, dass sein Lächeln extrem sympathisch wirkte. Keine Ahnung, ob er ein Aufreißertyp war oder nicht – das werde ich auch nie erfahren. Man sieht das ja nicht jedem an. Nachdem ich mein Bier bekommen hatte – mir schmeckte Bier eigentlich gar nicht, aber alles andere war mir in Dänemark zu teuer – prostete er mir zu und es blitzte ein Anflug von einem Lächeln in seinem Gesicht auf. Wir fingen ein Gespräch an, zuerst schleppend und chaotisch, es war zu laut um uns herum, und es musste die Frage geklärt werden, wer welche Sprache spricht. Mikka sprach dann überraschend gut Deutsch, weil er in Hamburg studiert hatte und ab da nahm unser Gespräch vernünftige Formen an.

Wir lachten viel, weil wir jeder eine ältere Schwester haben, die ganz anders ist als wir selbst und irgendwie nervig. Mikka sagte, ich müsste mal seine Schwester kennen lernen, dann wäre ich vielleicht mit meiner doch zufrieden. Ich fand das gar nicht so witzig und da sagte er, irgendwie hätte er sie ja doch lieb, und das berührte mich. Ich wusste in dem Moment nicht, ob er mit allen Frauen über seine Schwester sprach, aber für mich war der Abend jedenfalls etwas Besonderes. Er hatte dunkelblonde Haare, seine Augenfarbe konnte ich in dem schummerigen Licht beim besten Willen nicht erkennen. Seine Lachfalten, die einen winzigen Kranz um seine Augen bildeten, ließen mich schwach werden.

Als wir hinaus auf die Straße traten, begann die Dämmerung bereits in den Himmel aufzusteigen, am Horizont erschien ein heller Streifen, eine kurze Nacht ging in einen weiteren Tag über. Ich dachte an durchtanzte Nächte, früher, im Studium. An von Vogelgezwitscher begleitete, frühmorgendliche Spaziergänge nach Hause. So wie jetzt, nur dass ich keine Ahnung hatte, wo wir eigentlich hingingen. Damals in Kopenhagen, im orangefarbenen Licht der ersten Sonnenstrahlen, diesem spektralen Zwischenreich, fühlte ich mich wie in einem Vakuum. Es war zu früh, um Tag zu sein und bereits zu hell, um Nacht zu sein.

„Das müsste man malen können", sagte ich.

Wir liefen Arm in Arm die Straße hinunter, ich ließ mich von ihm führen.

Er runzelte die Stirn.

„Was sollte man malen?"

„Na, das Licht. Dieses Dämmerungslicht."

„Das kann man nicht malen. Man kann das nicht festhalten. Sollte man auch nicht. Man kann das nur erleben", behauptete er, und ich fragte mich, ob er jetzt nur über die Dämmerung sprach oder auch über das, was der Sonnenaufgang mit uns anstellen würde.

Seine Augen sahen grün aus, aber ich war mir nicht sicher, ob sie nicht vielleicht blau waren, und das Licht die Farbe verfälschte.

Ich erinnere mich, dass wir über eine Brücke liefen, ich sah auf das Wasser, das in der aufgehenden Sonne glitzerte. An das Hochhaus erinnere ich mich nicht mehr richtig, es sah trostlos aus und hatte mindestens zehn Stockwerke. Wir fuhren mit dem Aufzug in den obersten Stock und Mikka schloss eine der gelb gestrichenen Wohnungstüren auf. Erst traten wir in einen winzigen Flur und dann in einen großen Wohn-Schlaf-Ess-Raum. Ich war überrascht über die vielen Bilder an den Wänden: Überall das Meer. Mal blau, mal grün, mal orange im Licht der untergehenden Sonne. Auf einigen Leinwänden wirkte es fast violett, durchzogen von dunkelstem Blau. Es war, als sei ich in eine Unterwasserwelt eingetaucht.

„Wow", sagte ich in die Stille hinein, „hast du die etwa gemalt?"

Doch er schüttelte den Kopf: „Die sind alle von meiner Schwester."

Aha, dachte ich, die Schwester ist zwar nervig, kann aber gut malen.

„Sie hat MS", sagte Mikka plötzlich leise, und ich dachte, ich hätte mich verhört, aber er fügte etwas lauter hinzu: „Multiple Sklerose."

Ich schluckte und ehe ich etwas erwidern konnte, küsste er mich.

Später lagen wir auf seinem Bett, das eigentlich nur eine Matratze war, und er hielt mich schweigend im Arm. Als ob wir schon viele Male so hier gelegen hätten. Mikka kam mir gleichzeitig fremd und vertraut vor, als er gedankenverloren meinen nackten Rücken streichelte.

„Ich kann sonst mit niemandem darüber reden", sagte er und ich verstand erst nach einem Moment, dass er wieder über seine Schwester sprach.

„Warum nicht?", fragte ich ein bisschen plump und wickelte die Decke enger um mich.

Ich fand es seltsam, nackt mit einem Fremden – auch wenn er mir nicht so vorkam, aber ich *wusste* doch, dass er fremd war – ein so ernsthaftes Gespräch zu führen.

„Meine Eltern wollten das nie. Sie wollten immer die Fassade der perfekten Familie aufrechterhalten. Also hat meine Schwester es ihnen zu liebe immer geheim gehalten, so lange es ging. Jetzt geht es manchmal nicht mehr ..." Mikka starrte an die Zimmerdecke, oder besser gesagt ins Leere.

„Aber ich kann trotzdem mit keinem von meinen Freunden darüber reden. Da ist diese Barriere in meinem Kopf. Die geht einfach nicht mehr weg."

„Wie ist denn ihre Prognose?", traute ich mich zu fragen.

„Nicht gut", gab Mikka leise zurück. „Sie hat eine schubweise fortschreitende Form. Manchmal geht es ihr gut, dann geht sie sogar abends aus. Und dann hat sie plötzlich wieder Schübe, trotz der Medikamente. Dann sitzt sie im Rollstuhl und versteckt sich bei unseren Eltern."

Ich saß nur da und hörte zu. Nickte ihm aufmunternd zu, wie damals, als ich Interviews fürs Radio führte und wusste, dass ich nichts sagen durfte, um den Gesprächspartner zum Weiterreden zu ermuntern, denn es durfte kein störendes Wort von mir auf dem Band zu hören sein.

„Ich habe Angst, dass sie bald nicht mehr malen kann. Dass sie nicht mehr alles malen kann, was sie noch malen will."

„Und du, malst du auch?"

Ich hätte gerne mehr über sein Leben erfahren.

Seine Antwort klang schroff, die Stimme plötzlich heiser.

„Nein, ich male nicht."

Dann stand er mit einem Ruck von der Matratze auf und zog sich Hemd und Jeans wieder an.

„Willst du noch was trinken?", fragte er und klang wieder erstaunlich fürsorglich. „Tee oder Kaffee?"

Ich wollte lieber Tee und stand nun auch auf und zog mich an. Einen Moment lang fühlte ich mich unwohl, wollte gehen – was machte ich hier eigentlich? Aber Mikka deckte so selbstverständlich den Tisch, goss Tee auf und stellte Cornflakes und Orangensaft bereit, dass ich keine Chance hatte, mich zu verabschieden. Ein paar Augenblicke später hatte ich mich wieder entspannt.

Mikka zog die Vorhänge auf und ehe ich später wirklich ging, zeigte er mir noch die Stadt von oben. Und seine Augen waren wirklich grün.

Ich habe Mikka nie wiedergesehen. Manchmal war ich kurz davor, seinen Namen im Internet zu suchen, ich hatte seinen Nachnamen vom Klingelschild abgelesen, als ich das Hochhaus verließ, mit ungekämmten Haaren und gerade noch genügend Zeit, um im Hostel meine Sachen zu packen und zum Flughafen zu fahren. Fast drei Jahre ist das her. Aber ich gab seinen Namen nie in eine Suchmaschine ein, auch nicht bei facebook. Manchmal schaute ich mir Kopenhagen auf Google Maps an und dachte an diesen seltsamen Morgen im Hochhaus und hoffte, dass es Mikka und seiner Schwester gut ging.

Gestern saß ich dann im Wartezimmer meiner Hausärztin und las das Feuilleton einer großen Tageszeitung. Und plötzlich sprang mir etwas aus den Kulturnachrichten ins Auge. Ich dachte zuerst, es müsse jemand anderer mit demselben Namen sein. Nicht *der* Mikka. Die Titelzeile lautete „Kunstpreis der Soundso-Stiftung geht an dänischen Maler" – oder so ähnlich. Ich kann mich gar nicht erinnern, worüber ich mit meiner Ärztin gesprochen habe. Zuhause tippte ich den Namen in eine Suchmaschine ein und sofort erschienen zahlreiche Fotos von Mikka. Eindeutig *der* Mikka aus Kopenhagen. Ich hatte nicht gewusst, dass er so bekannt war. Wie auch, ich hatte ja nicht mal gewusst, dass er malte. Weil er es abgestritten hatte. Eine Ahnung stieg langsam und kribbelnd in mir auf. Ich überflog den Artikel, der als oberster Treffer in der Suchmaschine angezeigt wurde. Mikka hatte an der Hochschule für bildende Künste in Hamburg studiert und seitdem schon diverse Kunstpreise gewonnen. Er galt sogar als herausragendes Talent. Man könne nur hoffen, dass er trotz seiner Erkrankung noch lange würde malen können, er leide immer wieder an motorischen Störungen und Zittern der Hände. Auch hier ein Foto von Mikka: Er saß im Rollstuhl, aber er lächelte zufrieden in die Kamera. Eine Schwester wurde nicht erwähnt.

Geburt des Dinosauriers

Uta Neumann

Ich habe ein Maul. Ich habe Hunger. Wo fang ich an? Keine Fliege da! Auf meinem Ohr: ein Kribbeln. Vor meinem Auge: langes Wesen, bunt, surrt, mit durchsichtigen Flügeln.

Es wird dunkel und kalt. Nass kommt auf meinen Rücken. Meine Watschen halten sich auf dem Stein.

So groß in mir der Schrei. Würgt sich den Hals herauf, füllt das Maul.

Lange das Maul öffnen.

Rausströmen! Viel Luft und Kraft hinaus. Leere, große Leere in mir. Kälte, Krämpfe in den Watschen.

Werde bewegt, gerutscht ... nasser Stein.

Alles plötzlich neu.

Viele kleine Wesen schlängeln sich weg. Ich bewege meine Seitenlager. Der Kopf geht über das Element? Wasser?

Ich trinke! Wasser? Das kenn ich. Viiiiiiel größer.

Ich öffne mein Maul und es strömt Wasser hinein und Festes. Schlucke! Nicht mehr große Leere.

Jetzt: Kleine Leere!

Ich muss beißen.

Ich komme mit den Watschen auf festen Grund. Watsche nach vorn. Wieder trocken!

Auch von oben kommt kein Wasser mehr.

Ich kann atmen. Watsche zu dem hohen Etwas, das dort steht. Rolle mich ein. Fühle mich wie im Ei.

Bin klein und sicher. Leben.

Da, etwas! Leben zum Essen? Riecht wie ich. Lange Watschen. Schnell. Hmmm.

Ist weg? Nein, Bewegung. Wasser spritzt, warm von oben, Licht. Kommt nah. Ich öffne mein Maul über dem Wasser.

Wieder zu. Ich mache mich schwer. Will ein Stein sein. Allein sein ist ohh.

Uta Neumann

Damals

war ich

noch ganz naiv

bis heute, sagt man

Lügner

Asche

Ilse Reichinger

 Unter dem Felsvorsprung war es kühler. Sie schaute über die noch blühenden Wiesen und nickte: „Hier ist der richtige Ort für dich, mein Lieber, endlich habe ich ihn gefunden. Lange bin ich herumgeirrt, bis ich auf unseren Weg gekommen bin. Wie oft sind wir hier zusammen gegangen, verliebt, Hand in Hand", flüsterte sie, sich hinunter beugend, als würde er auf dem Stein vor ihr sitzen.

Eine Tüte aus braunem Packpapier steckte in der linken Außentasche ihres gelben Anoraks. Eine große Papiertüte, wie man sie wahlweise in einem Bioladen bekommt, „BIO" in grüner Aufschrift. Schweiß lief ihr den Rücken hinunter, die Hitze unter ihrem Anorak fühlte sich so sinnlich an, wie damals, als sie vergnügt und verliebt ins Tal liefen. Sie wagte nicht, die Jacke auszuziehen. Erst musste sie ihre Mission erfüllen. Sie lehnte sich an die Felswand, vor ihr fiel der Wiesenhang steil hinab.

Sie atmete mühsam. Im Laufe der Jahre hatte sich ihr Körper in eine füllige Statur verwandelt. Die schweren Brüste fand sie hinderlich, eine Taille gab es nicht mehr. Das voluminöse Hinterteil zwang sie zu einem wogenden, etwas watschelnden Gang. Wer ihr begegnete, dem fiel als erstes ihr fein geschnittenes, ebenmäßiges Gesicht auf und die ausdrucksstarken veilchenblauen Augen.

Von Trauer überwältigt, weinte sie heftig. Um sich zu beruhigen, begann sie, ein Lied zu singen. Ihr fiel ein einfaches Kirchenlied ein. Ihre Mutter hatte es oft gesungen, wenn sie traurig war. Zaghaft summend zuerst, dann mit klarer Stimme. Das Echo kam deutlich von den hohen Felsen zurück.

Selig seid Ihr, wenn Ihr einfach lebt.

Selig seid ihr, wenn ihr Lasten tragt.

Selig seid ihr, wenn ihr lieben lernt.

Selig seid ihr, wenn ihr Güte wagt.

Sie griff in die Tüte, ließ die mitgebrachte Asche durch die Finger rieseln. Ein leichter Wind tat sein Übriges, blies sie aufgewirbelt den Hang hinunter. Sie streute, wie eine Bäuerin den Samen. Dabei sang sie mit feierlichem Ernst die zweite Strophe. Die Reste aus der Tüte schüttelnd schluchzte sie noch einmal laut auf.

„Mach es gut mein Lieber."

Sie riss sich den Anorak vom Körper. Ihre Bluse war nass vom Schweiß. Sie legte die braune Tüte sorgfältig zusammen und verbarg sie unter einem großen Stein.

Sie wusste, sie hatte sich einiger Straftaten schuldig gemacht. Eine Urne entfernt, entleert und mit Asche aus dem Kachelofen gefüllt. Angstvoll mit einer blinzelnden Taschenlampe auf dem nächtlichen Friedhof gegraben. Niemand bemerkte es.

Sie hatte es versprochen, nun war es eingelöst, jenes Versprechen. Nervös wandte sie sich wieder dem Weg zu, den sie gekommen war. Drei Uhr, um sechs Uhr war sie mit ihrem Mann in Freiburg im kleinen Meierhof verabredet. Das war gut zu schaffen. Ihren Smart hatte sie in der Feldberg Garage geparkt.

Segeltörn

Alex Devesper

 Diese plötzliche Stille, diese unheimliche Ruhe. Was passiert gerade? Wir sitzen an diesem idyllischen Strand in der kleinen sandigen Bucht, die nur übers Wasser erreichbar ist. Eingeschlossen von Felsen ringsum genießen wir die Abgeschiedenheit, freuen uns auf das Picknick, lassen den feinen, warmen Sand durch die Finger rieseln. Der Rotwein ist entkorkt, der Segeltag war großartig und dieses Abendessen ist geradezu filmreif, der Abspann für einen gelungenen Tag.

Alle vier sind wir gut gelaunt, plaudern, lachen, als plötzlich – von einer Sekunde auf die andere – ein unheilvolles Gefühl aufkommt. Diese Ahnung, dass gleich etwas passieren wird. Wir sehen uns an. Fragendes Entsetzen in unseren Augen. Fast gleichzeitig springen wir auf, als schlagartig - ohne Vorwarnung - der Sturm über uns hereinbricht. Unser Beiboot wird aufs Meer hinausgetrieben. Weit entfernte Schreie und Rufen von umliegenden Schiffen, alles geht wild durcheinander.

Vergessen ist mit einem Mal der Rotwein, die lockere Atmosphäre. Nur noch Panik. Nackte Angst. Unsere Blicke finden sich, hilflos stehen wir am Strand. Diese beschauliche Bucht, vergessen. Diese malerische Schönheit des Strandes, vergessen. Diese beeindruckend wilde Felslandschaft hinter uns, vergessen. Nur noch das tosende Meer vor uns, das alles zu verschlingen droht. Es reißt sein Maul auf, schäumende Wassermassen geifern heraus, um mit dem nächsten

Atemzug wieder verschluckt zu werden. Jetzt heißt es handeln. Das Wasser steigt, hier können wir nicht bleiben. Zurück auf das Boot.

Unser Segelboot schwankt gefährlich, neigt sich zur Seite, bäumt sich schreiend auf. Wird der Anker halten? Wir haben die Segel nicht fachmännisch eingeholt vor unserem Landgang. Ein Fehler, wie sich jetzt zeigt. Wir müssen auf das Boot. Aber wie?

Er übernimmt die Führung und schwimmt auf das Schiff, um ein Seil zu uns zu bringen, an dem wir sicher auf das Boot kommen. Eine unüberlegte, lebensgefährliche Entscheidung. Er ist kein Profischwimmer, die Wellen sind zu hoch, die Brandung gefährlich, das ganze Vorhaben ein Albtraum. Er kämpft sich durch die Wassermassen, wir sehen ihn nicht mehr. Nur noch Sturm, Wasser überall und plötzliche Dunkelheit. Wo ist dieser schwarze Wolkencluster hergekommen? Wir hören nur das laute Getöse, die Schreie und Rufe der anderen, die unser Schicksal teilen und versuchen, sich und ihre Schiffe zu retten. Angstvolle Minuten, die sich anfühlen wie Stunden. Meinen Körper spüre ich nicht mehr, alles was ich wahrnehme ist Angst. Angst um ihn.

Da taucht er plötzlich auf, wie Phoenix aus der Asche. Mit einem Seil in der Hand, das am anderen Ende am Schiff befestigt ist und das wir jetzt am Strand um einen Felsen schlingen. Dann schwimmen wir nacheinander am Seil entlang auf das Schiff. Er schwimmt als erster, gefolgt von unserem Freund und seiner Ehefrau. Die letzte bin ich.

Ich will da nicht hin. Das Schiff ist mir egal, soll es doch bersten. Warum soll ich da rüber schwimmen? Ich kann hier abwarten, bis der Sturm vorbei ist. Das Wasser kommt vielleicht nicht bis an die Felsen. Ich bin egoistisch, die anderen brauchen mich. Sie warten auf mich, sie rufen nach mir, sie machen sich Sorgen. Wenn ich jetzt nicht losschwimme, wird er wieder zurückkommen, um mich zu holen. Er wird sich in Gefahr begeben, er hat nicht mehr genügend Kraft. Ich werde mich am Seil festhalten und auf das Schiff schwimmen.

Es ist furchtbar kalt. Der Sog zieht mich unter Wasser, die Wellen schlagen über mir zusammen. Ich schmecke Salzwasser, ich bekomme keine Luft, es zieht mir den Boden unter den Füßen weg. Ich weiß nicht mehr, wo ich bin. Doch. Ich bin unter Wasser. Wo ist oben? Wo ist Luft? Wo ist das Seil? Fühlt es sich so an, das Ertrinken? Mein Puls überschlägt sich, ich spüre meinen Herzschlag im Kopf. Ich muss atmen. Ich muss. Sie warten auf mich. Wenn ich nicht ankomme, machen sie „Mann-über-Bord-Manöver". Wir haben das gestern spielerisch und lachend geübt. Heute ist es tödlicher Ernst. Aber in dieser Situation ein solches Manöver durchzuführen, gelingt ihnen nicht. Sie bringen sich in Gefahr. Alle sind wir unerfahren.

Ich schaffe das. Es ist nicht mehr weit. Da. Meine Hand an der Metall-Leiter, ich werde aus dem Wasser gezogen, ich bin an Bord. Wir sind in Sicherheit. Suchend sehe ich mich um, die anderen senken den Blick. Einer von uns fehlt.

Gebenedeit
Claudia Hellstern

 Es riecht. Ich rümpfe meine Nase und versuche, nicht zu atmen. Der Versuch ist es wert, doch lange hält das nicht an. Dann muss ich wieder einatmen, wobei dieser Geruch in mein empfindliches Riechorgan steigt. Mich schüttelt.

Ich weiß nicht, wer diesen aufdringlichen Geruch verbreitet. Ich kann ihn noch nicht orten. Ist es der Herr, der direkt links neben mir steht? Ich schiele aus den Augenwinkeln zu ihm hinüber. Er ist nicht größer als ich, aber runder. Sein dicker Bauch überdeckt den Gürtel seiner Anzughose. Weißes Hemd, Unterhemd darunter, Krawatte darüber. Einer dieser unverwüstlichen Geschäftsmänner, die immer im gleichen Dress herumlaufen. Er hat sein Jackett geöffnet und die Krawatte gelöst. Stur blickt er geradeaus. Er starrt ein Loch in die Wand, stiert auf die Knöpfe des Fahrstuhls und hofft, dass er ihn damit zum Laufen bringt.

Ich wollte eigentlich nicht in diesen Fahrstuhl steigen, ich bin leidenschaftliche Treppensteigerin. Doch heute bis zum 13. Stock, in dieser Hitze, mit müden schweren Beinen, fand ich es ratsam. Mist! Ich betrete, wenn irgend möglich, immer als Letzte einen Aufzug, wenn ich es denn überhaupt mache. So habe ich die Chance, direkt an der Tür zu stehen. Zumindest ist dann keiner vor mir. Es reicht mir schon, wenn rechts, links und hinter mir jemand steht. Ich kann den Atem eines Rückenmannes im Nacken nicht ab und wünsche mich aus diesem Quadrat schnell wieder heraus. Ausgerechnet heute muss ich da einsteigen. Ausgerechnet heute! Jetzt steckt der Aufzug irgendwo im Nirwana zwischen dem neunten und zehnten Stockwerk.

Rums machte es, rums, es hat ein bisschen geschüttelt und dann, als ob einer eine Vollbremsung macht, angehalten. Es hat uns alle etwas aus dem Stand gebracht und ich bin leicht nach rechts gefallen und dem Menschen neben mir auf den Fuß getreten, wobei der hinter mir sich an meiner Schulter festgekrallt hat. Widerlich. Jetzt stehen wir da, wie angewurzelt und schauen stur geradeaus. Bis jetzt herrscht Stille. Ich hoffe inbrünstig, dass es so bleibt und nicht einer dieser Menschen hier anfängt Witze zu machen.

Es riecht. Er neben mir atmet schwer. Er schnauft wie ein alter Hirsch und räuspert sich immer wieder. Vielleicht will er etwas sagen und legt sich erst die Worte zurecht.

Er gafft mich an.

Wie viele Menschen hier gefangen sind, weiß ich noch nicht. Ich schätze wir sind sieben und hoffe, dass es auch alles Menschen sind. Blöde Hoffnung. Was denn sonst? Umgeschaut habe ich mich noch nicht. Ich habe Angst vor den Blicken hinter mir und auch vor den Gerüchen, die sich mir entgegen schleudern.

Der Mensch neben mir, dieser Anzug-Krawatte-Mann, hält seine Aktentasche dicht an seinen Kugelbauch gepresst. Hat er Sorge, sie wird ihm geklaut? Das braucht er nicht, keiner kann wegrennen. Wir sind gefangen in diesem Zwei-Quadratmeter-Fahrstuhl. Personenzahl 8 und Höchstgewicht 700 kg.

Die Personenzahl haben wir nicht erfüllt, und die Höchstlast? Ich überschlage im Kopf.

Müsste passen, denke ich beruhigt.

Mein Nebenmann zappelt, wackelt und sucht in seiner Hosentasche herum. Ich rieche seinen Schweiß, spüre die Feuchtigkeit. Er zieht ein Taschentuch hervor und fährt sich über seine von Schweißperlen glänzende Glatze.

Tropf mich bloß nicht voll!

Ich versuche nach links auszuweichen. Doch da steht auch einer, auch ein Anzugmensch, in hellem Tweed mit, oh Gott, Sandalen an den Füßen. Was ist das denn? Deutsch ist der sicher nicht, denn er trägt keine Socken. Ich starre hinunter, nackte Füße in braunen Sandalen, die

Zehennägel gelblich verfärbt. Nagelpilz. Langsam wende ich mein Gesicht um und schaue ihm direkt in die Augen. Ein Südländer. Dunkler Teint, mit Brusttoupée, das aus seinem weit aufgeknöpften weißen Nylonhemd hervorquillt. Goldkettchen in diesem Pelz. Er blickt mich mit Augen an, die fast ganz zwischen Samtwimpern verschwinden. Zuerst ausdruckslos, dann verzieht er seinen Mund zu einem breiten Lächeln und zeigt dabei eine Zahnlücke bei den vorderen Schneidezähnen und goldene Backenzähne.

In welchem Film bin ich gelandet?

Er hat breite Koteletten und auf seinem braun gebrannten Kopf sitzt ein Strohhut, der ihm hier sicher keine guten Dienste leistet. Sonnenschein gibt es in unseren Gefängnissen nicht.

Ich will nicht wissen, wie es darunter lebt. Angewidert und ohne die Spur eines Lächelns, schaue ich wieder nach vorn.

Ich will hier raus!

Es ist so unerbittlich heiß hier drin. Ich schließe die Augen und stelle mir vor, wie die Füße des Sandalenmanns Wasser ziehen, das den Boden des Fahrstuhls überflutet. Wie wir in diesem gelblich warmen Wasser stehen, das uns großherzig den Nagelpilz bringt. Köstlicher Gedanke.

Ich drehe mich um - nun doch - und sehe vier stumme Gesichter hinter mir.

Beruhigend, alles Menschen, keine Monster.

Da steht ganz in die Ecke gequetscht eine alte Frau mit einem Kopftuch. Sie trägt ein Dirndl. Resi, so taufe ich sie, ist mit dieser Situation überhaupt nicht bewandert, ebenso wenig mit Anzugmenschen. Ihre Augen wandern hin und her. Macht was, sagt ihr Blick, macht was.

Neben ihr, wohl ihr Angetrauter, ein kleines Männchen mit Gamsbarthut und Lodenjacke. Und das in dieser Hitze! Er kaut auf etwas herum und zeigt, als ich ihn anschaue, eine Reihe gelber Zähne, zwischen denen er etwas Braunes hin- und herschiebt. Er holt sich aus seiner Hosentasche eine kleine rechteckige Dose und legt gekonnt eine braune Spur auf seinen Handrücken, die er laut rotzend in seine Nase zieht.

„Dann kann ich hier drin besser atmen", sagt er zu mir.

In seinem Schnauzer hängt die Hälfte des Schnupftabaks, vermischt mit Rotz und Spucke.

Spuren alter Rationen wahrscheinlich, das kann nicht alles von jetzt sein.

Der Herr neben ihm, ein hochwohlgeborener Banker, ist äußerst darauf bedacht, den Nebenmann nicht zu berühren. Er war es, der mich an meiner Schulter gepackt hatte. Er wollte wohl lieber auf mich fallen, als auf den kleinen Bauern, dessen Knoblauchdunst unüberriechbar ist.

Stocksteif steht er da und schaut mich mit hilfesuchendem Blick an. Ich kann nichts tun, sagen meine Augen.

Er ist akkurat mit Mittelscheitel-Gelfrisur gerichtet. Er schwitzt, ist nervös und völlig unsicher. Fast unmerklich wippt er vor und zurück. Ich schaue weg. Sein flehender Blick nervt. Davidoff Cool Water ist wohl sein Duft. Cool Water vermischt mit Knoblauchdunst – eine Freude für die Nase.

Atmen, sage ich mir, ATMEN. Nicht, dass du noch umkippst. Schrecklich die Vorstellung, ich würde auf einen der Herren fallen. Egal auf welchen, kein George Clooney dabei. Es lohnt sich nicht. Ich wende mich wieder nach vorne. Dabei streife ich den Glatzenmann neben mir mit einem Blick. Er scheint kurz vor dem Zusammenbruch zu stehen. Klaustrophobie? Möglich! Sagt nichts, japst nur.

Lieber Gott, lass endlich den Fahrstuhl weiterfahren.

Es ist so heiß. Wir ersticken hier drin. Einer hustet, räuspert sich, hustet wieder.

Wer links hinten steht, muss ich noch herausfinden. Ich drehe mich langsam um. Ein junges Mädchen mit Pferdeschanz, das Kaugummi kaut und die Augen geschlossen hat. Sie hat Ohrstöpsel und scheint sich innerlich weggebeamt zu haben. Völlig abgehoben.

Die macht es richtig.

Ich drehe mich wieder weg. Hoffentlich berührt mich keiner.

Leben im Sandalenmann. Er holt ein Bonbon aus dem Jackett und stopft es sich in den Mund. Schmatz, schmatz.

Er drückt immer wieder auf die Nottaste.

„Hilfe", schreit er. „Macht endlich den Motor an. Ich will hier raus. Hört uns denn keiner?"

Brüllen nützt nichts. Gar nichts.

Mein Rücken schmerzt. Langes Stehen ist anstrengend. Das Mädchen hinter mir hat sich auf den Boden gesetzt und wiegt den Kopf hin und her im Takt seiner Ohrmusik.

Ich greife in meine Tasche und hole eine Flasche Wasser heraus. Traue mich fast nicht, aber der Durst. Hoffentlich will keiner davon. Eklig, wenn jeder daran nippelt.

Soll ich das Wasser besser sparen? Wer weiß?

Keiner sagt etwas. Alle schauen und hören auf mein Schlucken. Peinlich. Wahrscheinlich haben alle Durst.

Wie lange dauert das? So langsam wird es Zeit.

Der Sandalenmann schaut wiederholt auf die Uhr und stöhnt und der Bauer zieht sich eine Schnupftabakschnur nach der anderen rein und rotzt lautstark.

Es ruckelt. Nichts.

Wenn der Fahrstuhl reißt und in die Tiefe stürzt, dann liegen wir alle aufeinander. Die Hinteren auf den Vorderen? Umgekehrt? Eklig, wenn die Männer auf mir liegen. Oder das Bäuerlein mir seinen Knoblauchschweiß ins Gesicht tropft oder gar seinen braunen Speichel.

Mich schüttelt.

Gefühlte Ewigkeiten sind wir schon gefangen. Wie Tiere im Käfig, nur ohne Gitter, keine Sicht nach außen. Nichts – nur Hitze.

Sabotage? Terroranschlag? Ist der Sandalenmann neben mir ein hohes Tier, das gekidnappt werden soll? Oder der fadengerade Scheitelmann hinter mir ein Millionärssöhnchen?

Mein Kopfkino setzt sich in Gang. Von Al Capone bis Terminator tritt alles auf. Ich spinne.

Die Bäuerin, meine Resi, beginnt zu beten. Ich drehe mich zu ihr um. Sie hat einen Rosenkranz in der Hand.

„Gelobt sei Jesus Christus... du bist gebenedeit unter den Weibern, heilige Mutter Gottes vergebe uns Sündern ...“

Ihre Worte gehen unter die Haut.

Warum passiert hier nichts? Dieses stumme Nichtstun – schrecklich.

Resi betet, ihr Mann schnupft.

Der Anzugmann schimpft.

„Himmel Herrgott Sakrament – ich halte das nicht mehr aus. Was machen die denn? Herrschaftszeiten macht endlich die Tür auf.“

Er brüllt und hämmert mit der einen Hand gegen die Tür, die andere klammert sich an der Aktenmappe fest.

Er trampelt. Der Fahrstuhl ächzt und vibriert. Wir stürzen ab, bestimmt stürzen wir hinunter, wenn er nicht aufhört.

„Maria Mutter Gottes bitte für uns...“

„Aufhören, Sie Dummdämel“, schreit nun der Sandalenmann. „Was soll das bringen?“

Es ist so heiß wie in einem Backofen. Heiß und dämpfig. Ich rieche nichts mehr. Meine Nase hat sich an den Geruch gewöhnt.

„Bitte für uns Sünder ...“

„Liebe Fahrgäste in Fahrstuhl 5."

Eine Stimme aus dem Lautsprecher ertönt in salbungsvollem Ton.

„Wir arbeiten an der Störung und bitten Sie um etwas Geduld. Unsere Techniker sind vor Ort und versuchen die Störung zu beheben. Bewahren Sie Ruhe. Danke!"

„Die hat gut reden, die Schlampe. Sitzt im Büro mit Klimaanlage und Eistee und schwingt schlaue Reden! Die soll ihren Arsch bewegen, dass es endlich weitergeht!"

Halt die Klappte, denke ich. Halt die Klappe.

Er dreht sich zu den anderen um.

„Wir müssen alle stampfen und schreien, damit die vorwärtsmachen. Die haben die Ruhe weg. Wenn wir so schweigsam sind und uns nicht rühren, dann tut sich nichts. Los!"

„Gelobt sei Jesus Christus in Ewigkeit. Amen."

Lasst euch nicht anheizen. Bleibt ruhig.

Als ob sie meine Gedanken gehört hätten, keiner sagt ein Wort, nur

„Gebenedeit unter den Frauen..."

ist zu hören.

Gebenedeit – was für ein Wort! Was das bedeutet? Ich werde, wenn ich draußen bin, nachschlagen. Über den Rosenkranz!

Da – ein Ruckeln, der Fahrstuhl setzt sich langsam in Bewegung nach unten. Es ruckelt, wie bei Turbulenzen im Flugzeug.

Endlich, es geschehen noch Zeichen und Wunder.

„In Ewigkeit Amen."

Der Bauer kottert. Zu viel Tabak.

Nicht ausspucken, bitte nicht ausspucken. Spuck in ein Taschentuch.

Rums. Wir stehen. Irgendwo weiter unten. Die Leuchtanzeige ist ausgefallen. Unruhe im Gefängnis.

Himmelherrgott noch mal.

„Heilige Maria Mutter Gottes."

Der Sandalenmann schlägt seine Faust gegen die Armaturen. Die Sandalen quietschen bei der Bewegung. Ich habe Recht, Schweißwasser steht in seinen Sandalen.

„Jesus, den du oh Jungfrau vom Heiligen Geist empfangen hast."

Wir stehen und sitzen fest.

„Liebe Fahrgäste in Fahrstuhl 5. Bleiben Sie ruhig, wir haben die Störung in wenigen Minuten behoben. Danke für Ihre Geduld."

„Die haben Nerven. Danke für Ihre Geduld!", äfft der Anzugmann neben mir. „Was glauben die eigentlich, wer sie sind!"

„Mutter Gottes bitte für uns."

Rücken und Beine machen sich bemerkbar. Ich muss mich hinsetzen.

Da, es ruckelt erneut. Die Türen öffnen sich einen kleinen Spalt. Licht dringt in unsere Zelle.

Wie schrecklich es sein muss, eingesperrt zu sein in einer Gefängniszelle mit vielen Leuten.

Die Schweißperlen auf meiner Nase tropfen nach unten. Das T-Shirt klebt an meinem Körper.

Meine Speckrollen sind so nicht mehr zu übersehen. Peinlich!

„Jesus Christus bitte für uns!"

Die Türen schnappen wieder zu.

Der Mann mit Gelscheitel hinter mir legt eine Hand auf meine Schulter und zieht mich nach hinten. Ich wehre mich. Er sagt mir, dass ich mich anlehnen könne.

„Danke", flüstere ich.

Wir stehen reihum, angelehnt an den Wänden der Zelle, wie Wachsfiguren. Nur das junge Mädchen sitzt auf dem Boden. Sie kümmert sich um nichts.

Die macht's richtig. Was soll das Gezetere?

„Gelobt sei Jesus Christus in Ewigkeit Amen."

Ich schließe die Augen. Der Bauer steht nun links neben mir. Er rotzt und spuckt und dünstet Knoblauch aus. Knoblauch ist gesund, hält den Kopf fit. Wie fit der wohl ist!

Durst! Ich nehme meine Flasche. Viel ist nicht mehr da. Ich setze die Flasche an meinen Mund und schaue dabei auf die Bäuerin.

„In Ewigkeit Amen."

Ich reiche ihr das Wasser. Sie soll es haben. Leer trinken. Ich kann danach nie mehr aus der Flasche trinken. Wie verwöhnt und empfindlich wir sind.

Sie trinkt mit lauten Schluckbewegungen.

Du gutes Hutzelweib hast bestimmt kein leichtes Leben.

„Gebenedeit unter den Frauen ... "

Da – die Tür geht auf. Luft strömt herein und wir hinaus, unaufhaltsam. Die beiden Herren drücken sich gemeinsam durch die Tür.

Gleich geht sie wieder zu. Macht langsam Ihr Idioten.

Wir gehen alle hinaus. Zurück im Erdgeschoss. Draußen stehen zwei Monteure im blauen Anton und eine Frau mit einer Hornbrille, die sich für die Unannehmlichkeit in geschäftigem Ton entschuldigt. Sie reicht jedem eine Flasche Wasser.

„Du bist gebenedeit unter den Frauen."

Nie mehr Fahrstuhl – auch nicht bei Hitze! Auch nicht in den 13 Stock!

Ein besonderer Tag

Ilse Reichinger

 Am Eingang des Lokals „Oscars" in Freiburg stand neben uns ein Mann mit einem dicken Verband um den Kopf. Eine winzige Blutspur zog sich am Ohr entlang und seine Lippe war dick angeschwollen. „Ottmar!", rief ich leise. Aber er war schon ins Lokal gestürzt, um den einzigen freien Tisch zu ergattern. Mit einem maliziösen Siegerlächeln ließ er sich auf den Stuhl fallen. Er winkte ungeduldig.

In meinem Bauch fühlte ich wieder das Stechen. Der Schrecken, der mich seit meiner Kindheit begleitet, ausgelöst von einem sehr schweren Unfall. Ich musste mit ansehen, wie ein Pferd starb. Seither konnte ich kein Blut sehen. Die Bilder kommen sofort in meinen Kopf. Das Pferd lag leblos auf der Schiene und die Blutlache unter ihm wurde immer größer. Das Fuhrwerk war umgekippt. Der alte Mann saß stöhnend auf dem Gehweg und blutete an der Stirn.

„Ottmar, müssen wir unbedingt in dieses Lokal? Ich dachte, wir könnten zur Feier unserer einjährigen Freundschaft in den „Roten Bären."

„Ach hier ist es doch auch schön", sagte er etwas zu unwirsch. „Das Lokal ist bei Studenten sehr beliebt."

Fluchtbereit setzte ich mich auf die harte Stuhlkante. Das Ambiente ließ meine Stimmung auf den Nullpunkt sinken. Ich hätte es gern feierlicher gehabt, weiße Tischdecken, Kerzen, wenig Menschen, ein gutes Gespräch. Hier standen Leute zwischen den essenden Menschen, um auf einen Platz zu warten. Die Bedienungen waren zwar sehr freundlich, mussten sich jedoch hautnah an einem vorbei quetschen.

„Können wir nicht …?", fing ich wieder an.

„Ach was, hier sitzen wir doch gut. Von hier aus kann man die Leute auf der Straße beobachten. Schau doch mal die Bäume ..."

„Ich kann nichts essen Ottmar."

„Freu dich doch, hier gibt es die beste Pizza in ganz Freiburg und sehr günstig."

Er bemerkte nicht, wie schlecht es mir ging und plapperte belanglos von günstigen Salaten und Spaghetti.

Ich sah mich wieder als zwölfjähriges Kind mit meinem Fahrrad auf der Straße stehen. Die „SEKU", die Sekundärbahn von Uttenreuth nach Erlangen, stand dampfend und ratternd vor dem sterbenden Pferd. Es lag auf dem Rücken und die Beine strampelten durch die Luft bis es auf die Seite fiel.

Es war damals ein nasskalter Tag und ich wollte mit dem Fahrrad in die Stadt. Mir wurde wie immer übel.

Plötzlich erkannte ich den wirklichen Ottmar, den „einfach gestrickten Menschen", so einfach wie der von seiner Mutter gestrickte Pullover, zwei rechts, zwei links.

Es fiel mir wie Schuppen von den Augen. Er war nicht der Mann in meinem Herzen.

„Ich habe mir mein bestes Kostüm für dich angezogen, war beim Friseur, bei der Kosmetikerin und hier sitze ich nun, Verschwendung!", flüsterte ich.

Ich wusste nicht, was in mich gefahren war. Wütend sprang ich auf, stieß den Stuhl krachend um, schrie sehr laut:

„Ottmar ich gehe jetzt und werde dich nie wiedersehen!"

Die Gespräche waren verstummt. Ohne mich noch einmal umzudrehen, ging ich zur Tür. Dort stand der Mann mit dem Kopfverband und wollte mich lallend, mit ausgestreckten Armen aufhalten. Ich gab ihm einen Stoß.

Den mich empört beschimpfenden Ottmar zurücklassend, überquerte ich die Kaiser-Joseph-Straße. Ein junger Mann lächelte mir zu. Eine Mutter mit ihrem kleinen Mädchen schaute mich aufmerksam an. Ein älterer gepflegter Herr ließ mich mit einer galanten Handbewegung vorbei. In der Gerberau versprach ich mir:

„Julia, ab jetzt wird es ein schöner Tag!"

Im Roten Bären war noch ein Tisch für mich frei.

Nomen est Omen
Claudia Hellstern

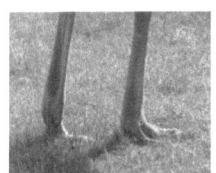 Was hatten sich seine Eltern gedacht, als sie ihren einzigen Sohn August tauften? Er konnte es nicht nachvollziehen und verstand es nicht. So sehr er seine Eltern liebte und schätzte, er konnte ihnen nicht verzeihen, dass sie ihm diesen schrecklichen Vornamen gegeben hatten. August – was sollte das? Zusammen mit dem Familiennamen Hitze war er eine einzige Lachnummer. August Hitze! Das ging doch gar nicht! Das war wie Dezember Schnee.

Er hatte in der Familienchronik gestöbert. Bis weit zu den Ururahnen. Einen August konnte er nirgendwo ausmachen. Auch keine Vorfahren mit abgewandelten Formen waren zu finden. Keine Augusta und keine Augustine. Niemand. Und er, der vielversprechende Spross, bei dem alles so perfekt zu sein scheint, heißt August.

Kein Augustus, Augusto, Augustin, Gustel oder Auguste. Kein Onkel, Vetter oder Neffe. Überhaupt hieß niemand so. Nur er, ausgerechnet er, weshalb bloß?

Dass man gegen den Familiennamen nicht viel machen konnte, das wusste er, aber dass man, wenn man schon so einen seltsamen Familiennamen wie Hitze hatte, den Vornamen seines Kindes mit mehr Bedacht aussuchen sollte, war ja wohl selbstverständlich. Er verstand das einfach nicht.

August Hitze klang wie Augusthitze. Das war furchtbar. Er wurde gehänselt, wo immer er sich mit seinem Namen vorstellte. „Jetzt wird es heiß im Dezember, denn die Augusthitze kommt auf uns zu!" und das war noch nichts gegen die vielen anderen Gemeinheiten, die er sich tagtäglich anhören musste.

August grübelte über seinem Namen. Das war mittlerweile zu einer Besessenheit geworden. Wenn er wenigstens im August geboren wäre oder vielleicht sogar gezeugt, in einer heißen Liebesnacht. Doch sein Geburtstag ließ keinerlei Schlüsse auf eine August-Zeugung zu. Sein Geburtstag war im Dezember mitten im Winter, weit weg vom Sommermonat August. Eine Frühgeburt war er seines Wissens auch nicht. Weder Hochzeitsdaten noch andere Anlässe ließen Erklärungen zu. Nichts.

August! Wie kann man bloß August heißen? August hießen doch nur die Clowns und die hatten praktisch als Beinmanen noch ein Attribut, nämlich dumm. Der dumme August war auf Zirkusplakaten zu lesen.

Dachten seine Eltern, als er geboren wurde, er werde einmal dumm sein? Hatte er dumm ausgesehen? Oder wie ein Zirkusclown? Es war doch nicht möglich, dass man einem Neugeborenen ansah, ob es einmal gescheit oder dumm sein würde. Er war alles andere als dumm. Übergescheit – sagte seine Mutter. Hochintelligent - die Lehrer.

Ich bin der hitzige August. Wie peinlich.

Immer stand er in der ersten Reihe, schrieb nur die besten Noten, spielte Theater und sang im Chor, sogar als Vorsänger. Er beherrschte das Klavier wie Richard Clayderman und komponierte wunderbare

Melodien. Das als August, als dummer August, als hitziger August womöglich.

Seine Gedichte wurden rezitiert und seine Geschichten in den Zeitungen abgedruckt, darunter dieser unmögliche Name. Die Leute dachten bestimmt, dass das alles ein Fake sei.

August betrachtete sich im Spiegel. Er sah gut aus, das war ihm bewusst. Seine hochgewachsene und gut gebaute Statur, seine schwarzen welligen Haare, die perfekt gekämmt waren, das glatte und leicht gebräunte Gesicht mit den markanten Wangenknochen. Die vollen Lippen und vor allem diese Augen, diese klaren blauen Augen, die jedes Gegenüber sofort bezirzten, ohne dass eine Absicht seinerseits dahintersteckte. August hatte es leicht im Leben. Wenn er lachte und seine blendend weißen Zähne zeigte, lag ihm die Welt zu Füßen. Seine Stimme war tief und klar. Sie klang angenehm und männlich. Eine Zauberstimme.

Er liebte es, sich stylish zu kleiden. Im schicken Anzug mit Hemd und Krawatte oder leger in Jeans und weißem Polo. Nie schlampig oder gar in Jogginghose. Wenn Shirt - dann Polo. Der Traum eines Schwiegersohns, der Traum eines Ehemanns. Er drehte sich vor dem Spiegel hin und her und wieder kam dieser Unmut: Ich bin kein August.

Man konnte nicht behaupten, dass er eitel war. Das war er nicht mehr oder weniger als andere. Er war auf sich bedacht und pflegte sich bewusst. Sein dezentes Herrenparfum kroch angenehm in die Nasen seiner Umgebung und hinterließ auf seinem Weg eine leichte Duftnote.

So bin ich eben – aber doch kein August, kein Clown, kein Zirkustier.

Man lud ihn gerne ein. Er war ein hervorragender Unterhalter für jede Schicht der Gesellschaft. Er konnte sich ebenso gut auf einen Finanzier einlassen wie auch auf eine Putzfrau. Seine Fähigkeit zum Smalltalk war herausragend. August war beliebt. Er hatte Humor und immer ein Ohr für seine Mitmenschen.

Man mochte ihn wegen seiner Geradlinigkeit und auch, dass er trotz seines Könnens und seines Charmes, seiner Erfolge und seines Wohlstandes auf dem Boden geblieben war. Dennoch hieß er August. August Hitze.

Seine Eltern konnten ihm die Frage nicht beantworten. Vielleicht wollten sie auch nicht. Der Name gefalle ihnen, einfach so. Ohne Hintergrund. Ein schöner Name war ihre Antwort. Vielleicht hatten sie auch ein schlechtes Gewissen, weil ihr mustergültiger Sohn seinen Namen als Makel empfand und sie schuld daran waren. Was denkt man sich, wenn man seinem Kind einen Namen gibt?

Manche Eltern machen aus der Namensgebung eine Wissenschaft. Suchen nach Bedeutung oder Numerologie. Manche kramen bei ihren Vorfahren oder nehmen ein Idol zu Hilfe, um damit ihre Bewunderung kund zu tun. Aber seine Eltern?

Sicher gab es auch Berühmtheiten mit diesem Namen: Auguste Rodin zum Beispiel oder Auguste Renoir, Kaiser Augustus und August Strindberg. Zu jener Zeit war der Name August gang und gäbe, und heute? Eine Rarität, eine Lachnummer.

Er hörte Leuten zu, die ihre Namen nannten. Fritz sah aus wie Fritz, Stefan wie Stefan und Willi wie Willi. Nur er sah nicht aus wie August.

August dachte über eine Namensänderung nach. Er stöberte durch Namenslexika, durchs Internet. Aber was? Welcher Name passte zu ihm? Gustl? Gustav? Hans? Oder Peter? Er stellte sich vor den Spiegel und rief sich mit diversen Namen. Auf keinen einzigen reagierte er. Keiner passte. Max, Kevin, Paul, Robert, Kasimir, Lukas – nichts, keine Reaktion. Nicht sein Name. Den gab es nicht.

Da stand seine Mutter in der Türe und rief: „August, kannst du mal kommen?"

Er drehte den Kopf, reagierte sofort und er ging auf seine Mutter zu. Nahm sie in die Arme, küsste und herzte sie und sagte:

„Danke, Mama, für meinen schönen ausgefallenen Namen."

Als Andreas einstieg

Ilse Reichinger

 Der Zug stand schon auf dem Bahnhof, Andreas stieg ein, suchte, während sich der Zug in Bewegung setzte, einen Platz und schloss die Augen. Auch mit geschlossenen Augen sah er sie stehen, klein, zerbrechlich, bemüht, aufrechte Haltung zu demonstrieren, preußisch diszipliniert. Das altmodische beige Kleid aus gutem Stoff, vom Sog des Zuges aufgebauscht. Weiße klobige Gesundheitsschuhe. Im dauergewellten grauen Haar spielte unziemlich der Wind sein wirres Spiel. Szene um Szene hatte sich in ihn hineingefressen. Seit Jahren die gleichen Bilder. Zu nah an der Bahnsteigkante stand sie, damit er sich sorgte. Den Arm wie flehend auf halber Höhe ausgestreckt. Ein Mahnmal, sieh her Bub, komm wieder zurück, zwingend das Zurückwinken erwartend, dann der vor Enttäuschung nach vorne gebeugte Körper. Für ihn, den Sohn, wäre es ein Leichtes, einmal kurz zurückzuwinken. Er, obwohl er sich erbärmlich vorkam, war nicht fähig, die Hand zu heben.

Je nach Geschwindigkeit des fahrenden Zuges, würde die Mutter bei der Markierung 1,5 oder 2 zu einem grauen Punkt zusammengeschmolzen sein. Am Abend würde sie ihn mit ihrer hilflosen Einsamkeit verfolgen, ihm den Appetit verderben, sein schlechtes Gewissen hervorholen, ihn nicht leichten Herzens zu seiner Barbara heimgehen lassen.

Als er die Augen öffnete, sah er sich einem kleinen Mädchen gegenüber. Sie stand direkt vor ihm und betrachtete ihn kritisch. Sie stupste ihn mit ihrem Zeigefinger an: „Im Zug darf man nicht schlafen."

Mit ihren braunen Augen sah sie ihn schulmeisterlich streng an. Tatsächlich war er zu spät aufgewacht. Der Zug stand schon. „Frankfurt Hauptbahnhof" tönte es aus den Lautsprechern.

Hastig stand er auf, lächelte dem kleinen Mädchen zu, drängte sich durch bereits einsteigende Reisende, stieß an Koffer und Taschen. Endlich draußen, die Luft war klar, es hatte geregnet. Viele Menschen liefen eilig zu den Ausgängen. Er sprang jugendlich die Treppen hinunter, durchquerte im Stechschritt die Bahnhofshalle. Ein Flüchtender, Züge, Eisen- und Schmierölgerüche, Zuggeräusche, vor allem die Mutter hinter sich lassend. Draußen atmete er tief die vom Regen gesäuberte Luft ein. Er dachte an das kleine Mädchen, das ihn angerührt hatte. Ein Vater sein, das wäre etwas ganz Besonderes. Er machte eine wegwerfende Bewegung und murmelte: „So lange die Mutter noch …" Trotz der räumlichen Distanz war die Mutter kaum weniger präsent. Sein Unbehagen führte er auf die von der Mutter erwarteten und von ihm nie ganz erfüllten Sohnespflichten zurück.

Das Flirren der Neonlichter übte auch diesmal eine beruhigende Wirkung auf ihn aus. Am liebsten wäre er gehüpft und hätte geschrien: „Frei, frei, frei!" Er lachte in sich hinein. Er freute sich auf das Großstadtgetümmel. Als er um die Ecke bog, zeigte ihm das grüne Glamour-Licht der Kakadu-Bar den Weg. Daneben das Hochhaus mit den hellen großen Fenstern. Gleich würde er sich an seine Barbara kuscheln.

Vor dem Gewitter
Ellen Göppl

Wie immer auf dem Weg Richtung Alpen wurde sie von einer leichten Unruhe erfasst. Die Alpenüberquerung erschien ihr auch im dritten Jahrtausend als ein nicht zu unterschätzendes Unterfangen, das sie ebenso faszinierte wie abschreckte. Natürlich war der Tunnel keine echte Alternative. Eine einzige Röhre mit Gegenverkehr, die scheinbar ins steinerne Nichts führenden Türen, die an die Mauer gemalten Angaben zur Entfernung der Notausgänge beschworen so gar nichts Menschliches herauf – da war der Pass in luftiger Höhe von rund zweitausendeinhundert Metern mit seinem ewigen Schnee an den Schattenhängen schon eher ein zwar mächtiger, aber nicht unbesiegbarer Gegner. Liliane starrte auf ihre schlanken Finger, an denen sie heute besonders viele Ringe trug. Einige davon waren passend zu den Armbändern kreiert worden, die sie ebenfalls angelegt hatte. An ihrem Hals funkelte der aufwendige Granatschmuck, den sie von ihrer Tante geerbt hatte, und an dem sie während der Fahrt von Zeit zu Zeit nervös herumspielte. Sie hätte es nie vor irgendjemandem zugegeben, doch der Schmuck gab ihr Halt, eine gewisse Würde. Wenn sie auf der Passstraße ins Schleudern gerieten, mit den Rädern über den Rand der unbefestigten Straße hinausschössen und den Abhang hinunter geschleudert würden … oder wenn sie im Tunnel in den Gegenverkehr gerieten und von einem Lkw zermalmt würden … wenn sie dann blutüberströmt aus dem Auto geborgen würden, hätte sie immerhin noch ihren Schmuck.

Marcus steuerte schweigend und bedachte sie nur selten mit einem Seitenblick. In gewisser Weise waren sie ein eingespieltes Team, zumindest oberflächlich betrachtet. Wollte einer von ihnen eine Pause einlegen, sprachen sie nur das Nötigste, um sich darüber abzustimmen, welcher Rastplatz angesteuert werden sollte. Liliane war einerseits froh, dass er so gerne selbst am Steuer saß und sie sich ganz mit der Unterdrückung ihrer Nervosität beschäftigen konnte. In den wenigen Momenten, in denen sie ihre Situation rational betrachtete, fragte sie sich jedoch, ob das Problem überhaupt bestünde, wenn sie selbst am Steuer säße wie früher, und ob diese Nervosität nicht vielmehr eine Folge ihrer resignierten Passivität war. Irgendwann nach der Geburt der Zwillinge vor fünfzehn Jahren hatte sie aufgegeben, sich als ein Individuum zu fühlen, das sein eigenes Leben aktiv steuerte. In diesem Sommer fuhren die beiden Jungs nun zum ersten Mal in ein Ferienlager und Marcus hatte die Idee gehabt, die neugewonnene Zweisamkeit mit einer Italienreise zu feiern. Ob es wirklich etwas zu feiern gab – Liliane war sich nicht so sicher. In all den Jahren hatte sie vergessen, wie es war, als Paar unterwegs zu sein.

Später dann wie immer das leicht euphorische Gefühl, als der höchste Punkt des Passes überschritten war, die Schneereste weniger wurden, die Außentemperatur wieder wärmer, das Tessin nahte. Bei der Ankunft am Comer See hatte sich Lilianes Laune wieder dort eingependelt, wo sie meistens angesiedelt war: gelangweilt dem ergeben, was kommen möge – auch wenn im Allgemeinen gar nichts Nennenswertes kam.

Marcus war wie immer ganz der Herr von Welt, begeistert von jeder Kleinigkeit. „Schau mal, das Albergo sieht ja noch genauso charmant aus, wie vor fast zwanzig Jahren. Bella, no?!" Liliane lächelte, ging aber wie üblich nicht auf seine hervorjubilierten Brocken Italienisch ein, die sie insgeheim peinlich fand. Als sie vor fünfundzwanzig Jahren Kunstgeschichte studiert hatte, hatte sie Italienisch von der Pike auf gelernt, doch einiges davon im Laufe der Zeit wieder vergessen. Aber die Grammatik saß auch heute noch. Trotzdem ließ sie auf ihren Italienreisen meistens Marcus sprechen. Er war schneller und schaffte es, die Italiener trotz seiner offensichtlichen Fehler mit Händen und Füßen und seiner sonoren Stimme zu begeistern. Vor allem die Italiener*innen*. Liliane hatte fest vor, sich diesmal nicht aus der Ruhe bringen zu lassen, ganz gleich mit wie vielen Kellnerinnen, Zimmermädchen und Hotelrezeptionistinnen er wieder einmal flirten würde. Hunde die bellen, beißen nicht, sagte sie sich schon seit dem Tag, an dem sie Marcus geheiratet hatte.

Am Abend saßen sie vor einer idyllischen kleinen Osteria mit Blick auf den See. Als der Kellner gerade den Prosecco und die Antipasti brachte, rief Marcus plötzlich: „Das ist doch Sebastian! Sebastian Berting, das gibt's doch gar nicht!"

Fast hätte Liliane die Augen verdreht, sie mochte keine Überraschungen, und Marcus typische Männerfreundschaften waren für sie meistens eher kein Anlass zu Freude. Sie hatte keine Lust, den ersten Urlaubsabend mit frivolen Witzen und *Weißt-du-noch*-Anekdoten zu verbringen. Sie schaffte es gerade noch, sich am Riemen zu reißen, als der Angesprochene auch schon vor ihnen stand und seinerseits begeistert ausrief „Mensch, der Marcus! Und die Gattin, die ich noch nie kennengelernt habe." Er beugte sich zu ihr hinunter und flüsterte dicht an ihrem Ohr: „Sie sind doch seine Frau, nehme ich an."

Liliane stieß völlig überrumpelt ein dämliches, katzenhaftes Geräusch aus. Wie konnte er! Doch sein unschuldiges, jungenhaftes Lächeln bewirkte, dass sie sich gleichzeitig auf fast vergessene Art geschmeichelt fühlte. Ohne etwas zu sagen, hielt sie demonstrativ ihre linke Hand hoch, an der sie neben diversen Ringen mit Steinen unverkennbar den schmalen goldenen Ehering trug.

„Aha, ich entschuldige mich – das war natürlich nur ein Scherz", beeilte Sebastian sich zu sagen, während Marcus „Setz dich, setz dich" rief und mit der flachen Hand auf den Stuhl neben sich klopfte. Die beiden Männer waren in München zusammen zur Schule gegangen, hatten sich seitdem aber fast ausschließlich bei den alle paar Jahre stattfindenden Klassentreffen wiedergesehen. Sebastian war geschäftlich in Italien unterwegs, als Einkäufer eines Feinkost-Großhandels. Er sprach immerhin ganz passabel Italienisch, wie sich herausstellte, als er sich tatsächlich an ihrem Tisch niederließ und ebenfalls einen Aperitif bestellte.

Entgegen Lilianes Befürchtungen wurde es ein netter und sehr unterhaltsamer Abend. Sebastian – *der Basti*, wie Marcus nach dem zweiten Glas Prosecco anmerkte – aß spontan mit ihnen zusammen zu Abend. Sie lachten viel über seine Anekdoten, die er über die Bayern, die Nord- und die Süditaliener zu erzählen wusste.

Trotzdem war Liliane erleichtert, als er auf Marcus' Nachfrage bemerkte, er müsse am nächsten Tag gleich weiter nach Mailand, von dort nach Parma.

„Und Ihr?", fragte er zurück. „Seid Ihr noch länger in Italien?"

„Klar, bis Montag noch hier, dann zwei, drei Tage Cinque Terre und zum Wochenende hin nach Lucca. Da haben wir uns damals verlobt."

Liliane war überrascht, wie stolz Marcus das sagte. Naja, herzeigbar war sie schon, wenn sie sich auch leicht abgehalftert fühlte, emotional ausgetrocknet unter der teuren Kleidung und dem sorgfällig aufgetragenem Makeup.

„Lucca!", rief *der Basti* erfreut aus, „das gute alte Lucca, ja, da war ich zu Studienzeiten auch öfters, seitdem nur noch selten..." Er blickte verträumt über den See. „Mensch, von Parma sind das nur zwei Stunden – da könnte ich euch einen Besuch abstatten."

Ehe Liliane überlegen konnte, ob ihr das gefallen würde, hatte Marcus schon begeistert in die Hände geklatscht. „Super, das machst du – das wird lustig" – er beugte sich zu Liliane – „Du wirst sehen, der Basti ist ein richtiger Frauenversteher, wir machen da nicht nur ein Männerding draus, das wird toll!"

Liliane rang sich zu einem künstlichen Lächeln durch und nickte, wie sie seit zwanzig Jahren zu allem nickte, was Marcus voller Begeisterung vorschlug. Nicht selbst entscheiden zu müssen, konnte so ungeheuer energiesparend sein.

Im Übrigen bezweifelte sie, dass Sebastian ihnen wirklich hinterher reisen würde, in ihrem Freundeskreis wurde immer so viel geredet, wer sich wann und wo treffen wollte und am Ende waren dann doch die meisten zu müde, um sich an einem anderen Ort als auf dem heimischen Sofa aufzuhalten.

Marcus und sie gönnten sich zwei entspannte Tage in Como, ehe sie weiter nach Manarola fuhren. War es am Comer See noch angenehm gewesen, so herrschte in der Cinque Terre eine für Anfang Juni ungewöhnliche Hitze. Zum Wandern war es ihnen fast zu heiß. Sie unternahmen nur am Vormittag ausgedehnte Spaziergänge, am Nachmittag saßen sie auf den Felsen unten am Meer und gingen ab und zu schwimmen, um sich abzukühlen. Jede der drei Nächte war wärmer als die zuvor, nur der Wind vom Meer brachte nach Sonnenuntergang ein wenig Abkühlung.

Am Donnerstag fuhren sie wie geplant weiter nach Lucca, es war eine fixe Station auf dieser Reise, wenn auch dort die kühle Brise aufgrund der Lage abseits der Küste gänzlich fehlte. Lilianes Laune hielt sich angesichts der schwülen Hitze in Grenzen und wurde auch nicht besser, als sich abzeichnete, dass Tiziana, die sich im Hotel um das Frühstück kümmerte und über Mittag an der Rezeption saß, nur allzu bereit war, auf Marcus' Flirtversuche einzugehen. Sie war höchstens dreißig und trug die langen dunklen Locken zu einer wilden Hochsteckfrisur aufgetürmt. Immerhin war das Hotel ganz hübsch und lag zentral, aber ruhig in der Altstadt von Lucca.

Am ersten Nachmittag ließ Marcus sich von Tiziana umfassende Tipps für die Stadt und die Umgebung geben. Dazwischen immer wieder ihr helles Lachen, wenn Marcus einen seiner plumpen Witze mit Händen und Füßen und vollkommen übertriebener Mimik erzählte. Liliane saß stumm in einem der kleinen Sessel im Eingangsbereich und ihre Miene verfinsterte sich mit jeder Empfehlung, die Tiziana abgab. Als wenn sie Lucca nicht kannten! *Ihr* hätte Marcus ruhig mal erzählen können, dass sie sich hier verlobt hatten! Zum krönenden Abschluss empfahl die ahnungslose Tiziana noch einen Ausflug nach San Gimignano und Volterra, ihrem Heimatort. Liliane schäumte. Sie hatte ihre Magisterarbeit damals über die Geschlechtertürme von San Gimignano geschrieben! Dem sehr dunkeläugigen Typen, der seit einigen Minuten dabeistand und offensichtlich Tizianas Freund war, der sie nach ihrer

Schicht abholen wollte, warf sie abschätzige Blicke zu. Konnte er nicht mal dazwischen gehen und seine *ragazza* mitnehmen? Er wurde schließlich tatsächlich unruhig, warf einen Blick auf seine riesige Armbanduhr und rief „Andiamo, Tiziana!".

Als die beiden an Liliane vorbeiliefen, er hatte Tiziana besitzergreifend einen Arm um die Schulter gelegt, ließ Liliane in dem blasiertesten Italienisch, dessen sie fähig war, verlauten „Vielen Dank für die zahlreichen Empfehlungen. Sicher hat sich seit unserer Verlobungsreise viel verändert in Lucca."

Tiziana errötete leicht und wehrte den Dank verlegen ab. Liliane nahm mit Genugtuung zur Kenntnis, dass sie sie mit „Signora" ansprach und nickte ihr gönnerhaft zu, ehe das junge Paar auf der unvermeidlichen Vespa davon knatterte.

Marcus war ebenfalls verlegen, als Liliane ihm einen warnenden Blick zuwarf, und murmelte „Ich versuch mal, den Basti zu erreichen."

Liliane verdrehte die Augen, doch als *der Basti* am Abend zu ihrer Überraschung wirklich im Hotel erschien, um sie zum Essen abzuholen, störte es sie gar nicht so sehr, dass er tatsächlich auch das Wochenende in Lucca verbringen wollte. Wie schon in Como erwies er sich als interessanter und aufmerksamer Gesprächspartner. Zu Lilianes Freude wusste er viel über die Geschichte Luccas.

„Ach, ich würde auch gerne mal wieder nach Florenz fahren, das ist doch Kultur pur – aber nicht bei dieser Hitze", sagte er, als die Antipasti serviert wurden.

„Ja, mal wieder Boticelli in den Uffizien zu sehen, fände ich auch toll", gab Liliane zurück, „aber wirklich nicht bei diesen Temperaturen."

„Meine Frau hat nämlich Kunstgeschichte studiert, musst du wissen", warf Marcus ein, obwohl er wusste, dass sie meistens nicht darüber sprechen wollte. Es erschien ihr als Makel, dass sie sich nach der Geburt ihrer Söhne kaum noch mit Kunst und Kultur befasst hatte – zumindest nicht beruflich.

„Ach!", rief Sebastian, „da sitze ich die ganze Zeit mit einer Expertin zusammen und weiß es nicht. Hoffentlich habe ich alles richtig wieder gegeben über die Geschichte der Gegend?!" Er zwinkerte ihr zu, und sie fühlte sich geschmeichelt, dass er vor ihrem Studium einen gewissen Respekt hatte.

„Ja, und was ist jetzt mit der Kunstgeschichte?", fragte er weiter und es klang ausnahmsweise einmal nicht nach *Davon kann man doch nicht leben*, sondern nach ernsthaftem Interesse. Sie sonnte sich in seiner Aufmerksamkeit und kümmerte sich herzlich wenig darum, dass Marcus bei der Unterhaltung ziemlich außen vor blieb. Hatte er Sebastian nicht als Frauenversteher angepriesen? Selbst schuld! Und wie konnte er ihn nur immer Basti nennen … Das passte so gar nicht zu dessen kantigen Gesicht und der drahtigen, hochgewachsenen Statur. Liliane hätte gerne noch die halbe Nacht in seine grauen, intelligenten Augen geschaut und mit ihm über Boticelli gefachsimpelt, aber nach dem ausgedehnten Abendessen und einem Absacker in einer kleinen Bar neben ihrem Hotel waren sie alle drei müde und verabschiedeten sich. Sebastian wohnte in einem Hotel einige Straßen weiter. Mit einem zufriedenen Lächeln auf den Lippen schlief Liliane ein.

Am nächsten Morgen wachte sie spät auf, fühlte sich aber trotz der warmen Nacht geradezu erfrischt. Der graue Schleier der Lethargie war wie von einer kräftigen Brise weggeblasen. Es musste nachts geregnet haben, der Himmel war wolkenlos und tiefblau. Es würde wieder ein heißer Tag werden. Marcus war schon aufgestanden, sein Laken lag zerknüllt auf seiner Seite des Bettes. Kurz ließ Liliane ihre Finger darüber gleiten; es war nicht mehr warm. Mit Schwung setzte sie sich auf und ging kurz ins Bad. Ihre Haare band sie zusammen, dann ein wenig Wimperntusche, mehr wollte sie heute nicht an Makeup. Einmal so aussehen, wie sie eben aussah.

Auf dem Weg zur Frühstücksterrasse begegnete ihr Tizianas Freund. Sie schmetterte ihm ein energisches Buongiorno entgegen, schenkte ihm ein strahlendes Lächeln und einen filmreifen Augenaufschlag. An seinem überraschten Blick konnte sie ablesen, dass sie heute ganz anders wirkte als am Tag zuvor. Er stellte sich ihr auch gleich vor: Giancarlo, *piacere*. Auf der Terrasse war Tizianas glockenhelles Lachen zu hören, natürlich flirtete Marcus mit ihr, doch als Liliane sich dazu setzte, beeilte sie sich, frisches Brot und einen Cappuccino zu holen.

„Ist das nicht ein Wahnsinnswetter heute?", fragte Marcus mit der gewohnten Begeisterung für alles, was er gerade erfreulich fand. „Dieses Licht! Lass uns gleich nach San Gimignano fahren, ich will unbedingt Fotos machen."

Lass uns… Haha. *Er* wollte nach San Giminiano fahren. *Er* wollte Fotos machen, *er* fand das Licht toll.

Liliane zog einen Schmollmund, den sie nach rund fünfzehn Jahren gerade wiederentdeckt hatte.

„Weißt du, ich würde heute gerne einen Beauty-Tag machen. Ich war schon so lange nicht mehr beim Friseur." Sie schenkte ihr katzenhaftes Lächeln jetzt auch ihrem Ehemann. „Ich bleibe lieber hier in Lucca. Tiziana kann mir bestimmt einen Friseursalon empfehlen."

Marcus protestierte zwar ein wenig und zog sie damit auf, dass sie ihm auch so hübsch genug sei, aber seine Enttäuschung darüber, alleine auf Tour zu gehen, hielt sich offensichtlich in Grenzen.

Tiziana war geradezu glücklich darüber, dass sie Liliane einen Gefallen tun konnte und nannte ihr nicht nur die Adresse ihrer Friseurin, sondern rief auch gleich dort an, um sicherzugehen, dass es noch am Vormittag einen freien Termin gab. Liliane kam die personelle Besetzung ihres Aufenthalts in Lucca plötzlich durchaus vorteilhaft vor: Marcus und Tiziana hatten ihr gegenüber ein schlechtes Gewissen, Sebastian gab ihr das Gefühl, eine intelligente und durchaus attraktive Frau zu sein, und Giancarlo diente als Vorkoster ihrer neuen Leichtigkeit, eine Art Lackmuspapier für ihre wiederentdeckten weiblichen Reize. Das Theaterstück, in dem sie lange Zeit nur Statistin gewesen war, begann

Liliane langsam zu gefallen. Vielleicht hielt das Schicksal ja doch noch eine tragende Rolle für sie bereit.

Als sie den Friseursalon gegen Mittag mit leicht gekürztem Haar, wilderen Locken und feinen hellen Strähnen wie nach einem langem Strandurlaub verließ, steckten in ihrer Handtasche auch noch die Visitenkarte einer Kosmetikerin und die Adressen einiger Schuh- und Modegeschäfte. Für eine Gesichtsbehandlung reichte die Zeit der Kosmetikerin vor der Mittagspause leider nicht, deshalb ließ Liliane sich stattdessen professionell schminken. Die Lippen wirkten in einem Rosenholz-Ton sehr voll und sehr frisch, der dunkelbraune Lidstrich gab ihren grünen Augen ein katzenhaftes Aussehen, das Liliane höchst passend zu ihrer aufgekratzten Stimmung fand. Als sie in die Straße einbog, in der das Hotel lag, stieß sie beinahe mit Sebastian zusammen, der ihr entgegenkam.

„Ach, das ist ja verrückt, ich habe gerade nach euch gefragt, weil ich Marcus auf dem Handy nicht erreiche. Ich dachte, wir könnten alle zusammen eine Kleinigkeit essen gehen." Sebastian musterte sie anerkennend, doch ehe er eine Bemerkung über ihre Frisur machen konnte, sagte Liliane schnell „Marcus ist in San Gimignano, aber ich sterbe vor Hunger! Wo sollen wir hingehen?" Sie schüttelte die frisch gestylten Locken und wandte den Augenaufschlag an, den sie am Morgen bei Giancarlo ausprobiert hatte.

„Mir ist da so eine ganz authentische Osteria empfohlen worden. Die sprechen kein Wort Englisch, aber das ist für dich und dein fabelhaftes Italienisch ja keine Herausforderung." Sebastian lachte verschmitzt und machte keinen Hehl daraus, dass er auf ihren Flirt einging.

Liliane machte die unverhoffte Zweisamkeit leicht nervös, sie ließ sich jedoch nichts anmerken, sondern legte sich während des Essens umso mehr mit klugen Bemerkungen über die geschichtliche und wirtschaftliche Entwicklung der Toskana ins Zeug. Der Wein entspannte sie nach und nach und ihr Körper schaltete in den Siesta-Modus, wobei sich der Gedanke an eine Siesta mit Sebastian bald nicht mehr beiseiteschieben ließ. *Why not?* dachte sie lakonisch – nach all den Jahren und all den Flirts von Marcus wäre es nur gerecht. Aber wie sollte sie das anstellen? Sie konnte Sebastian unmöglich den plumpen Vorschlag machen, mit ihm in sein Hotel zu gehen. Und er machte keine Anstalten, ihr irgendwie näher zu kommen. Warum sollte er auch, schließlich war sie die Frau eines alten Schulfreundes, sie musste ihm schon ein Zeichen geben, ein bisschen mehr als nur einen Augenaufschlag ... Vielleicht müsste sie ein weniger braves Kleid tragen, irgendetwas, das ihm den Verstand raubte. Sie könnte sich umziehen gehen und später noch mit ihm bummeln ... Die Enttäuschung, als ihr Handy klingelte und Marcus sich aus San Gimignano zurückmeldete, war groß, kam aber nicht ohne eine diffuse Erleichterung daher. Kurze Zeit später stieß Marcus zu ihnen, sie gingen zu Dritt ein Eis essen, und als die beiden Männer beschlossen, die gesamte Stadtmauer von Lucca mit dem Fahrrad umrunden zu wollen, verkündete Liliane leicht schmollend, sie wolle noch shoppen.

In einer der Boutiquen, die die Friseurin ihr genannt hatte, fand sie ein rotes Trägerkleid, das ihr für ihre Pläne mit Sebastian genau richtig erschien. Es verdeckte nicht zu viel und nicht zu wenig Haut und saß wie angegossen. Wie sehr eng angegossen, dachte sie und warf der Verkäuferin einen fragenden Blick zu, als sie aus der Umkleidekabine und vor den Spiegel trat, doch die war begeistert: „Bellissima!" *Why not*, dachte Liliane wieder – niemand sieht, dass ich siebenundvierzig bin, meine Figur brauche ich nicht zu verstecken. Tatsächlich war eine Folge ihrer jahrelang geschmälerten Lebensfreude auch ein eher schmaler Appetit, weshalb sich um ihre Taille nur ein winziges Pölsterchen gebildet hatte, das man durchaus als sexy auslegen konnte. Im Schuhladen setzte Liliane noch eins drauf, als sie gefährlich hohe Slingpumps kaufte, die farblich perfekt zum Kleid passten.

Die Hitze stand nun in den Straßen, kein Lüftchen regte sich mehr und Liliane begab sich auf kürzestem Weg ins Hotel, um sich – wenn auch alleine – auszuruhen. Im Hotelflur begegnete ihr Giancarlo, der sie überschwänglich begrüßte und gleichzeitig unverhohlen an ihr hinauf- und hinabblickte. Ihre Verwandlung war ihm natürlich nicht entgangen.

Liliane konnte seinen Blick auf ihrem Körper förmlich spüren, als sie die Treppe zu ihrem Zimmer hinaufstieg.

Das Abendessen wurde wieder zu Dritt eingenommen und die Männer bewunderten wortreich ihre neuen, hochhackigen Schuhe, auf denen sie sich vorsichtig und einigermaßen grazil über das Straßenpflaster tastete. Das rote Kleid hatte sie jedoch in der Tüte gelassen und diese ganz hinten in den Schrank geschoben. Sie wollte jetzt das Essen genießen und sich durch den Abend treiben lassen. Ihre strategischen Pläne nahm sie erst wieder auf, als es um die Aktivitäten am nächsten Tag, dem Sonntag, ging. Sebastian verkündete fröhlich, er habe sich den Montag spontan freigenommen, um noch einen Tag von Lucca aus ans Meer fahren zu können. Ob sie nicht mitwollten?

„Ich fliehe vor der Hitze lieber in die Berge", gab Marcus zurück. „Am Sonntag ist es am Strand doch völlig überfüllt. Volterra will ich außerdem unbedingt noch sehen. Diesmal kommst du aber mit, oder?", wandte er sich an Liliane.

Sie reagierte blitzschnell. „Ach, ich würde so gerne auch ans Meer. Aber fahr du ruhig nach Volterra, ich funke dir da nicht dazwischen."

„Aber alleine wollte ich eigentlich auch nicht immer losziehen."

„Ich hab eine Idee", rief Liliane, „warum fragst du nicht Tiziana, ob sie dich begleitet? Ihre Familie wohnt doch da."

Marcus hatte über den Vorschlag gelacht, doch am nächsten Morgen setzte Liliane alles darauf an, um ihre Vorstellungen durchzusetzen. Sie flitzte als erste hinunter zum Frühstück und verwickelte Tiziana in ein Gespräch über das Wetter. „Ich würde so gerne ans Meer bei der Hitze", seufzte sie.

„Oh, ich auch, aber ich arbeite bis um eins und dann ist es schon wahnsinnig voll am Strand", gab Tiziana zurück. „Vielleicht fahre ich lieber zu meinen Eltern, da ist es nicht so stickig wie hier unten in Lucca."

„Tatsächlich?", flötete Liliane und lächelte sie gewinnend an. „Würden Sie meinen Mann vielleicht nach Volterra begleiten? Er will da unbedingt fotografieren, aber mir ist bei dem Wetter einfach nur nach Baden zumute... Ich könnte mit seinem Freund ans Meer fahren, aber natürlich tut es mir leid, wenn er alleine unterwegs ist."

Tiziana sah sie zweifelnd an. „Und es würde Sie nicht stören, wenn ich ..."

„Nein, bestimmt nicht, und am Abend könnten wir noch alle zusammen etwas trinken gehen."

Tiziana willigte schließlich ein und als Marcus kurz darauf im Innenhof erschien, brauchte er nur noch ja zu sagen – auch er mit dem Hinweis, dass sie sich abends natürlich wieder hier im Hotel treffen würden.

Liliane war äußerst zufrieden und verbrachte ein paar entspannte Stunden mit Sebastian am Strand. Sie mieteten zwei Liegen mit Sonnenschirm und schwammen immer wieder aufs Meer hinaus, um sich abzukühlen. Als sie sich gegen drei Uhr wieder einmal auf den Liegen niedergelassen hatten, wurde Liliane aber doch unruhig. Und jetzt? Hier inmitten eines vollen Bagno würde sie Sebastian auch nicht näher kommen. Und langsam staute sich die Nachmittagshitze selbst unter den großen Schirmen. Sie ließ eine Bemerkung über die Temperatur und den überfüllten Strand fallen und Sebastian ging sofort darauf ein.

„Sollen wir langsam zurückfahren? Dann können wir uns vorm Abendessen noch im Hotel ausruhen." „Ja, das ist eine sehr gute Idee", gab sie zurück und schenkte ihm einen Augenaufschlag, der seine Wirkung nicht verfehlte. Daran, wie er wortlos in sich hinein lächelte, erkannte sie, dass er verstanden hatte.

Zurück in Lucca wurden beide von der heißen Luft geradezu erschlagen, kaum waren sie aus dem Auto ausgestiegen. Die Klimaanlage hatte sie die Hitze fast vergessen lassen, und hier in der Stadt kam noch eine dräuende Schwere hinzu, die ein Gewitter vorausahnen ließ.

„Vielleicht willst du dich noch frischmachen?", fragte Sebastian mit vielsagendem Blick. „Ich brauche erstmal eine Dusche. Ich könnte dich in einer dreiviertel Stunde im Hotel abholen."

Angesichts ihrer verschwitzten Kleidung hatte Liliane nichts dagegen einzuwenden.

Nachdem sie geduscht hatte, zog sie hastig die Tüte aus dem Schrank hervor und zwängte sich in ihr neues Kleid. Es saß wirklich ganz schön eng, aber egal, einmal im Leben konnte sie ihre Reize auch mal übertrieben zur Schau stellen. Die Haare föhnte sie nur leicht, den Rest würden die 40 Grad im Schatten schon erledigen. Als sie begann, sich das Gesicht möglichst ähnlich zu schminken, wie die Kosmetikerin es am Vortag gemacht hatte, ärgerte sie sich, dass sie nicht gleich denselben Lidschatten gekauft hatte. Die schimmernden Braun- und Goldtöne hatten ihr viel besser gestanden als der blassblaue, den sie sonst trug. Sie sah auf die Uhr. Noch zwanzig Minuten Zeit, das sollte genügen, um in den Drogerieladen um die Ecke zu gehen und ein paar geeignete Nuancen zu erstehen. Wenn sie den Taschenspiegel einpackte, könnte sie das Makeup auch im Eingangsbereich vom Hotel vervollständigen, während sie auf Sebastian wartete. Sie schlüpfte in die Pumps und stöckelte aufgeregt los. Heute war sie schon etwas geschickter darin, auf den hohen Absätzen zu laufen.

Als sie wieder im Hotel ankam, war die dreiviertel Stunde um und ihr war bewusst, dass Sebastian jeden Moment auftauchen könnte. Ohne die gestrenge Roberta, die nachmittags an der Rezeption arbeitete, groß zu beachten, setzte sie sich in einen der Polstersessel und trug konzentriert etwas Lidschatten auf, der nicht allzu gut haftete, weil ihre Haut feucht von Schweiß war. Diese Hitze! Als sie aufblickte, starrte Roberta sie so eindringlich an, dass ihr nichts anderes übrig blieb, als ihr einen fragenden Blick zuzuwerfen.

„Ihr Mann ist zurück", sagte Roberta mit strengem Gesichtsausdruck. „Tiziana hat ihn aufs Zimmer begleitet."

Was?! Liliane sprang unwillkürlich auf. Wollte sie das wirklich wissen? Oder hatte sie sich vielleicht verhört? Aber der Satz war so simpel, dass sie ihn auch auf Italienisch unmöglich hatte missverstehen können.

Roberta bedachte sie mit einem langen, geringschätzenden Blick. „Es ging ihm nicht gut. Vielleicht wollen sie mal nach ihm schauen?"

„Und wo ist Tiziana?", fragte Liliane verwirrt. Im Hintergrund fing das Hoteltelefon an zu schrillen.

Wieder dieser Blick. „Sie ist nach Hause gegangen, nehme ich doch an." Roberta verzog keine Miene und verschwand in dem Kämmerchen hinter der Theke, um ans Telefon zu gehen.

Während Liliane noch unschlüssig vor dem Sessel stand und ihren neu gekauften Lidschatten wieder in der Handtasche verstaute, kam Giancarlo hereingehastet. Er verlangsamte seine Schritte, als er Liliane in ihrem knapp sitzenden Kleid bemerkte und stieß einen leisen Pfiff aus. In der Erwartung, Sebastian zu sehen, fuhr sie herum und erstarrte. Hatte Giancarlo wirklich sie mit seinem Pfiff gemeint? Wie unverschämt. Er kam langsam auf sie zu und sah sie dabei wie am Vortag von oben bis unten an. „Wo ist denn der Signore?", fragte er. „Ist er immer noch mit Tiziana unterwegs?"

„Mein Mann hat sich hingelegt, es geht ihm nicht gut", gab Liliane kühl zurück.

„Ach – und wo ist Tiziana?" Sein Blick fiel auf Lilianes Dekolleté und sie bereute, dass sie sich nicht wenigstens ein Tuch umgelegt hatte, mit dem sie ihren tiefen Ausschnitt jetzt hätte verdecken können. Nervös versuchte sie, das Kleid an den dünnen Trägern nach oben zu zerren. „Ich weiß es nicht", stotterte sie unbeholfen und starrte auf die feinen Schweißtropfen, die auf seiner Stirn standen.

„E Lei, Signora?", fragte Giancarlo. „Haben Sie etwas vor? Vielleicht möchten Sie ja auf ein Glas …" Er wischte den Schweiß energisch von seiner Stirn. Lilianes Augen wurden immer größer. Sie fühlte sich gleichzeitig abgestoßen und doch auch geschmeichelt, dass dieser rund zwanzig Jahre jüngere Latin Lover versuchte, ihr den Hof zu machen, aus welchen Gründen auch immer. Er stand jetzt so dicht vor ihr, dass ihr sein Aftershave deutlich in die Nase stieg. Seine dunklen Augen sahen nicht mehr an ihr herab, sondern geradewegs in ihre grünen, katzenhaft umrandeten hinein. Wie jung er war ... und er roch gar nicht schlecht...

Ohne seine Augen von ihr abzuwenden, rief er unvermittelt „Roberta, wo ist Tiziana?"

Liliane zuckte zusammen und ihr Blick fiel in den Wandspiegel neben der Rezeption. *Oh mein Gott*, dachte sie – *ich sehe aus wie eine Fünfzigjährige, die versucht, wie Ende Zwanzig zu wirken!*

„Liliane, was ist denn los?" Sebastian stand mit einem Mal im Hotelflur und sah fragend von ihr zu Giancarlo, der langsam die Geduld verlor.

„Ich gehe jetzt rauf", rief Giancarlo schnaubend, „wenn mir niemand sagen kann, wo Tiziana ist, muss ich sie eben selbst suchen." Er versuchte, sich an Liliane vorbeizudrängen.

„Nein", schrie Liliane entsetzt, der gerade bewusst wurde, dass sie dieses Durcheinander angezettelt hatte und jetzt die Kontrolle darüber verlor.

Roberta rief im Hintergrund etwas mit schneidender Stimme und Giancarlo warf resigniert die Arme in die Luft.

„Was in aller Welt ist hier los?", fragte Sebastian nochmal. „Kommst du, Liliane?"

„Ich muss erst nachsehen, was mit Marcus ist", gab sie zurück. „Warte hier."

Sie beeilte sich, die Treppe hinaufzulaufen, ehe ihr jemand weitere Fragen stellen konnte.

Als sie vor der Tür ihres Zimmers stand, lauschte sie einen Augenblick lang. Kein Laut war zu hören und mit zitternden Fingern schob sie den Schlüssel ins Schloss. Sie atmete tief durch, ehe sie die Tür weit aufriss – da lag Marcus im Bett, allein, mit wirrem Haar und blassem, ins Grünliche spielendem Teint.

„Wo kommst du denn her?", fragte er vorwurfsvoll und sah irritiert an ihr herab. „Warst du so am Strand?"

„Äh nein, wir wollten einen Aperitif trinken gehen ... Sebastian wollte dich gleich anrufen", log sie. Dann beugte sie sich zu Marcus herunter und legte ihm besorgt eine Hand auf die Stirn. Er sah wirklich elend aus. „Was ist mit dir?"

„Es war furchtbar. Wie konntest du mich nur mit Tiziana nach Volterra fahren lassen?" Er sah sie an wie ein leidendes Tier. „Sie wollte mir unbedingt den ganzen Ort zeigen, wir sind stundenlang herumgerannt und dort war es kein bisschen angenehmer als hier. Ich hab einen ganz üblen Sonnenstich."

Liliane bekam ein schlechtes Gewissen, zum ersten Mal seit Jahren fühlte sie sich Marcus nicht unterlegen. Er tat ihr leid, wie er da mit ungesunder Gesichtsfarbe und verschwitztem Hemd ermattet im Bett lag. Wobei ihm die zerzausten Haare gar nicht schlecht standen.

„Komm mal her", sagte er jetzt leise und zog sie zu sich auf die Bettkante. „Warum haben wir den Tag nicht zusammen verbracht? Wir haben in Lucca überhaupt noch nichts zu zweit unternommen."

Prompt piepste Lilianes Handy, wie um zu bestätigen, dass auch der heutige Abend nicht für sie beide geplant war. Sebastian fragte per SMS, ob sie wieder herunterkäme. Ohne die Nachricht zu beantworten stellte sie das Handy auf lautlos und legte es beiseite.

„Lass uns morgen nachhause fahren", sagte sie unvermittelt zu ihrem blassen Ehemann und ließ sich neben ihn sinken. „Die nächsten Tage soll es sowieso regnen."

Als sie am sehr frühen Morgen das Hotel verließen, war es draußen noch dunkel. Das Pflaster glänzte vor Feuchtigkeit und noch immer fiel ein steter Regen vom Himmel, der in der Nacht mit einem heftigen Gewitter begonnen hatte. Ihre Rechnung beglichen sie beim Nachtportier, und Liliane war dankbar, dass sie Tiziana nicht noch einmal sehen musste. Das schlechte Gewissen hatte sie jetzt selbst, denn Tiziana hatte ja nur versucht, es allen recht zu machen. Die diversen Nachrichten von Sebastian hatte sie noch in der Nacht gelöscht.

„Ich fürchte, du musst fahren, ich habe immer noch einen Wahnsinnsschädel von der Sonne gestern", sagte Marcus, als er ihr den Autoschlüssel in die Hand drückte. Auf dem Weg aus der Stadt heraus gab er ihr mit vor Schläfrigkeit rauer Stimme Anweisungen, doch kaum waren sie auf der Autobahn Richtung Norden, schlief er ein. Liliane fuhr konzentriert in die Morgendämmerung hinein und genoss es wie früher, selbst am Steuer zu sitzen.

Dass sie ihren Schmuck im Safe im Hotelzimmer vergessen hatte, fiel ihr erst auf, als der Gotthard schon weit hinter ihnen lag.

Utensilien
Ilse Reichinger

Kleiderbügel Scheren Brillen
Kaffeekannen Beckenknochen Tigermund
Vieles rund
Steinkrugflaschen Zirkel Kreise
Piept es dort sehr leise?
In der Ecke eine Maus, die Meise?
Die Meise oder Maus
Sie hüpfen aus dem Bild – rein, raus
Im Kopf ganz kraus
frag ich: Welche Utensilien braucht
der Mensch im Haus?
Ihr Herz fing an zu rasen
Wo sind denn nun die Vasen?
Sie stand davor, sie stieg hinein
Sollte dies mein Hausstand sein?
Acht Besen, viel zu viele
Kleiderbügel aber zehn
Doch was fang ich mit
Neun Brillen an?
Zehn Teller für den Anfang
Zu wenig oder doch zu viel?
Espresso-Kanne oder Tee?
Hilfe, ich brauche eine gute Fee
Die alles ordnet.

Auf Walfang
Claudia Hellstern

 „Da vorne, schau, da, da!", schrie Jutta aufgeregt und packte dabei fest meinen Arm. „Da, siehst du sie?" Ich sah sie, die Wale, die vor uns ihren Tanz aufführten. Wohl war mir nicht bei der Sache, aber der Anblick dieser faszinierenden Tiere, die trotz ihrer Masse mit Eleganz ihre Sprünge machten, lenkte mich von meiner Angst ab.

Es war eigentlich eine Schnapsidee, blindlings mit diesen jungen Fischern in die maroden Nussschalen zu steigen, denn der Himmel hatte uns schon vorgewarnt. Sturm im Anflug. Wir waren auf dieser verwunschenen Insel, die zu Madagaskar gehörte, gelandet. Ein kleines Paradies. Hier hatte der berühmte Pirat seinen Schatz vergraben, hier gab es einen echten Seeräuberfriedhof und viele Sagen um diesen Piratenkönig, sein Unwesen und seinen Reichtum.

Wir wanderten über die Insel, verscheuchten Zebus, die mitten auf der Straße spazierten und gefährlich aussahen. Geckos und Leguane in einer vielfältigen Pracht saßen auf den Palmen und ließen sich von uns unbeirrt bewundern, Schlangen ringelten sich über die Wege und allerlei Gerüche lagen in der Luft. Vanille, Kampfer und das Meer. Ein Paradies, das nur an einer Ecke von den Touristen heimgesucht wird, hier an unserem Platz waren wir die einzigen weißen Menschen und wir wurden genauso erstaunt betrachtet wie wir die Tage davor die Affen angeschaut hatten. Kinder sprangen um unsere Beine und riefen uns in ihrer Sprache. Wasa. Wasa, was Weißer bedeutet und hofften auf ein Geschenk.

An einer Hütte irgendwo mittendrin hielten wir an, weil wir Hunger hatten. Sie sah aus wie ein Laden. Wenn man über die Ladentheke ins Innere schaute, sah man nur die schattenhaften Umrisse einiger Dosen, alles andere wurde von der Dunkelheit verschluckt. Doch ganz vorne hingen ein paar bunte Regenschirme, die uns zum Lachen brachten. Wie ein Slapstick.

Die Frau hinter der Theke versuchte uns zu erklären, dass wir hier auch essen könnten und führte uns Richtung Strand in eine Hütte, die ein Gasthaus war. Dort saßen wir schauten aufs Meer und beobachteten die Fischer, die hinausfuhren.

Es war ein richtiger Clan, nach und nach kamen sie wie aus Löchern heraus und beschauten uns. Sie fassten meine Haare an und fuhren mir über Gesicht und Hände. Jutta mit ihrem roten Lockenkopf war ebenso eine Sensation. Manche sprachen ein bisschen Französisch und so konnten wir uns mehr schlecht als recht verständigen. Aber das Gefühl war echt. Sie freuten sich, dass wir bei ihnen waren und sie zeigten uns alles. Adrien führte uns zu den Kokospalmen und kletterte flink wie ein Affe hinauf, um uns Kokosnüsse zu holen, die er dann mit einer Machete öffnete und wir die Milch und das Fleisch kosten konnten. Stolz zeigte er uns seine Palmen und wir mussten ihn bremsen, dass er nicht zu viele Nüsse für uns holte.

Jutta stand da und schaute aufs Meer und schrie: "Da, ein Wal!" Sie zeigte mit ihrem Finger irgendwo an den Horizont. Verzweifelt versuchte ich diesen Wal auszumachen, der wohl immer an der gleichen Stelle zu hüpfen schien, doch lachten die Jungs und erklärten uns, das sei nur ein Felsen, aber es gebe Wale und wir könnten mit ihnen hinausfahren, um sie zu sehen.

Und das Abenteuer begann. In unserer Euphorie überlegten wir nicht und ließen uns von ihnen antreiben, ohne weiter nachzudenken. Wir zogen unsere Badeanzüge an und ließen die Kleidung am Strand bei der Spelunke liegen. Sie versicherten uns, dass wir nicht arg nass werden würden und so nahmen wir unsere Fotoapparate und die wasserdichten Rucksäcke mit unseren Wertsachen mit zu den Booten. Etwas nachgedacht hatten wir ja schon. Ich fühlte mich überfahren und war skeptisch, als ich auf den gewaltigen Wellengang und die dunklen Wolken am Himmel schaute.

Adrien und seine Kumpane reichten uns Schwimmwesten, die nicht mehr sehr funktionstüchtig wirkten und lachten so sehr, dass die paar Zähne, die sie noch hatten, strahlend blitzten. Was sollten wir gegen so viel Begeisterung machen?

Wir marschierten zum Wasser, wo zwei Nussschalen auf uns warteten. Die eine sah maroder aus als die andere. „Hilfe", dachte ich, „ob das gut geht?" Wir verteilten uns in die zwei Boote und liefen aus. Jürgen und Jutta sowie Adrien und ein völlig zahnloser Typ saßen mit mir im Boot, die anderen vier stiegen in die größere Nussschale und ab ging's, hinein in die tosenden Wellen.

Der Himmel war mittlerweile richtig dunkel geworden und mir war, als ob das Meer sich aufbäumte, um uns auch ordentlich zu erschrecken. Nach einigen Versuchen sprangen die Außenbordmotoren an.

Das kleine Boot schob sich durch die Wellen, wurde hinauf gehievt und wieder hinuntergelassen und immer wieder schwappte eine Ladung Wasser über uns hinweg. Die Madagassen schienen unbeeindruckt und lenkten das Boot hinaus aufs offene Meer, bedenklich weit weg von der Insel in Richtung Festland. Sie erklärten uns, dass sie wüssten, wo die Wale seien und dass sie heute Morgen schon ein Rudel gesichtet hätten, das sicher immer noch da sei. Das Boot hob und senkte sich gefährlich weiter und tanzte lustig auf den Wellen. Ich stellte mir bereits vor, wie wir kenterten und ich dann an Land schwimmen sollte, das gänzlich außer Sichtweise war. Eine Schnapsidee, bei angehendem Sturm aufs Meer hinauszufahren, um Wale zu sehen, die sowieso nicht da waren. Ich versank in meine Gedanken und krallte mich so am Boot fest, wie ich mich bei Gewitter auch schon an meiner Bettdecke festgehalten hatte. Idiotisch.

Die anderen waren außer Sichtweite, sie hatten einen anderen Kurs genommen, was und nicht behagte. Sainte Marie war eine Seeräuberinsel und wer weiß, was mit uns passieren wird? Ich bin und war einfach zu alt für eine Seeräuberbraut und Kannibalen würden mein zähes altes Fleisch auch nicht schätzen.

„Da, schau, da!", Jutta schrie gegen die tosende See an und packte mich am Arm „Da, dort drüben, Wale, oh, hast du die Flosse gesehen? Und dort ein Walbaby – oh wie süß!" Sie kriegte sich nicht mehr ein und da packte es auch mich.

Denn da sah ich sie, wie sie auf dem Wasser hoch sprangen und mit dem Kopf voran wieder hinein in das Meer, sodass nur noch die Schwanzflosse zu sehen war, die, wie ich glaubte, uns zuwinkte. Es war eine Mutter mit ihrem Jungen, die ihre Lebenslust austobten und uns das beste Schauspiel boten. Wir saßen mit offenem Mund da und staunten und schauten. Der Motor war mittlerweile aus und so hörten wir nur die See und sahen die Tiere mit ihrem Platschen und Schnauben, wenn sie ihre Wasserfontänen ausbliesen. Unglaublich. Immer wieder tauchte eines dieser gewaltigen Tiere auf und sprang aus dem Wasser oder schwamm um unser Boot herum. Wir spürten den sowieso schon starken Wellengang noch mehr. Die Vorstellung, dass sich eines der Tiere auf unser Boot werfen würde, oder zu früh auftauchen und uns mit hinauf werfen würde, oder dass einer von uns wie Jonas verschluckt werden würde, war realistischer geworden als ein reibungsloses Whalewatching. Es hatte zwischenzeitlich angefangen zu regnen, nein, nicht nur regnen, es platschten dicke Wassertropfen auf uns hinunter und im Boot standen unsere Füße im Wasser.

Die Wale hatten sich entfernt mit ihrem Tanz und bald saßen wir wie Papillon in unserer Nussschale gefangen auf der tosenden See. Unsere Freunde waren gänzlich außer Sichtweite, nirgendwo am Horizont auszumachen, aber wie denn auch, wir schaukelten so sehr und drehten uns dabei, dass der Horizont immer ein anderer war.

Adrien machte sich daran zurückzufahren, denn der Sturm schien sich weiter aufzuschaukeln und ich sah mit Grausen, dass er verzweifelt versuchte den Motor zu starten. Er zog am Starterkabel, immer und immer wieder, aber der Motor wollte nicht, gluckste nicht einmal mehr, er war vollkommen abgesoffen und ich ahnte, dass einfach kein Sprit in diesem alten Ding war.

Der ganze Zauber war verflogen und wir versuchten die Entfernung bis zur Insel auszumachen. Aber der Regen und die dicken Wolken verhinderten jegliche Sicht. Nichts! Nur Wasser – von oben und von unten.

Adrien fischte vom Boden des Bootes zwei Ruder, die er uns in die Hand gab, damit wir nicht mehr nur im Kreis tanzen, sondern Richtung Insel fahren sollten. Ich sah nichts, tat mein Bestes, tat, was man mir sagte und ruderte und ruderte, während Jutta Wasser aus dem Boot schöpfte. Die beiden Fischer kämpften weiterhin mit dem Motor, der ab und zu unlustig gluckste, aber ansonsten keine Anstalten machte.

Unsere Bootsführer versuchten alles. Ich konnte ihnen ansehen, wie peinlich ihnen diese Misere war. Zum einen das Wetter, der Regen, und mittlerweile auch die Kälte. Dann der Motor, der zu nichts taugte und schließlich dieses Boot, das sich immer mehr mit Wasser füllte. Doch sie hatten die Befriedigung, Wale gefunden zu haben, die sie uns präsentieren konnten. Ich mochte diese beiden jungen Männer, die zitterten wie Espenlaub wegen der Kälte, die sich langsam über uns hinweg zog. Beide waren so dünn, bestanden nur aus Knochen und Haut, jetzt aus Gänsehaut.

Sie versuchten uns zu erklären, dass nichts passieren würde. Das Gewitter sei bald vorbei und der Motor – naja, der würde sich wieder erholen. Erholen ohne Sprit? dachte ich verzweifelt und ruderte mit Jürgen wie eine Verrückte. Das Boot hob und senkte sich und ich bin mir sicher, dass sich in diesem Moment jeder von uns im Stillen von dieser Welt verabschiedete, um bald in diesem Wassergrab seine letzte Ruhe zu finden.

Immerhin hatten wir Wale gesehen. Das war es doch wert, versuchte ich Jutta zu beruhigen, die dicke Tränen weinte.

Wir froren und zitterten, aber lange nicht so schlimm wie unsere beiden Begleiter, die dermaßen mit den Zähnen klapperten, dass einem angst und bange wurde. Dass so wenige Zähne so klappern können, wunderte mich doch sehr. Sie lachten und versuchten uns zu beruhigen, dass nichts passieren würde. Was sollte auch geschehen? Wir würden uns nicht weh tun, nicht verletzen, wir würden einfach nur ertrinken. Es gab schlimmere Todesursachen, dachte ich sarkastisch und äußerte diese Gedanken laut. Jutta war nicht mehr zu halten. Sie heulte wie ein Schlosshund, schlimmer und lauter als die beiden Wale.

Es dauerte lange, sehr lange, aber das Meer wollte uns nicht und trug uns an Land, und zwar fast direkt dorthin, wo wir aufgebrochen waren. Müde und frierend stiegen wir aus dem Boot, das die beiden Jungs ans Ufer zerrten und dann ließen wir uns einfach in den nassen Sand fallen, um wieder Kraft zu schöpfen.

Aus der Hütte duftete es verführerisch. Noia hatte mit ihren Schwestern ein Menu gekocht und dazu gab es Bier. Die anderen waren ans Festland gefahren und hatten dort den Sturm abgewartet. Ihr Motor war getankt und das Boot auch etwas stabiler. Aber sie haben keine Wale gesehen.

Es war einmal

Alex Devesper

 Es war einmal, vor langer, langer Zeit, damals in den Neunzigern, in dem kleinen Bergdorf St. Anton in Österreich. Der Winter war außergewöhnlich lang und hart, die ganze Gegend war eingeschneit, abgeschnitten von der Außenwelt.

An jenem besonderen Abend kam ein Sturm auf, Schnee und Wind übernahmen die Herrschaft, man sah die Hand nicht vor den Augen. Die Bergbahnen wurden eiligst geschlossen, die Straßen waren sekundenschnell vereist, die Schneemassen verhinderten jegliches Fortkommen, die Dunkelheit legte sich wie ein bedrohlicher Schatten über das Dorf. Die Menschen suchten sich einen sicheren Unterschlupf, die Einheimischen verschanzten sich in ihren Hütten, die Hotels und Restaurants hatten Hochbetrieb.

In einem kärglichen Zimmer einer Herberge kuschelten sich zwei Menschen nach ausgiebigem Besuch der Sauna, einem üppigen Mahl und wohl dosiertem Alkoholgenuss unter einer Decke zusammen, um sich zu wärmen und damit dem sicheren Tod durch Erfrieren zu entkommen, was ihnen auch gelang, aber nicht ohne Folgen blieb.

Im Herbst desselben Jahres, an einem leicht nebligen Donnerstagmorgen Anfang Oktober, erblickte nicht ganz freiwillig und unter Zuhilfenahme medizinischen und chirurgischen Equipments die Konsequenz dieser Winternacht das Licht der Welt und läutete eine neues Zeitalter ein.

Die ersten Jahre verliefen ruhig. Der Sprössling chillte von Anfang an. Er schlief, und schlief, und schlief. Er liebte es bequem, ließ sich verwöhnen, füttern, pampern, baden und pudern. Er genoss die Aufmerksamkeit seiner älteren Schwester, die ihm mit großem Eifer die Welt erklärte und beglückte das Au-pair-Mädchen, wenn er ihr beim Duschen half, das Bad unter Wasser setzte und Lockenwickler lutschte. Mäßig interessiert ließ er sich spazieren fahren, während er das wohlgeformte rechte Gummibein einer Barbiepuppe mit seinen Mini-Gebiss-Spuren piercte, dem kleinen Stoffpüppchen beim Einschlafen die Hand abnuckelte oder auf der schwarzen Gummibereifung von bunten Lego-Rädchen herumkaute. Der kleine Mann hatte keine Eile, er ließ sich Zeit. Bei allem. Wozu sollte er laufen lernen? Es war alles in Reichweite. Oder er wurde getragen, geschoben, gezogen, gefahren. Wozu hat man schließlich eine Schwester, Mama, Papa, Omas, Opas und den Onkel? Und das alles funktionierte, ohne dass man was sagen musste. Ein kleines Ächzen genügte oft schon. Wozu also sprechen lernen? Und wenn etwas mal nicht so passte oder nicht verstanden wurde, dann genügten ein paar kurze Kommandos: „Hoch!" „Besser!" Auch Informationen, die dann und wann mal mitzuteilen er sich bemüßigt fühlte, waren kurz und präzise: „Später-Morgen-Okay!" eindeutig: „Mund-Boden-Aua!" und verständlich: „Vorsicht, Messer beißt!"

Ein rundum pflegeleichter Junge, der genüsslich Lachs und Pfannkuchen verzehrte, hier und da mal eine 10-Pfennig-Münze verschluckte, mit kalkuliertem Risiko und dem Kommando: „Fang mich!" von der Wendeltreppe oder dem Klavier hüpfte und nach der Learning-by-doing-Methode ausgiebig trainierte. Er wurde von allen geliebt ob seines kindlichen Charmes, seiner blauen Augen, seines heiteren Wesens.

Sein Motto hieß: geschehen lassen, beobachten, warten, relaxed und ohne Zeitdruck. Wenn er sich allerdings zu etwas entschlossen hatte, dann setzte er dies sofort um. So entschied er sich dafür, mit einem Jahr Verzögerung endlich in den Kindergarten zu gehen. Die Voraussetzung dafür schaffte er an einem regnerischen Sommertag kurz vor seinem 4. Geburtstag, als er beschloss: „Großer Junge. Keine Pampers."

Die Jahre vergingen. Er wurde älter, sein Radius erweiterte sich, er feilte an seiner Sprache, verfeinerte seine Koordinationsfähigkeit und Feinmotorik und schuf das soziale Fundament für spätere treue Freundschaften.

Nun geschah es aber, dass auch für dieses Kind die Schulpflicht in fassbare Nähe rückte. Keiner konnte dem entgehen. Der Einstieg war schwierig. Bereits nach sechs Wochen kam der erste blaue Brief, in dem ihm Macho-Gehabe und Anti-Feminismus vorgeworfen wurde. Ihm, der als Prinzessin verkleidet mit seiner Schwester spielte, der die Altlasten auftrug in Form von orangefarbenen Skianzügen, mit Rosen bedruckten Anoraks und geblümten Leggins. Sein Weg durch die Grundschule war dekoriert mit Verwarnungen und Verweisen, Strafarbeiten und verpatzten Bühnenauftritten. Trösten konnte ihn, dass er nicht alleine war, sondern das Leid mit seinem Freund teilen durfte.

So gestärkt beschritt er im zarten Alter von elf Jahren den Weg in die Oberschule. Hoch motiviert und strebsam tauchte er ein in die Welt von Caesar, Cicero, Ovid & Co, lernte die Sprache der Angelsachsen, beschäftigte sich mit Algebra und Logarithmen. Er saugte das Wissen geradezu auf wie ein Schwamm das Wasser. Bedauerlicherweise honorierten dies die Beschäftigten der Lehranstalt nicht in entsprechendem Maße. Deshalb legte er sich mächtig ins Zeug und beantragte eine Verlängerung. Sein Vertrag wurde um ein Jahr aufgestockt.

Der Jüngling wuchs heran. Seinem ausgeprägten Spieltrieb folgend, testete er unentwegt und unermüdlich moderne Computer Games und Spielekonsolen. Das machte ihn IT-technisch multitaskingfähig. Ausgerüstet mit der neuesten Technologie war Musik hören, Telefonieren, Simsen bei gleichzeitiger Unterhaltung während des Essens vor dem Fernseher möglich. Und ganz nebenbei wurden noch Hund und Katze gestreichelt. Stetig bemüht, seinen Erfahrungsschatz aktiv zu erweitern, experimentierte er zuweilen in der Garage. Dabei nutzte er, wo immer möglich, alle vorhanden Ressourcen, in der Regel in Form von Werkzeug oder Maschinen, die kurzerhand für seine Zwecke demontiert oder angepasst wurden. Die Resultate waren oft verblüffend und immer ließ er seine Umwelt daran teilhaben, indem er seine Schöpfungen grundsätzlich nicht wegräumte, sondern die Stätte seines Schaffens einfach so verließ. Letzteres galt auch für andere Räumlichkeiten, in denen er sich aufhielt.

Die Pubertät absolvierte er unproblematisch und beinahe unmerklich. Wie jeder Junge durchlief er die Phasen des Erwachsenwerdens, wobei er, wahrscheinlich geprägt durch den Einfluss seiner Schwester, mit dem anderen Geschlecht keinerlei Schwierigkeiten hatte und frühzeitig, bereits mit 13 Jahren, zwar kurze aber intensive Beziehungen zu diesem aufbaute. Körperliche Veränderungen begünstigte er durch sportliche Betätigung, was seiner athletischen Figur zugute kam, oder er bediente sich kosmetischer Hilfsmittel, um kleinere Unwägbarkeiten zu beseitigen. Die wenigen Krankheiten, die ihn ereilten, behandelte er, indem er sie einfach ignorierte, wenn sie nicht schlimm genug waren. Oder sie ganz heftig in Form von Blinddarm-Notoperationen freitags nachts kurierte. Immer wiederkehrenden dermatologischen Symptomen wurde wirksam mit immer wiederkehrenden Reisen ans Nordmeer begegnet.

Seine musikalische Karriere begann schon embryonal, setzte sich in musikalischer Früherziehung fort, ging nahtlos über ins virtuose Pianistendasein, um dann mit afrikanischem Trommeln und abschließend als Drummer im Nirwana zu entfleuchen.

Trotz aller Bemühungen, das Leben als entspanntes, ruhig dahinfließendes Bächlein zu erleben, blieben ihm manche Erfahrungen leider nicht erspart. So musste er am eigenen Leibe spüren, was die Überdosierung von Ethanol bewirkt und wie unser Rechtssystem und die Polizeibehörde funktioniert.

Im Laufe der Zeit entwickelte er diverse Mechanismen, um sein chilliges Dasein längst möglich zu genießen. Da ihm von Anfang an ein eigener Chauffeur zur Verfügung stand, war die Erteilung der Fahrerlaubnis kein vorrangiges Ziel für ihn. Auch beim täglichen Weckruf war keine Eile geboten. Irgendwie reichte die Zeit immer, sei es für Duschorgien, philosophische Gedanken, die lange angekündigte GFS in Latein, eine kleine Streicheleinheit für den Kater. Im Notfall wurde eine Nachtschicht eingelegt, Fremdarbeit organisiert und professionelle Unterstützung geordert.

Mit zunehmendem Alter verlagerte sich sein Interesse in die Sphären der Botanik und Biochemie. Auf seine ihm eigene Art und Weise integrierte er transatlantisches Pflanzgut der Gattung Nicotiana aus der Familie der Nachtschattengewächse in den heimischen Garten, hegte, pflegte und erntete nach traditionellen Methoden, verarbeitete den Ertrag unkonventionell mit der Nudelmaschine und beschäftigte sich mit ökologischer Konservierung. Nach diesen Feldversuchen experimentierte er unter verschärften Bedingungen. Dazu verlagerte er sein Wirken ins Haus, zumal es Winter wurde und er durch diese naturgegebenen Umstände gezwungen war, seine Studien entsprechend anzupassen.

Dazu konstruierte er eine bemerkenswerte Versuchsanordnung mit Laborcharakter und erweiterte das Pflanzensortiment. Er spielte mit den verschiedenen Einflussfaktoren und manipulierte mit Licht, Temperatur, Nährstoffen. Wann immer es ihm möglich war und seine vielseitigen Aktivitäten es zuließen, besuchte er seine botanischen Schützlinge. Er war sich für nichts zu schade. Um die Möglichkeiten der Anwendung und Wirksamkeit der Pflanzen auf den menschlichen Organismus zu ergründen, stellte er sich selbst als Versuchsobjekt zur Verfügung. Er konsumierte diverse Pflanzenteile in allen erdenklichen Aggregatzuständen.

Und dann geschah es: An einem leicht regnerischen Montagmorgen Ende Mai, nach fast zwei Jahrzehnten Streben und Strampeln, nach endlosen Unterrichtsstunden und quälenden Hausaufgaben, unzähligen Nachhilfe-Lehrern, immerwährendem schlechten Gewissen und ermüdenden Nachtschichten war es geschafft: das Abitur.

Überhitzt
Ilse Reichinger

 Die Türe quietschte. Eingeatmete neunzig Grad Luft verursachten ihr etwas Übelkeit. Sie war enttäuscht. Ein Vier-Sterne-Hotel und eine so kleine schäbige Sauna. Wellness Hotel „Kiefernnadel". Drei abgenutzte Liegebänke. Es war heller als ihr lieb war.

Zwei Männer und eine Frau. Die Männer glotzten, so kam es ihr vor. Ein älterer Mann, eklig dicker Bauch und eine Glatze, Klischee eines Kotzbrockens, saß breitbeinig und ordinär auf der obersten Liege, ohne Handtuch. Da wollte sie gar nicht hinschauen. Der jüngere, sportliche, rutschte bereitwillig zur Seite. Sie stand unentschlossen da. Die gesamte untere Liegefläche wurde von einer älteren korpulenten Frau beansprucht. Ihre schweißglänzend fetten Oberschenkel lagen wie zementiert auf dem Holz. Üppige Brüste hingen seitlich herunter. Ein zu großer Bauch verteilte sich auf verschiedene Körperebenen. Sie schien fest zu schlafen, zeigte keinerlei Regung.

Der junge sympathisch wirkende Mann auf der zweiten Bank lächelte sie jetzt intensiv einladend an. Er war der, ihrem Empfinden nach, einzig Normale in dieser stickigen Sauna. Mittelgroß, Muskeln an der richtigen Stelle, brünette Drahtzieherlocken. Melanie hatte sich bis über die Brust in ein großes Badetuch gehüllt. Sie überlegte: Würde Sie sich rechts neben den attraktiven jungen Mann setzen, hätte sie einen Fuß breit Platz, um auf die zweite Bank hinaufzusteigen. Aber wo blieben dann die Füße des Alten? Nach Adam Riese in der Nähe ihres Hinterns.

Links neben dem jungen Mann war genug Platz. Wie kam sie dahin? Sie müsste ihr Handtuch lösen, splitterfasernackt breitbeinig über das Nilpferd, wie sie die teilnahmslose Frau getauft hatte, hinweg nach oben springen. Das ginge nur mit Hilfe des jungen Mannes, wenn er ihr die Hand reichte. Dass Melanie nicht sportlich gewesen wäre, konnte niemand sagen, sie war besonders sportlich. Oder dass sie sich nackt nicht sehen lassen konnte, im Gegenteil, sie war besonders schön. Sie wollte nur nicht von Fremden angestarrt werden.

Entschlossen, und auch ungeduldig, beugte sich Melanie über die alte Frau: „Entschuldigung, könnten Sie bitte auf die Seite rücken, damit ich auf den Platz da oben hin kann?" Keine Reaktion. Melanies Atem pustete eine graue Haarsträhne aus dem Gesicht der Frau. Ausdruckslos und seltsam steinern lag sie da. Melanie bohrte ihren Zeigefinger in die glitschige Haut des Oberarmes ihrer Kontrahentin. Nichts. Inzwischen war es Melanie schon sehr heiß und die Situation peinlich. Sie schaute sich um. Da war der Behälter mit dem Aufguss. „Ach, Sie brauchen sicher einen schönen Aufguss, das wird es sein. Das macht wieder munter". Sie goss den großen Kübel aus Kiefernholz, gefüllt mit Fichtennadelextrakt, über den heißen Ofen. Besonders langsam verließ sie die total bedampfte Sauna, begleitet von einem Schwall sexistischer Schimpfworte. Es war der Glatzköpfige, Dickbäuchige auf der obersten Bank.

Der Dicke schwamm, grantig, krebsrot und nackt im Wasser, als Melanie unerkannt mit Badekappe und Badeanzug in den Whirl-Pool stieg. Der junge Mann schien noch in der Sauna zu sein.

Plötzlich waren Sanitäter mit einer Trage da. Melanie bekam einen Schrecken. Der junge Mann? Nein, dieser zeigte den Männern den Weg. Er hatte, wie sie zuvor, ein großes Handtuch um den Körper geschlungen. Der Zugang zur Sauna wurde mit einem breiten Band abgesperrt. Neugierige wollten sich durchzwängen. Sie wurden streng zurückgedrängt. Melanies Herz schlug heftig. Hatte die Frau den heißen Aufguss nicht vertragen? Nein, sie lag bereits vorher schon völlig bewegungslos da. Trotzdem, Melanie hatte ein sehr schlechtes Gewissen. Vielleicht hatte ihr der viele Dampf zu der von ihr vermuteten Unpässlichkeit den Rest gegeben. Sie musste unbedingt mit dem jungen Mann sprechen. Und wenn sie nun alle verhört wurden. Fluchtreflexe!

Der Dicke schwamm noch immer im Becken geräuschvoll seine Kreuz- und Querbahnen. Er hatte von alldem nichts bemerkt. Wahrscheinlich schwerhörig.

Die Gäste wurden nun aufgefordert, durch den Notausgang in ihre Zimmer zu gehen, sich dort umzuziehen. Man bat sie, in den Speisesaal zu kommen. Melanies Herz zitterte, sie schwitzte, Panik breitete sich aus.

Auf der Treppe legte sich eine Hand auf ihre Schulter. Es war der junge Mann. „Von dem Aufguss sagen wir nichts", flüsterte er. „Sie war bereits tot. Ich hole sie ab. Welche Zimmernummer haben sie?" „Zweihundertachtzehn, danke".

Der Dicke war nicht anwesend. Melanie atmete erleichtert auf. Sie mussten ihre Adressen angeben und ihre Ausweise zeigen.

Der junge Mann beschrieb, dass die Frau von Anfang an starr und bewegungslos da gelegen hätte, als er in die Sauna kam. Melanie bestätigte diesen Eindruck. Dass es sehr stickig gewesen wäre und sie, da sie auch nicht über die Frau klettern konnte, um auf die zweite Bank zu gelangen, wieder gegangen wäre.

Sie hatten sich am Abend zum Essen verabredet. „Ein besonderes Restaurant mit einem Michelin, in der romantischten Landschaft des Schwarzwaldes" hatte er ihr mit jungenhaftem Schalk in den Augen zugeraunt. Was ziehe ich an, war ihr erster Gedanke.

Er wartete am Empfang. Melanie erschien in einem champagnerfarbenen Seidenoverall. Sie sah umwerfend aus. Seine Bewunderung war ihm ins Gesicht geschrieben. Beide sahen einander in die Augen. Er in ihre veilchenblauen, sie in seine graugrünen.

Schweigend fuhren sie in die Nacht. Wie selbstverständlich legte er seine Hand auf die ihre. Als hätten sie sich nach einer langen Trennung wieder gefunden. Später konnte sie sich gar nicht mehr erinnern, was sie gegessen hatten. Nur, dass sie sich in dem eleganten Ambiente des herausragenden Lokals mit ihm sehr wohl gefühlt hatte. Wie endlich angekommen. Zwei einzelne Wurzeln, die miteinander wurzeln wollen.

Sie spürte noch seine Hände auf ihrem Körper, als sie durch ein startendes Auto plötzlich wach wurde. Sie griff neben sich, das Bett war leer.

Wochenlang wartete sie auf seinen Anruf, rief die im Brief genannte Telefonnummer an. Vergeblich. Sie war sehr verletzt und traurig, konnte es nicht verstehen. Als sie eines Morgens die Zeitung aufschlug, sprang ihr halbseitig sein Gesicht entgegen. Wie sie aus dem Bericht entnehmen konnte, war er der Neffe jener Frau, welche den Tod in der Sauna fand. Frau Nebel, so hieß sie, hatte einen Einstich in der Armbeuge. Eine Überdosis Insulin soll die Ursache ihres Todes gewesen sein. Phillip wurde als Zeuge gesucht.

Noch lange hoffte sie auf ein Zeichen von ihm, sie hätte alles für ihn getan, ihn sogar versteckt.

Familienuntergrund mit Apfelmus
Uta Neumann

 „Wenn das rauskommt haben wir ziemlich große Probleme", hauchte Hans in mein Ohr, während er seine warme Hand mit leichtem Druck meinen Schenkel hinaufschob. Er atmete tief dabei und schneller. Ich versuchte still zu sein, hielt den Atem an, so lange es ging. Er wurde drängender, rieb an meinen Brüsten entlang, an meinem Bauch. In diesem Moment war mir klar: „Ich teilte nichts mit ihm, nicht die Erregung und auch nicht die Angst, dass etwas rauskommen könnte."

Ich denke an diesen Dialog mit Hans, gestern, während ich mit dem Messer die Äpfel säubere, die ich vor einer Stunde auf der nassen Wiese bei unserer Nachbarin auflesen durfte. Sie sind feucht und gleiten mir immer wieder aus der Hand.

Das erste Mal, seit ich denken kann, war ich wütend auf Hans. Seit einem Jahr betrachtete man mich in meiner Familie als Frau. Der einzige Unterschied zu der Zeit vor einem Jahr ist, dass ich nun blute, einmal im Monat. Die anderen Mädchen reden über den ersten Kuss, während ich mit Hans schon weiter bin.

Hans ist 17 Jahre alt, ich 14. „Ich liebe dich, seit du auf der Welt bist", sagt er oft zu mir. Ich bin es gewohnt, dass er auf mich aufpasst, mich beschützt. Als auf dem Schulweg andere Mädchen mir „Schlampe" hinterher riefen, kam er und vertrieb sie mit seinen Fäusten. Bei einem Ausflug mit den Eltern verlief ich mich in der Stadt und er fand mich. Auf einer Geburtstagsfeier war ich sehr betrunken, ich wusste nichts mehr. Er brachte mich nach Hause, wischte die Kotze auf, brachte mich ins Bett, ohne dass unsere Eltern etwas merkten.

Er ist groß und schön. Schwarze Locken umrahmen sein Gesicht und es gibt viele Mädchen, die für sein Interesse viel tun würden.

Dafür darf er die anderen Sachen mit mir machen.

Er ist mein Bruder.

Seit drei Jahren will er das von mir, dass ich ihn berühre zwischen den Beinen und er zieht seine Hose aus und reibt sich an mir, bis er stöhnt und sein Atem wieder ruhig wird. Auch mein Atem veränderte sich dabei, auch ich hatte das Kribbeln zwischen den Beinen und wollte, dass er mich berührt.

Bis gestern. Da ging er zu weit. Weiter gemacht hat er, obwohl ich versuchte ihn weg zu drücken. Schwer hat er sich auf mich gelegt; wie ein Messer in mir, das mich von innen zerschneidet. Es tat weh!

Die Apfelschnitze brodeln, sie werden zu Mus, wenn ich mit dem Stampfer hineindrücke. Immer schneller saust der Holzstampfer in den Topf, es spritzt Heißes in mein Gesicht. Dieser Schmerz! Wie kleine Nadelstiche. Ich weine. Ich möchte es ihm heimzahlen, ihm wehtun. Ich will ihn zerschlagen, zerstören.

Dann, während ich das heiße Mus in die Gläser fülle, den Deckel mit Handschuhen schließe, fällt alles ab von mir. Leere! Es ist nichts mehr bei mir, nichts in mir. Ich wische den Arbeitsplatz ab. Das Mus ist an einigen Stellen aus den Gläsern gelaufen und ist nun fest geworden auf dem Holz. Ich konzentriere mich. Es ist noch etwas im Topf. Ich gehe mit dem Topf nach oben in sein Zimmer. Das Bett von Hans ist nicht gemacht. Ich schlage die Decke zurück und leere den erheblichen Rest Apfelmus in sein Bett, lege die Decke darüber. Gehe hinunter, mit dem Topf.

„Es reicht nicht", höre ich mich selber sagen, es reicht noch nicht." Ja, denke ich, es wird rauskommen, dafür werde ich sorgen. Alles werde ich unseren Eltern erzählen.

Ich werde mir jeden Tag der kommenden Woche etwas überlegen. In sein Schulheft kritzeln oder zerreißen. Den Schritt seiner geliebten Jeans zerschneiden. Löcher in die Strümpfe reißen und Scheiße in die Schuhe drücken. Meine Tür wird immer abgeschlossen sein. Ich weiß, er wird ab jetzt ziemlich große Probleme haben.

Immer diese Radfahrer

Claudia Hellstern

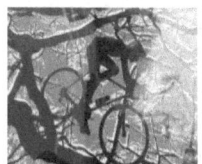 Gitta und Fritz hatten eine lange Reise hinter sich. Sie waren mit dem Wohnwagen rund um die Iberische Halbinsel gefahren und hatten vor, an der französischen Mittelmeerküste ein paar Tage auszuruhen, um dann zurück nach Deutschland zu reisen. Die letzte Etappe war lang und beschwerlich, die Hitze und der starke Verkehr ließen sie nicht vorankommen. So war es bereits spät abends, als sie endlich die französische Küste erreichten. Sie wollten nur noch schlafen, nicht mehr fahren, nur noch schlafen.

Gitta verstand nicht, dass Fritz nicht einfach irgendwo anhielt. Das würde doch genügen, doch er wollte auf einen Campingplatz und drei Tage nicht mehr hinter das Steuer. Sie schloss die Augen und kämpfte gegen alles: Müdigkeit, Hunger, Übelkeit. Er wird wissen, was er tut. Ich lasse ihn einfach machen. Es hat eh keinen Sinn.

Sie nickte langsam ein. Plötzlich rief er:

„Da vorne, da ist ein Schild. Camping. Da fahren wir hin. Komm, das ist nicht weit."

Es war richtig dunkel geworden, als sie an der Einfahrt zum Camping ankamen. Fritz stieg aus und meldete sie an. Er hatte eine Platznummer erhalten, den Rest sollten sie am kommenden Morgen erledigen. Sie stellten ihren Wohnwagen ab, suchten schnell die Sanitäranlagen und fielen müde ins Bett.

Als Gitta aufwachte, war es schon heller Morgen. Die Sonne lachte vom Himmel und es war heiß in ihrem Wohnwagen. Sie schob den Vorhang zur Seite und blinzelte hinaus. Staubig sah es aus. Es gab hohe Pappeln und viele andere Wohnwagen und Wohnmobile. Da fuhr jemand mit dem Fahrrad vorbei und schaute neugierig auf ihren Wohnwagen. Gitta traute ihren Augen nicht. Das hatte sie noch nie gesehen. Das war ein nackter Mann auf dem Fahrrad, der seinen Schniegel fein säuberlich vorne über den Fahrradsattel gelegt hatte. Sie wischte sich über die Augen und schaute erneut. Nein, sie hatte nicht geträumt. Ein nackter Mann auf dem Fahrrad. Wo waren sie gelandet?

Sie stand auf, zog sich Shorts und Shirt an, schlüpfte in ihre Schlappen und machte sich auf den Weg zu den Toiletten. Die Sonne blendete sie in ihrem noch verschlafenen Gesicht.

Es wird ein heißer Tag werden.

Da waren andere nackte Menschen. Ganz nackt oder nur mit Shirts bekleidet. Die Duschen waren offen.

Das kann doch nicht sein, dass man sich öffentlich duschen muss.

Die Toiletten hatten nur Pendeltüren wie in einem Western-Salon, sodass man gesehen wurde, aber nicht ganz.

Wie schrecklich.

Gitta kam sich vor wie in einer Wandelhalle, in der man so etwas wie Catwalk im Adamskostüm macht.

Ich ziehe mich nicht aus!, dachte sie verstört.

Aufgelöst kam sie zurück zu Fritz, der amüsiert ihrem Bericht folgte. Für ihn war das eher eine Augenfreude, gab es doch hübsche, nahtlos braune Mädchen mit Traumfiguren, die für Männeraugen eine Freude waren.

Die beiden Neuankömmlinge machten sich auf zur Rezeption, wo sie erfuhren, dass sie auf einem der größten Nudistencamps Europas gelandet waren. Wird man Mitglied ist es billiger, hieß es. Gitta, eigentlich nicht prüde, aber doch nicht auf Zurschaustellung aus, war entsetzt. Man dürfe angekleidet herumlaufen, aber das sei nicht gern gesehen, hieß es. Die Regel sei „Ohne!"

Spießrutenlauf. Gitta hatte das Gefühl, man warte nur auf sie, dass man wieder etwas Neues anzuschauen hatte. Sie ging hoch erhobenen Hauptes neben Fritz und wagte nicht, nach rechts oder links auf die

Nacktheiten zu schauen. Es war alles vertreten. Viele mollige Frauen und Männer. Frauen mit dicken Bäuchen, Riesenbusen und breiten Hinterteilen. Sie fanden es ganz normal, sich so zu zeigen und schienen kein Problem mit ihrer Körperfülle zu haben. Sie sah Frauen, die breitbeinig auf ihren Liegen saßen, sodass die Reißleine des Tampons zwischen ihren Beinen sichtbar war. Die meisten der Gestalten waren wahrlich kein schöner Anblick.

Was die Männer anging war es nicht besser. Sie hatten dünne Beine, dicke Bäuche und winzig kleine Schwänze, die vorwitzig unter ihren Bäuchen hin- und herwackelten. Ihre verbrannten roten Hinterteile und die affenartige Behaarung vieler Urmenschen machten sie nicht schöner. Gitta hatte nicht gedacht, dass es auch unter der Spezies Mann so viele Unterschiede gab. Die Glücksbringer waren entweder klein und dick und kaum sichtbar unter den Bäuchen, oder sie waren lang und gebogen, halb erigiert oder kleine dicke Knollen. Eingebettet auf schlappen, manchmal haarigen Hodensäcken. Am witzigsten fand sie die Herren der Schöpfung, wenn sie auf dem Fahrrad fuhren und ihr Lieblingsstück liebevoll über dem Sattel ausbreiteten. Auch von hinten boten diese Männerpopos einen grandiosen Anblick.

Es gab viele, erstaunlich viele alte Menschen, die hier versuchten, ihre Freizügigkeit zu leben, die sie wahrscheinlich in der Enge ihres Dorfes in ihrer Heimat nicht leben durften. Frauen mit papierdünnen, hängenden Brüsten und aufgeblähten Bäuchen, mit weißem Haar an Kopf und Scham. Männer mit langen Brustwarzen, die an leeren Brüsten hingen, früher einmal gut trainiert und muskulös. Ihre fleischlosen Hinterteile hingen saftlos herunter und gaben den Blick frei auf dünne Beinchen, die jeden Moment umzuknicken drohten. Man fand sich revolutionär und modern und Gitta glaubte nicht, dass sie tatsächlich das waren, was sie hier vorführten. Für manch einen war das eine große Überwindung. Aber dabei sein und mitreden können, das war alles.

Gitta vergrub sich im stickigen Wohnwagen und setzte sich ans Fenster. Hinter dem Vorhang getarnt beobachtete sie die Szenerie.

Augenweiden gab es wenige, Verrücktheiten viele. Nach einer Weile zogen die beiden ihr Badezeug an, um das Camp auszukundschaften.

Die Anlage war riesig. Gitta fand alles pervers. Übertrieben, nicht normal. Die Duschen waren offen, Kabinen nur mit Seitenwänden, sodass man wie im Theater bei der Waschorgie seinen Campmitbewohnern zuschauen konnte. Es erstaunte sie jedoch, dass die Toiletten zumindest einen Sichtschutz hatten. Es waren Schwingtüren, die den Blick auf den Sitzenden verbargen.

Im Laden, der alles an Lebensmitteln bot, was man brauchte, kaufte man nackt ein. Gitta erschauerte und als sie die Bar betraten, in der man mit nacktem Hintern auf den Barhockern saß, verging ihr jegliche Lust. Rom ist an seiner Schamlosigkeit untergegangen, Europa wird folgen, dachte sie empört. Sie beobachtete eine Frau, deren schwere Brust fast ins Cocktailglas hing.

Hier fuhren die Männer ausgesprochen gern Rad, auffallend gern.

„Man sieht, wer's nötig hat!"

Aber sie war sich sicher, wenn Frauen einen Schwanz hätten, würde sie ihn genauso präsentieren.

Gegen Abend wurde das Camp lebendig. Die Sonnenanbeter kamen mit gebräunten Körpern und roten Hintern vom Strand zurück. Es wurde gegrillt und gegessen. Gesellig und redselig.

Man spielte Volleyball nur mit einem Pullover bekleidet und Turnschuhen. Die sportlichen Schwänze hüpften dabei klein wie verschrumpelte Rettiche auf und nieder. Man trug alles, nur keine Hosen! Männer und Frauen hatten die gleiche Mode. Obwohl es kühl war, waren Beinkleider verpönt. Es kam nicht selten vor, dass man bei den Männern die Temperatur ablesen konnte. Kühl – sehr kühl!

Das war nicht ihre Welt. Gitta und Fritz beschlossen, am nächsten Morgen abzureisen. Bekleidet. Nicht, weil sie sich der Prüderie schuldig fühlten, sondern weil es viel interessanter ist, wenn kleine Geheimnisse gewahrt bleiben.

Hochsommer

Ellen Göppl

Sprung.

Ich tauche

ein ins Wasser.

Um mich herum Gluckern.

Luftblasen.

Spritzer

am Beckenrand

glitzern im Sonnenlicht.

Gleich ist es vorbei.

Wolke.

Tropfen

sprenkeln Fliesen.

Ich bin gerade

aus dem Wasser gestiegen.

Abgekühlt.

Braungebrannt.

Dieser Sommer

begann besonders früh.

Jetzt reifen die Mirabellen.

Augusthitze.

Schatten

werden länger.

Sonne wandert weiter.

Geht bald woanders auf.

Glühwürmchen.

Auguste – eine Entdeckung
Claudia Hellstern

 Es verging kein Tag, an dem ich nicht um das Anwesen schlich. Geheimnisvoll und verborgen war es hinter einer dichten Hecke versteckt. Das Tor zur Zufahrt war immer geschlossen. Der Weg zum Haus schien so verschlungen, dass man keine Chance hatte, es zu sehen. Meine Neugierde war unbezwingbar. Ich wanderte auf den Hügel in der Nähe und versuchte mit dem Fernglas einen Einblick zu erhaschen. Die großen Eichen verwehrten mir jede Sicht. Einzig die Rauchwolken aus dem Kamin bewiesen, dass dort jemand wohnte.

Im Dorf erzählte man die unglaublichsten Geschichten über den Bewohner des Hauses, denen ich gierig zuhörte und die meine unstillbare Neugier immer weiter nährten.

Eines Tages, bei einem meiner unendlichen Streifzüge, entdeckte ich es – das durch Rosenhecken versteckte Gartentor. Schief hing es in den Angeln, morsch schienen die Bretter, an denen sich Ranken festhielten. Ich berührte es andächtig, vorsichtig, ängstlich. Es schien nichts dagegen zu haben, meine Berührung nicht zurückzuweisen. So machte ich mich an dem rostigen Riegel zu schaffen. Der Rost hatte sich über die langen Jahre festgefressen. Ich konnte den Riegel nicht bewegen. Ein Schloss gab es nicht. Meine ganzen Kräfte halfen nicht, ich konnte das Tor nicht öffnen, Tränen der Verzweiflung liefen mir übers Gesicht.

Ich rannte nach Hause und suchte nach Werkzeug. Was ich suchte, ich wusste es nicht, doch wenn ich es sah, würde ich es sicher wissen. Ich fand ein Stemmeisen, einen Haken und ein Fläschchen Öl. Damit ging ich zurück zum Tor. „Ich muss hinein, ich muss. Was auch immer passieren mag, ich muss."

Ich schaffte es, der Riegel gab nach, ich konnte das Tor einen Spalt breit bewegen, gerade so, dass ich mich hindurchzwängen konnte. Mein Herz schlug bis zum Hals. Ich hatte es geschafft.

Langsam und so leise wie möglich pirschte ich mich durch das Unterholz. Der Garten schien größer, als ich erwartet hatte. Er war dicht bewachsen. Hier ließ man der Natur ihren Lauf. Dornenhecken rissen meine nackten Arme und Beine blutig, Brennnesseln hinterließen ihr Feuer.

Nach und nach lichtete sich das Dickicht und ich entdeckte einen Park. Es roch nach Yasmin und Rosen, nach Luft und Lust, nach Leben und Geheimnis. Ich schnupperte und saugte diesen Sinnenzauber in mich hinein. Glücklich und dankbar.

Hinter dem Schutz der Rosenbüsche schlich ich weiter und hoffte inständig, dass man mein rasendes Herz nicht hören und meinen Angstschweiß nicht riechen könnte.

Und da - da sah ich ihn.

Den alten Auguste, wie man ihn im Dorf nannte.

Er saß mitten auf der Wiese unter einer großen Kastanie, die ihm ihr Blätterwerk als Schutz vor der Sonne bot. Da saß er, dieser Geheimniskrämer, dieser Eremit, dieser Riese.

Jeder im Dorf hatte ihn anders beschrieben, jeder hatte Recht, ich hatte ihn mir völlig anders vorgestellt und trotzdem entsprach er meinem Phantasiebild.

Er saß in einem Lehnstuhl aus Korb. Einem jener hohen Stühle, deren Lehne wie ein Thron hinter dem Kopf emporragt. „Wie ein König auf dem Thron", durchfuhr es mich.

Auguste war alt. Sein sonnengebräuntes Gesicht war so faltig wie eine Plisseebluse. Ich sah seinen weißen dichten Haarschopf und seinen langen Bart. Wie ein Weihnachtsmann. Seine buschigen Augenbrauen überdachten zwei kluge, wache blaue Augen, die verschmitzt und freundlich hin- und herwanderten. Er hatte unbeschreiblich große Ohren, vor allem die Ohrläppchen – sie waren eher Lappen, die unter der weißen Mähne hervorlugten. Obwohl er saß, konnte man sehen, dass er ein Riese war, gewaltig in seiner Statur. Er trug ein weites weißes Leinenhemd und eine blaue Hose. Seine großen Füße steckten in Sandalen und waren auf einem Hocker abgestellt. Bequem. Aus den aufgerollten Hemdsärmeln lugten starke braun gebrannte Arme, deren rechte Hand einen Pinsel, die linke eine Farbpalette in der Hand hielt. Vor ihm eine große Staffelei mit einem Gemälde, das gerade in Arbeit war.

Ich stand still und bewunderte diesen Anblick, der für mich das perfekte Bild ausmachte. Er war wunderschön, dieser stattlich alte Mann, der sich voll in seinem Element zeigte, immer wieder leicht mit der Zungenspitze über seine Lippen fuhr und damit ohne Worte zeigte, wie lustvoll er das Leben sah.

Eine ältere Dame kam aus dem Haus und brachte ihm auf einem Tablett angerichtet eine Kanne Tee und eine Blumentasse, eine Karaffe Wasser dazu und, wie ich ausmachen konnte, einen Teller mit kleinen Gebäckstücken. Sie schüttelte den Kopf über das laute Grunzen des Malers und stellte das Tablett auf dem Tisch neben dem Korbstuhl ab.

Die Frau war adrett in einem wadenlangen Rock und hochgeschlossener weißen Bluse gekleidet. Die Füße in flachen Schuhen. Sie hatte ihre Haare zu einem strengen Dutt gedreht. Sie blieb neben Auguste stehen, stemmte ihr Hände in die Hüften und schien ihm einen Vortrag zu halten. Ich verstand nicht, was sie sagte, hörte nur ab und zu einen spitzen Laut, den der Wind zu mir herübertrug. Er schüttelte immer wieder den Kopf und lachte aus voller Kehle und sagte einem Mantra gleich: „Ach Agnès, mir geht es gut. Geht es gut."

Sein volles Lachen drang wie Musik in meine Ohren und mein Herz hüpfte mit den ungebändigten Tönen auf und ab. Ich war in einem Traum gelandet, in einem Paradies, in einem Märchen.

Agnès drehte sich um und ging zurück zum Haus, blieb ab und zu an einer der blühenden Rosen stehen und schnupperte daran, fuhr liebevoll mit der Hand über eine Blüte und bückte sich nach einem Korb, der mit Äpfeln gefüllt, bereit stand. Dann verschwand sie mit wogenden Hüften im Haus.

Seine Frau? Seine Schwester? Seine Haushälterin? Seine Freundin? Seine Geliebte? Ich konnte es nicht ausmachen, aber Nähe, Verständnis und Zuneigung war offensichtlich.

Auguste kümmerte sich nicht weiter und wandte sich wieder seinem Gemälde zu, das ihm sichtlich Freude machte. Wie gerne hätte ich einen Blick darauf geworden. Doch aus meiner Perspektive konnte ich nichts erkennen. Welches Motiv er wohl ausgewäht hatte? Den Rosenbusch, die sanften Hügel, den Teich oder die Hollywoodschaukel? Ein Selbstbildnis oder einfach nur ein Phantasiebild in seinem Kopf? Wie auch immer – er ergötzte sich an seinem Werk und stieß hin und wieder Lustlaute aus oder pfiff ein Lied vor sich hin.

Die Stimmung war so perfekt wie die Ausgelassenheit des alten Mannes. Ich hoffte im Stillen, dass er aufstand, sich in voller Größe präsentierte. Stellte mir vor, wie er um die Kastanie tanzte und dabei die Fidel spielte. Ich konnte mich nicht sattsehen an diesem charismatischen Menschen vor mir auf der Bühne, lugte gebannt aus meinem grünen Heckenversteck.

Er legte den Pinsel und die Palette zur Seite, neigte den Kopf, um sein Werk zu begutachten, nickte zufrieden und schenkte sich von dem Tee ein. Er trank einen großen Schluck, knabberte ein bisschen Gebäck und machte es sich in seinem Lehnstuhl bequem. Er betrachtete ganz ruhig sein Bild, ließ den Blick schweifen über den Park und für einen Moment dachte ich, dass er mich entdeckt hatte, denn seine Augen ruhten genau auf meinem Rosenbusch. Doch wandte er sich wieder ab und schien, zufrieden mit allem, vor sich hin zu lächeln. Er bewegte sich nicht mehr, seine Hände lagen entspannt auf den Armlehnen und langsam neigte sich sein Kopf nach vorne auf seine Brust. Leise Schnarchtöne drangen aus seinem Mund. Er war eingeschlafen.

Ich blieb sitzen und schaute ihm zu. Innere Kämpfe hatte ich zu bewältigen. Ich wollte unbedingt näher heran, das Bild betrachten und ihn, diesen faszinierenden Mann. Was, wenn er aufwacht? Was, wenn Agnès aus dem Haus kommt und mich sieht? Was, wenn man mein unerlaubtes Eindringen feststellt? Ich wartete ab, ungeduldig und zerrissen, und beschloss, ganz schnell hinzurennen und genauso schnell wieder weg. Wie ein Vogel, der sich kurz niedergelassen und wieder davongeflogen ist.

Sein Schnarchen drang beruhigend an meine Ohren, das Haus lag still, ich fasste mir ein Herz und raste vor, auf ihn zu, um ihn und auch sein Werk in Augenschein zu nehmen.

Aus der Nähe war er noch schöner, noch faszinierender. Sein friedliches Gesicht ließ auf einen angenehmen Traum schließen, ganz entspannt saß er. Ich hätte ihn gerne angefasst, hätte gerne über seine Wangen gestreichelt, über sein Haar, seine Hände, hätte gerne seinen Geruch eingeatmet und ihn nie wieder loslassen wollen. Ich traute mich nicht, wollte ihn nicht wecken, dieses Bild nicht zerstören. Ich besah seine wohlgeformten Zehen, die aus den Sandalen lugten, seine langen gelblich gefärbten Fußnägel, besah seine schlanken Finger an seinen starken, mit weißen Haaren bedeckten Hände und immer wieder sein wunderschönes Gesicht. In jungen Jahren muss er ein Adonis gewesen sein, ein Frauenheld, ein Lebemann. Auguste, das Objekt der Begierde, ein Zauber der Natur, perfekt und faszinierend.

Langsam drehte ich mich um, denn ich wollte sein Gemälde sehen, schwankte und wischte mir über die Augen.

Das konnte nicht sein. Das glaubte ich nicht.

Ich sah mich, wie ich leibte und lebte. Ich sah mich am Gartentor, ich sah mich wie ich um das Anwesen schlich, sah mich hinter der Rosenhecke. Ich sah mich.

Ich konnte meinen Blick nicht abwenden, verwundert, erstaunt, entzückt und gleichzeitig erschreckt. Als er sich zu regen begann, rannte ich so schnell ich konnte davon, hinter den Schutz meiner Rosenhecke, weiter durch das Gartentor, hinaus auf den Hügel, wo ich mich hinsetzte und mein Erlebnis zu verstehen suchte.

Ganz nah

Alex Devesper

Ganz leise schleicht er ins Zimmer und lehnt die Tür vorsichtig an, weil er weiß, dass ich keine geschlossenen Räume mag. Er bleibt am Bettende stehen und betrachtet mich eine kleine Zeit lang mit diesem liebevollen Bernhardiner-Blick. Jetzt überlegt er, ob er mich geweckt hat. Zufrieden stellt er fest, dass ich noch schlafe. Auf dem Weg an mir vorbei ins Bad versucht er, keine Geräusche zu machen. Obwohl ich die Augen geschlossen habe, sehe ich ihn vor mir und verfolge im Geist alle seine Bewegungen. Wie gut ich ihn doch kenne. Er steht vor dem Waschbecken, will das Radio einschalten und zieht fast erschrocken die Hand zurück. Ein prüfender Blick in den Spiegel, er betrachtet seine Zähne, beugt sich nach vorn, begutachtet sein Gesicht. Es gefällt ihm, was er sieht. Er lächelt zaghaft. Mit leichtem Stolz erfüllt atmet er tief ein und richtet sich auf. Ich höre, wie das Wasser ins Becken läuft, wie die Seifenschale leise klirrt, wie er das Handtuch wieder aufhängt und zurückkommt.

Ganz vorsichtig schlüpft er unter die noch warme Decke. Er war nur kurz mit dem Hund draußen und doch fröstelt ihn leicht. Wie angenehm es ist, noch mal ins Bett zu kriechen, sich einzukuscheln ohne Zeitdruck, ohne ans Aufstehen zu denken und sich doch schon auf ein ausgiebiges Frühstück zu freuen. Sich fallen lassen und vor sich hinträumen. Die Gedanken sich selbst überlassen, die Bilder geschehen lassen, einfach loslassen. Wie ich das genieße. Ich höre das Korbgeflecht unseres Bettes knistern, als er sich bewegt, sich auf meine Seite dreht und langsam seine kühlen Füße unter meine Decke steckt. Er atmet langsam und ruhig. Seine Augen ruhen auf mir, er tastet mit Blicken meinen Körper ab, folgt den Konturen, die sich unter der Decke abzeichnen. Wie gewohnt legt er seine Hand auf meine Schulter, streicht langsam über meinen

Rücken, ich spüre seinen warmen Atem in meinem Nacken. Er riecht nach dem Parfum, das er seit Jahren bevorzugt. Dieses Aroma von Zitrone, frisch und anregend, gemischt mit Holz, dunkel und erdig. Dieser einzigartige Duft, an dem ich ihn blind erkenne. Sein Duft. Wenn ich einen Raum betrete, kann ich anhand seines Geruches wahrnehmen, dass er da ist. So wie jetzt.

Ganz zärtlich rutscht er näher, er möchte mich nicht aufwecken. Ich spüre seinen vertrauten Körper an meinem, seine Brust, die sich an meinen Rücken schmiegt, seine Knie, die sich in meine Kniekehle schieben, seine Arme, die mich schützend umfassen. Er zieht mich fest an sich, als wolle er mich nie mehr loslassen. Sein Kopf ist ganz nah, er drückt mir einen kleinen Kuss in den Nacken, sein Gesicht streift meinen Hals, seine Haare kitzeln mich leicht, sein Kinn legt sich entspannt in die Halskuhle. Ein kleiner Seufzer und der Anflug von leichtem Schnarchen sagt mir, dass er wieder eingeschlafen ist. Es fühlt sich vertraut an, so selbstverständlich, zusammengehörig seit einer Ewigkeit. Wir sind uns nahe. Nichts ist zu viel und nichts fehlt. Wir sind einfach komplett.

Ganz langsam öffne ich die Augen, es ist bereits hell. Ich möchte noch nicht aufwachen, es ist ein so unbeschreiblich schönes Gefühl. Diese Zeit zwischen Nacht und Tag, zwischen Schlafen und Wachen, zwischen Traum und Wirklichkeit. Ich will es noch ein bisschen spüren, will ihn noch eine kleine Weile bei mir haben, will ihn fühlen, ganz für mich. Ich drehe mich zu ihm. Der Platz an meiner Seite ist leer.

Hitze in Palermo
Ilse Reichinger

 Als Hanni aufwachte, waren sie bereits im Landeanflug. Es war das erste Mal, dass sie alleine reiste. Der Stewart hatte sie vorsichtig berührt und auf den Gurt gezeigt. Der Flughafen Boccadifalco war in Sicht. Der Name des Flughafens war aus den Namen der beiden Richter Giovanni Falcone und Paolo Borsellino gebildet. Sie hatten gegen das organisierte Verbrechen gekämpft. 1992 wurden sie beide bei einem Attentat getötet.

Es herrschte nicht nur die äußerliche, sich jetzt schon im Flugzeug ausbreitende Hitze. Die viel schlimmere Hitze war eine kriminell-geistige. Verschiedene Familienclans setzten eine unglaubliche Brutalität zur eigenen Bereicherung ein. Mafia, Cosa Nostra, daran wollte sie jetzt nicht denken. Mit der Hand die dunklen Schatten wegwischend, nahm sie sich vor, jungfräulich unwissend, gleichzeitig wach, sinnlich, mit etwas Vorsicht, Palermo zu genießen. Bis zur City würde es noch eine Stunde mit dem Zug dauern.

Sie schaute hinunter auf die Dächer der Flughafengebäude. Mit einer Hand krallte sie sich an der Sitzlehne fest, in der anderen Hand drückte sie krampfhaft ihren Talisman, ein kleines rotes Spielzeugrennauto, BMW 300er Coupé, Baujahr 1983. Sie trug es stets als Glücksbringer mit sich herum. Ihr Vater hatte es ihr zum 10. Geburtstag geschenkt.

Mit ihren 34 Jahren war sie zu alt, sich so unsicher und ängstlich zu fühlen. Das Flugzeug kam in einer Mulde auf. Trotz Gurt wurde sie etwas in die Höhe katapultiert und nach vorne geschleudert. Sie konnte nicht vermeiden, dass sie kurz aufschrie. Die psychische Hitzewelle erreichte ihre Stirn, Schweiß tropfte auf ihren Handrücken. Bisher hatte sie gut durchgehalten und jetzt wurde ihr schlecht. Sie stöhnte und blieb mit geschlossenen Augen sitzen. Sie hoffte, dass die Leute schnell aussteigen würden. Die Luke war jedoch noch nicht geöffnet. Ein kaum auszuhaltendes Gedränge. Frauen keiften ihre Männer an. Diese nötigten, rücksichtslos schiebend, andere Passagiere, weiterzugehen. Kinder weinten. Über ihrem Kopf wurden Gepäckstücke herunter gezerrt.

In ihrem Magen breitete sich ein Gefühl aus, das sie nur zu gut kannte: Spülwassergeschmack! Aus dem Fach des Vordersitzes zerrte sie hektisch eine Tüte heraus. Ausgerechnet bei dieser Reise musste ihr das passieren. Es hing wahrscheinlich mit ihrer Angst zusammen. Urängste, Verlassens-Ängste. Ihre Beziehung zu Werner war schon seit Jahren auf dem Nullpunkt. Zu lange hat sie sich hinter Bequemlichkeiten versteckt. Den Mut nicht gehabt, eine Entscheidung herbeizuführen. Sie hatte in ihrer Beziehung den Part der unselbstständigen Frau gespielt.

Ein Stewart, der eingekeilt neben ihr stand, legte besorgt seine Hand auf ihre Schulter. „Ist Ihnen schlecht?". Sie nickte schwach. „Bleiben Sie sitzen, ich kümmere mich gleich um Sie." „Ja, danke", flüsterte sie.

Endlich setzte sich der ungeduldige Pulk in Bewegung. Sie schloss die Augen und versuchte, sich durch Entspannung zu beruhigen. Nur noch wenige Menschen waren im Flugzeug. Vorsichtig stand sie auf. Sie holte ihr kleines Köfferchen aus dem Fach, musste sich jedoch gleich wieder setzen. Der Stewart kam mit einem Glas Wasser und einer Tablette gegen Übelkeit. Sie nahm beides dankbar an.

Am östlichen Ausgang, nahe der Gepäckausgabe, sollte der Treffpunkt sein. Panisch rannte sie über die laufende Rolltreppe ins Erdgeschoss. In der Halle war es trotz Klimaanlage so heiß, dass sie kaum atmen konnte. Das viel zu warme T-Shirt war durchgeschwitzt. Sie hatte noch ihre Strumpfhose an und eine Jacke über dem Arm. Draußen wurden 35 Grad angezeigt. Sie suchte nach der Reisegruppe. Gott sei Dank musste sie nicht auf einen Koffer warten. Sie hatte alles im Handgepäck dabei. Menschen mit Rollkoffern stießen, hasteten, riefen, winkten, verstellten die Sicht. Sie stellte sich auf die Zehenspitzen. Gegenüber stand ein kleines Grüppchen. Einer hielt ein Schild hoch „Kulturreisen Janzen". Erleichtert eilte sie dorthin. Zwei ältere Frauen aus der Gruppe musterten sie abschätzig arrogant. Sie fühlte sich ausgestoßen und nicht freundlich aufgenommen. Als sie später darüber nachdachte, wusste sie, dass es der Neid der Frauen war.

Mit ihrem Aussehen war es so wie mit ihrem Selbstbewusstsein. Sie glaubte nicht, dass sie eine außergewöhnlich gut aussehende Frau war. Nur nicht attraktiv sein, sich nicht hervorheben, lieb und harmonisch sein, so gefiel sie sich und Werner. Dass sie Journalismus studiert hatte, verschwieg sie meist, Werner auch.

Eilig wandte sich die Gruppe der Rolltreppe ins Untergeschoss zu. „Trinacria Express Gleis 1 nach Palermo" rief nervös der Reiseleiter in ihre Richtung. Elend war ihr zu Mute, gerne wäre sie in Tränen ausgebrochen. Sie hätte ihren Kopf an eine männliche Schulter lehnen wollen. Es musste die Hitze sein, dass sie so empfindlich reagierte. Trostvoll wartete ein heller moderner Zug auf sie. In einem Abteil im mittleren Abschnitt ließen sich alle aufatmend in die bequemen blauen Polster fallen. Der gleich anfahrende Zug war eisgekühlt. Sie zog sich ihre Jacke an.

Hotel Mercure Palermo! Überraschenderweise hatte das Hotel ein sehr schönes Ambiente. Ein großzügiges Zimmer, modern eingerichtet in Weiß-, Beige- und Schwarztönen. Das elegante Badezimmer lud zum sofortigen Duschen ein. Sie entledigte sich ihrer durchgeschwitzten Kleidung. Genießerisch gönnte sie sich unter der Luxusdusche einen langen Aufenthalt. Sie hatte bereits zu Hause geplant, sich in Palermo neu einzukleiden. Die City war nur zehn Minuten entfernt. Sie stellte den Wecker auf 15:00 Uhr, kuschelte sich entspannt in die Kissen, war augenblicklich eingeschlafen. Als der Wecker klingelte, konnte sie nicht glauben, zwei Stunden geschlafen zu haben. Bis zum nächsten Treff um 20:00 Uhr zum Abendessen hatte sie eine Menge Zeit. Sie zog eine weiße Leinenhose, ein schwarzes Spitzenhemdchen und eine kurzärmelige weiße Seidenjacken an. Schnell noch in die silbernen Turnschuhe geschlüpft, ein Schluck Wasser und die schwarze Tasche unter den Arm geklemmt. Neugierig, begierig auf Palermo. Die Hitze schlug ihr mit einer Wucht ins Gesicht, dass sie benommen stehen blieb. Nach rechts? Nach links? Erst einmal ließ sie sich mit der Menge treiben. Paläste in barockem Prunk, der Normannen-Palast, die Kathedrale von Palermo, den Fontana Pretoria, das Wahrzeichen von Palermo, alles ganz in der Nähe. Das würde sie morgen mit der Gruppe besichtigen. Sie fand sich auf der Piazza Alberico Gentili wieder. Das war genau richtig. Obwohl es 35 Grad hatte, war es an manchen Stellen durch den von den Palermitanern verleugneten Wind vom Meer her erträglicher geworden. Von hier aus sollte sie die Via Ruggero finden. Laufschritt war nicht angesagt. Ihr Körper musste sich erst an die feuchtschwüle Hitze gewöhnen. Ihr Herz klopfte zeitweise nicht angepasst.

Beinahe wäre sie am Eingang des ihr von der Ehefrau eines Kollegen empfohlenen Kaufhauses vorbeigegangen. In dem Kaufhaus gab es eine Boutique, die das italienische Modelabel „Dolce & Gabbana" führte, eine aufregende Mode zu Sonderpreisen. Auf der Rolltreppe sah sie aus den Augenwinkeln den Mann, der ihr bereits auf der Piazza Alberico aufgefallen war. Er hatte sich dort auffällig in ihre Nähe gedrängt. Seine unruhigen Augen tasteten ihren Körper ab, krallten sich an ihrer Brust fest. Er taxierte und glotzte unverblümt unangenehm. Für sie ein Gefühl, als wäre sie angefasst worden. Hinter ihr her zischelnd: „Bella Figura". Beinahe hätte es ihr die gute Laune gekostet.

Die beiden Verkäuferinnen, sehr elegant und aufmerksam, hießen sie herzlich willkommen. Hanni konnte sich gut verständigen. Sie hatte über einen längeren Zeitraum intensiv Italienisch gelernt. Nachdem sie verschiedene Kleider, Hosen, Blusen mit viel Vergnügen anprobiert hatte, kehrte die Leichtigkeit ihres Seins zurück. Urlaubsstimmung. Sie entschied sich für eine himbeerrote leichte Leinenhose und eine seidene mauve-farbige Bluse. Eine hellgraue Dreiviertelhose und ein maigrünes ärmelloses Hemdshirt kamen ebenfalls in die Tüte. Dolce & Gabbana-Modelle kamen für sie aber nicht infrage. Ein Kleid kostete etwa 2.200 Euro, heruntergesetzt 1.800 Euro. Naja, 1.420 Euro hatte sie schon ausgegeben. Das konnte sie sich inzwischen leisten. Sie hatte vor zwei Jahren einen netten Betrag von ihrer Tante geerbt.

Sie fasste sich ein Herz und erzählte den beiden Signori von dem Mann, von dem sie sich belästigt fühlte. „Papagallo!", riefen sie entsetzt. „Mit Kennerblick erfasst der sofort, dass Sie eine deutsche Touristin sind. Er rechnet sich Chancen aus. Er will sie um Geld prellen."

Sie beratschlagten. „Wenn Sie hinausgehen, müssen sie anders aussehen. Haben sie eine Sonnenbrille dabei? Gut! Die langen blonden Haare werden hochgesteckt. Das wird Maria machen. Ein leichtes durchsichtiges Tuch, rosa, passend zur Hose um die Haare geschlungen, lassen Sie italienisch aussehen".

Sie brachten noch ein silberfarbiges und grünes Tuch. Hanni nahm alles und fragte noch nach bequemen Sandalen.

„Gleich nebenan, welche Größe?"

„39!"

Antonella sagte, sie würde ihr einige passende bringen. Inzwischen zog Hanni die himbeerrote Hose an. Maria zauberte einen himbeerroten Lippenstift herbei. Sehr rote Lippen, das verändert und noch ein dicker Lidstrich. Die Sandalen waren genau das, was sie auch selbst ausgesucht hätte. Dicke bequeme Sohlen und doch schick. Sie nahm ein Paar bunt geflochtene, Grundton himbeerrot, und ein Paar rustikale, naturfarben, für Besichtigungen und längere Touren geeignet. Beide Paare passten, waren leicht am Fuß. Italienische Wertarbeit.

Alle drei Frauen waren begeistert über die Verwandlung. Die hochgesteckten Haare veränderten ihr Gesicht. Durch die hohe Stirn und die hervorgehobenen Wangenknochen kam ein ausdrucksvolles zartes Gesicht zum Vorschein. Slawische Züge. Hanni musste sich immer wieder im Spiegel anschauen. „Ein Rock würde Ihre wundervollen Beine noch mehr zur Geltung bringen", sagte Maria bewundernd. Hanni versprach, noch einmal zu kommen. Antonella und Maria begleiteten sie bis vor die Ladentüre. Sie legten ihr ans Herz, in dem gegenüber liegenden Cafe Spinnato aus dem Jahre 1860 ihre Metamorphose von der Raupe zum Schmetterling zu feiern. „Dort können Sie Ihr neues Ich ausprobieren." Sie winkten fröhlich, als sie ging.

Das Cafe war gut besetzt. Am Fenster gab es einen freien Tisch. Der herbei geeilte Kellner wollte sie jedoch zu dem Zweiertisch neben der Theke dirigieren. Erster Bewährungstest: Sie schüttelte den Kopf und zeigte auf ihren Tisch. Als er zögerte, wandte sie sich mit ihren vier Einkaufstüten dem Ausgang zu. Plötzlich kam er freudestrahlend hinter ihr her, zeigte auf die Tüten. „Maria und Antonella, meine Freundinnen."

Dann begleitete er sie zu dem gewünschten Tisch. Ab jetzt war sie sein Stargast. Palermo benebelt die Sinne, heißt es. Doch Hanni war hellwach mit einem neuen Lebensgefühl, zu dem auch die feuchte Hitze gehörte. Der heiße Atem des Schirokkos wehte sie an, so heiß, wie sie sich ihr neues Leben vorstellte.

Sie bestellte eine Cannola Pistache und einen Espresso. Köstlich! Im Rücken spürte sie kleine Schweißrinnsale. Es störte sie nicht. Sie beobachtete die Menschen, quirlig, laut und fröhlich, lebhafte Unterhaltungen.

Sie erschrak, da drüben gestikulierte jemand heftig mit dünnen nervigen Händen. Der Papagallo und noch so ein Gigolo. Zwei ältere Frauen, schrill lachend, saßen ihnen gegenüber. Offenbar nicht mehr ganz nüchtern. Das waren die beiden Damen aus der Reisegruppe, die sich so abschätzig benommen hatten. Sollte sie sie warnen?

Ach was, die waren alt genug und was ging sie das an.

Sie bezahlte, gab lächelnd ein zu hohes Trinkgeld, schlenderte an dem besagten Tisch vorbei, schaute die vier provokant an. Die Frauen hatten hochrote Köpfe, nicht nur von der Hitze. Sie erkannten sie nicht. Die beiden feisten Männer taxierten Hanni gewohnheitsmäßig, aber nur kurz, um sich dann eiligst ihren willigen Opfern zuzuwenden.

Plötzlich kam ihr der Gedanke. Tatsächlich wurde ihr ganz heiß. Ob von ihrem Geld die Mafia Schutzgeld bekam? Inzwischen zeichnete sich ein kleiner Wandel durch „Pizzo-free" ab. Diesen Aufkleber hatte sie im Cafe nirgends gesehen. Dass sie jetzt erst darüber nachdachte. Adiopezzo, mutige Unternehmer hatten sich zusammengeschlossen und zahlten keine Schutzgelder. Darüber hatte sie sich zu Hause informiert und sich vorgenommen, nur in Geschäfte und Lokale zu gehen, die diesen Aufkleber hatten. Es gab einen extra Stadtplan dazu. „Palermo benebelt die Sinne", murmelte sie.

Langsam spazierte sie die Via Príncipe entlang. Die schwüle Luft brachte unangenehme Gerüche hervor. Es roch nach Müll statt nach Zitronenblüten. Sie schaute sich um, welche Richtung sie einschlagen musste. Die vielen aufgetürmten Müllsäcke, der Dreck auf der Straße fielen ihr auf. Sie hatte dazu etwas über Goethes Aufenthalt in Palermo gelesen. Ach ja: „Woher kommt die Unreinlichkeit Eurer Stadt?", fragte Goethe 1787. Die Antwort gilt bis heute: „Es ist bei uns nun einmal, wie es ist."

Was die Sicherheit angeht, war man heute in Palermo sicherer als in anderen italienischen Städten. Polizeipräsenz überall.

Beim Abendessen fehlten die beiden Frauen. Es fiel niemanden auf. Der Reiseleiter schaute Hanni irritiert an, da er sie nicht gleich erkannte. Das Essen war gut. Sie genoss es. Sie freute sich auf den nächsten Tag, sogar auf die Glutofenhitze in Palermo. Die richtige Kleidung war die Lösung. Mit ihrem neuen Outfit fühlte sie sich unangreifbar.

Die bewundernden Blicke der Gruppe ermutigten sie, sich später an die Bar zu setzen. Der Reiseleiter, ein gut aussehender Mittvierziger, setzte sich neben sie. Sie unterhielten sich angeregt. Sie erzählte ihm, dass sie ihrem Leben eine andere Richtung geben wollte. Dass sie Journalismus und Kunstgeschichte studiert hatte. Sie würde als Selbstständige für die Badische Zeitung in Freiburg über Kultur schreiben. Sie spielten lachend einige Ideen durch, wie sie ihr Leben ändern könnte. Dann sagte er mit einem Schalk im Nacken: „Sie könnten doch von hier aus ein paar Monate für Zeitungen über Kultur in Palermo berichten. Ich würde Ihnen mit Rat und Tat beistehen."

In den nächsten Tagen führte Hanni einige lange Telefongespräche und ein besonders langes, sehr schmerzhaftes mit Werner.

Vielleicht ein neuer Anfang.

Am Abflugtag tauchten die beiden älteren Damen wieder auf. Bleich, gerupft wie Hühner standen sie am Treffpunkt.

Hanni fehlte.

Glückszahl Sieben
Claudia Hellstern

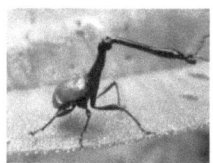 Siegismund Siebenau wachte mit dem Glockenschlag der nahen Kirchturmuhr auf und zählte die einzelnen Schläge. Sieben – wie immer – seine innere Uhr funktionierte einwandfrei. Nach dem letzten Glockenschlag hüpfte er aus dem Bett, machte seine Morgentoilette, zu der er genau sieben Minuten einplante. Er machte sich ein schnelles Frühstück, packte seinen sieben Sachen zusammen und verließ seine Wohnung. Die sieben Stockwerke legte er zu Fuß zurück, pfeifend heute Morgen. Denn heute am 07.07. sollte ein besonderer Tag werden. Doch zuerst die Arbeit, dann das Vergnügen. Siegismund Siebenau war korrekt.

Er ging zur Straßenbahnhaltestelle und stieg dort in die Sieben, die ihn direkt vor sein Amt in der Siebengebirgsstraße Nummer sieben bringen sollte. Es war ein herrlicher Tag, schon sieben Sonnen standen am Himmel. So wie er es verdient hatte. Mit allen sieben Sinnen hatte er sich das gewünscht.

Die vielen Menschen und das Gekreische der Schulkinder nervten ihn heute gar nicht, er genoss es sichtlich und freute sich wie ein Siebtklässler auf das, was kommen sollte. Beschwingt sprang er aus der Straßenbahn, überquerte den Fußgängerüberweg, in dem er von einem weißen Streifen auf den anderen hüpfte und dabei auf sieben zählte. Er begrüßte den Portier mit einer tiefen Verbeugung und ging dann schnurstracks in Zimmer Nummer 7, das war sein Büro.

Dort legte er seinen Hut und seine Tasche ab, machte den PC an, schaute nach seinen Emails. Sieben Anträge zeigte sein Bildschirm und in seinem Fach lagen genau sieben Schriftstücke. Er hatte einmal den Wunsch geäußert, dass er nur sieben auf einmal herausnehmen wolle und dann wieder sieben, alles andere bringe seine sieben Sinne durcheinander.

Frohgemut machte er sich an die Arbeit, er freute sich, wenn er heute nach sieben Stunden, denn er wollte früher gehen, das Büro verlassen und sein Abenteuer erleben durfte. Die Zeit verging wie im Flug, die Arbeit fiel ihm leicht und bald hatte er den ersten Stapel von sieben Anträgen erledigt und der zweite würde genauso geschmeidig abgearbeitet werden. Er wählte die Durchwahl 7, um seiner Mitarbeiterin die Fortschritte seiner Arbeit mitzuteilen, damit sie die letzten Formalitäten erfüllen konnte. Heute gönnte er sich eine Pause von sieben Minuten, um auf die Toilette zu gehen und sich am Kaffeeautomaten einen Espresso zu holen. Denn wie gesagt – erst die Arbeit, dann das Vergnügen. Er pfiff immer wieder den Gesang der Sieben Zwerge vor sich hin, wenn sie zum Bergwerk gingen oder nach Hause zurückkamen. Er lustiges Lied, gut für seine Stimmung.

Endlich – die sieben Stunden waren vorbei und er ging hinaus in den herrlichen Sommertag, schnurstracks zum Blumengeschäft, wo er sieben Rosen in jeweils einer anderen Farbe bestellt hatte. Der Strauß war wunderschön in seiner siebenfarbigen Zusammenstellung, hübsch aufgemischt mit grünen Gräsern in sieben verschiedenen Grüntönen. Siegismund Siebenau lächelte vor Glück.

Es war wie das siebte Weltwunder, als er vor sieben Wochen auf seiner Reise nach Siebenbürgen diese Frau kennen lernte. Sie hatten während der siebenstündigen Zugfahrt ein intensives Gespräch und sein siebter Sinn sagte ihm sofort, dass dies nun endlich die Richtige sei, nach den vorhergehenden sechs Versuchen. Als sie sich trennen mussten, versprachen sie sich ein baldiges Wiedersehen und er fühlte sich wie im siebten Himmel. Es war geschehen – sein Herz hüpfte siebenmal schneller in der Minute und seine Gedanken flogen mindestens siebenmal am Tag zu dieser denkwürdigen Zugreise. Hätte er Sieben-Meilen-Stiefel, wäre er schon siebenmal dort gewesen, aber die Entfernung war zu weit, um einen Kurzbesuch zu machen.

So hatten sie entschieden, dass sie zu ihm kommen solle. Um sieben Uhr im Café Siebeneck, das tatsächlich sieben Ecken hatte und er hatte dort in der siebten Ecke einen Tisch reserviert, wo sie gemeinsam ein Menu aus sieben Gängen genießen wollten. Sie lachten und erzählten und er fand sie siebengescheit, als sie ihren Lieblingsfilm „Sieben Jahre in Tibet" beschrieb, von ihrem Traum, dort hinzureisen und sie die Sieben Weltwunder, ohne zu stocken, aufzählen konnte. Sie war, obwohl sie auf den Tag genau sieben Jahre jünger war, siebenmal welterfahrener als er und sie amüsierte sich köstlich über seine Märcheneinlagen der Sieben Zwerge und Blaubarts sieben Ehefrauen.

Als er ihr erzählte, dass sie sein siebter und sicher auch sein letzter Versuch sei, weil sein siebter Sinn im sagte, dass sie die Richtige sei, fragte sie, ob er wie Blaubart seine Vorherversuche getötet habe und sie lachte schallend in den Tönen der siebenstufigen Tonleiter. Er verneinte ernsthaft und versicherte ihr, dass er noch keine der sieben Totsünden begangen habe. Und so nahm der Abend seinen Verlauf, unterhaltsam und vielversprechend. Was in den darauffolgenden sieben Nachtstunden passierte, das sei hier nicht weiter erwähnt.

Sie heirateten in der Sieben-Sakramente-Kirche und bald schwirrten sieben kleine Siebenaus um sie herum. Ein verflixtes siebtes Jahr gab es keines, nur sieben glückliche und dann in neuer Zählung weitere sieben glückliche und so weiter bis sie siebenmal sieben Jahre zusammen waren und an Siebenschläfer gemeinsam einschliefen.

Wenn ich fleißiger wäre oder Wurst

Ilse Reichinger

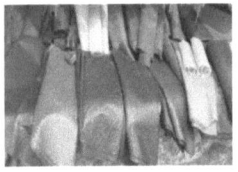 Wenn ich fleißiger wäre, wäre ich vielleicht: Eine gute Künstlerin, eine bekannte Künstlerin, eine sehr gute „Skulpteurin"? Eine Kurzgeschichtenschreiberin. Während ich schreibe sagt mein Mann: „Was ist mit den Würsten und dem Eintopf?"

Wir sind gerade nach Hause gekommen, es ist nach 24 Uhr. Wir hatten einen schönen Abend. In einem privaten Innenhof in Denzlingen gab Petronella ein kleines Konzert, zwei Frauen und ein kleiner aber feiner Chor. Petronella mag ich sehr, ich kenne sie ein wenig. Sie ist schön und auch sehr gut im Vortragen. Sie stellt etwas auf die Beine. Ich würde gerne auch noch etwas auf die Beine stellen. Aber vielleicht bin ich ein zu „guter" Mensch und „gute" Menschen sind oft nicht so erfolgreich. Ich tröste, ich liebe, ich helfe, ich bin gut. Oder nicht?

Die Würste sind jetzt durch.

Kann man Künstlerin sein, Eintopf kochen, Würste braten, Tochter pflegen, das Unglück einer guten Freundin mittragen??? Ja man kann!

Wenn ich fleißiger wäre? Um 6 Uhr aufstehen!

Kann man Künstlerin sein mit einem Vater, der Schweine und Kühe abstach, um daraus Würste zu machen? Er war ein guter Mensch. Naiv, ehrlich, treu. Meine Mutter wollte kein so guter Mensch sein. Sie stand außerhalb der so guten Menschen. Manchmal wollte sie es sein, dann gab sie mir eine Summe Geld. Geld für die Töchter, Geld gleich Liebe! Nach zwei durchhungerten Kriegen! Was wissen wir schon!

Mir ging es immer gut. Es gab Eintopf und auch Würste, auch in schlechten Zeiten. Irgendwer besorgte immer Würste. Mein Vater war Metzger in der Fleischwarenfabrik. Aber dann war er im Krieg.

Die Tiefflieger kamen und wir saßen in den Katakomben der Fleischwarenfabrik, meine Mutter und ich, inmitten der Wurstkonserven für die Wehrmacht. Hätten die das gewusst! Es war einfach blödsinnig, in der Fleischwarenfabrik zu sitzen, während die Tiefflieger über unseren Köpfen brummten. Die Wände schienen zu wackeln, so tief flogen sie. Wir hatten Glück, sie wussten nichts!

Mein Mann hat inzwischen den Eintopf gegessen und auch die Würste. Obwohl wir selten Würste essen, denn wir wollen gesund leben. Jetzt noch ein Joghurt, wegen der Gesundheit. Aber so spät in der Nacht, das bleibt im Magen liegen.

Die Kurzgeschichte lebt von Dialogen: „War der Eintopf gut?" frage ich wegen des Dialoges. „Ja, ja.", sagt mein Mann. „War es zu wenig?", frage ich wegen des Dialoges. „Nein, nein", sagt er.

Dann meint er noch: „Wellness im Hirschen im Glottertal", in der Zeitung lesend. Dort arbeitet eine uns bekannte Kosmetikerin. Aber das ist eine andere Geschichte!

Ab morgen bin ich fleißig. 06.00 Uhr Aufstehen!

Stanislaus
Claudia Hellstern

 Stanislaus war zufrieden, denn er hatte mehr oder weniger unbeschadet die sommerliche Durststrecke überlebt, und zwar auf einem leicht lilagefärbten Dauerwellenkopf. Die Haartracht war spärlich, an vielen Stellen schimmerte die rosafarbene Kopfhaut durch. Stanislaus hatte sich notdürftig an einer noch gesunden Haarwurzel am Hinterkopf eingenistet, die genügend Schuppen abwarf, um ihn einigermaßen satt zu halten. Zudem konnte er am Hinterkopf den gichtigen Fingern ausweichen, die ihn ständig traktierten, wenn der Juckreiz zu groß wurde. Doch war die alte Dame, zu welcher der Hinterkopf gehörte, nicht mehr allzu beweglich, sodass er selten in Lebensgefahr geriet. Seine Kollegen, die ebenfalls auf dem, was Nahrung anging, recht dürftigen Kopf gelandet waren, kämpften wie Stanislaus einfach ums Überleben. Ernährten sich von den Schuppen und Haarwurzeln und versuchten den Fingern auszuweichen, die ständig über den Kopf kratzten.

Stanislaus kümmerte sich nicht um sie, sondern war einzig und allein auf sein Davonkommen bedacht.

Der Sommer ging vorüber und die kalte Jahreszeit machte sich breit. Er wusste, es kann nur besser werden und siehe da, seine Gastgeberin setzte sich eines Tages eine dicke Mütze auf ihren Kopf. Er musste tief Luft holen, um den Mottengeruch zu ertragen und sich langsam daran zu gewöhnen. Aber da er wusste, dass die Dame das Haus nicht verließ, um spazieren zu gehen, sondern um sich irgendwo mit anderen Leuten zu treffen, war er voller Hoffnung, bald auf neues Terrain schlüpfen zu können. Denn wo eine Mütze ist, gibt es auch andere und wo Mützen sind, gibt es Köpfe.

Er hatte Recht. Bald hörte er Stimmen, viele Stimmen. Schnell sprang er in eine Masche der Mütze, wo er warm hatte und ausharren konnte, bis er einen neuen Gastgeber gefunden hatte. Vielleicht sollte er sich schon einmal eine andere Kopfbedeckung suchen oder war es besser zu warten? Sicherer war das auf jeden Fall und so blieb er gespannt und lauschte dem Geschehen.

Er war im Theater gelandet, die Luft roch nach Bühne. Er hörte Musik und Klatschen und bald schon kamen die Stimmen näher, um sich ihre Kleidungsstücke, Mäntel, Hüte und Mützen zu holen, um wieder in die kalte Nacht hinauszugehen.

Stanislaus sprang schnell hinüber in eine Mütze aus Fell und Leder, die nach einer Mischung aus Schweiß, Parfum und Mottenspray roch. Er liebte Schweißgeruch, war es doch ein Zeichen für Wärme und Lebendigkeit seines Gastgebers.

Es war wichtig, dass er einen weiblichen Kopf bewohnte, denn die männlichen Köpfe waren im Alter oft spärlich behaart und somit war es unmöglich, eine gesunde Haarwurzel zu finden. Darum die Fellmütze. Sie roch nach Frau und siehe da, die Mütze wurde auf einen Schopf aus dickem rotem Haar gestülpt.

Gerettet, dachte Stanislaus und kroch über die neue Behausung, um sich dort irgendwo bequem niederzulassen.

Warm und wohlig war es hier. Er freute sich auf die viele Nahrung, die er hier finden würde. Er bewegte sich Richtung Hinterkopf und fand, was er suchte.

Lecker, dachte er, und biss sich genüsslich in der Kopfhaut fest.

Doch er war nicht allein, denn direkt neben ihm hatte sich bereits eine Läusin niedergelassen, die ihn giftig ansah. Stanislaus war von ihrem Anblick, ihrer Leibesfülle und ihrem begehrlichen voll gefressenen Körper so beindruckt, dass er sich schlagartig in sie verliebte. Sie buhlten gemeinsam um eine Haarwurzel, zogen über den Kopf von einer Seite zur anderen, von hinten nach vorne und wieder zurück und hinterließen überall eine Unzahl von Nissen, die sich festsaugten, um bald auszuschlüpfen. Der Mensch mit diesem Kopf war viel unterwegs und trug diese warme Herberge, sodass der Brutkasten perfekt war und sich bald tausende kleiner Läuschen auf dem Kopf tummelten und dem

Menschen, der nicht mehr schlafen konnte, weil ihn sein Kopf so sehr juckte, das Leben schwer machten. Doch Stanislaus und seine Liebe genossen jede Sekunde und setzen ihr Spiel fort. Es war ein Leben wie im Schlaraffenland. Fressen, Lieben, Schlafen, Nissen legen und Fressen, Lieben, Schlafen, Nissen legen. Sie mussten zwar immer wieder den Kratzfingern ihrer Wirtin ausweichen, sie mussten ihr Gejammer hören, doch störte sie das wenig, bis sie eines Tages von einem beißenden stinkenden Mittel ertränkt wurden.

Uta Neumann

Mondschein

wie romantisch

könnte es sein

wenn nicht doch die

Wolkendecke

Eine kleine Auszeit

Alex Devesper

 Das Telefon klingelt. Verschlafen tastet er nach dem Hörer: „Ja? Hallo?" Munter erklingt eine Frauenstimme: „Guten Morgen, mein Langschläfer."

Er überlegt kurz: „Schatz, bist Du das?"

Verwunderung am anderen Ende der Leitung: „Wer denn sonst?" Beklemmende Stille, dann ihre Frage: „Gibt es etwas, das ich wissen sollte?"

Sie hatte ihm diese Reise geschenkt. Zum 50. Geburtstag. „Gönn Dir eine kleine Auszeit", hatte sie gesagt. Und jetzt das. Was war mit ihm geschehen? Wer war dieser sportliche, braungebrannte Mann, der da im Hotelzimmer am Fenster stand und auf das blaue Meer starrte, während er gleichzeitig versuchte, seine Gedanken zu ordnen. Wo war der analytisch denkende Unternehmer, der mit seiner präzisen Denkweise und seiner natürlichen Autorität brillierte, dem aufgrund seiner verbindlichen Art und seinem ehrlichen Wesen so viel Vertrauen entgegen gebracht wurde? Er erkannte sich selbst nicht wieder.

In seinem bisherigen Leben hatte er alles: eine liebevolle Familie, langjährige Freunde, nette Nachbarn, beruflichen Erfolg, finanzielle Sicherheit. Er war beliebt. Und er wurde beneidet, das wusste er. Zudem sah er gut aus, auch wenn seine Haare langsam weniger wurden. Kosmetik war für ihn kein Fremdwort, ebenso wenig Haartönung. Er legte viel Wert auf ein gepflegtes Äußeres, seine Kleidung war bewusst gewählt, passend - auch im Detail. Regelmäßig ging er joggen, um seine Kondition zu halten und seit einigen Monaten war er Mitglied in einem Fitness-Studio, um seine Muskeln in Form zu bringen. Seinen sportlichen Ehrgeiz konnte er schon bei diversen Wettkämpfen und Marathonläufen befriedigen. Er war ein Mann, der auf gutes und gesundes

Essen Wert legte, ab und zu ein Glas Wein trank und das Leben genießen konnte, am Abend auf der Terrasse sitzen wollte oder gemütliche Lesestunden vor dem Kamin verbrachte. Nur selten schlug er über die Stränge, und auch dann verlor er nie die Contenance. Wie gerne ging er am Wochenende mit seinem Hund stundenlang am Fluss entlang, streifte durch den Wald oder durch die Weinberge. Die Natur um sich, ließen ihn diese Spaziergänge aufatmen, waren für ihn Inspiration und Entspannung, oft kamen ihm hier die besten Ideen. Das waren die Momente, die er als Ausgleich für die ständigen beruflichen Herausforderungen brauchte.

Schon seit längerem hatte er bemerkt, dass irgendetwas nicht stimmte, nicht so war wie sonst, sich fremd anfühlte, unbekannt. War er in der Midlife Crisis? Krank konnte er nicht sein, er ließ sich regelmäßig untersuchen, seine Werte kontrollieren, achtete auf seine Gesundheit. Seine Familie belächelte seine medizinische Vorsorge. Sie nahmen ihn nicht wirklich ernst, wenn er wieder mal bei exzessiven Duschorgien zu Sparsamkeit ermahnte, wenn er den Verstärker seines Sohnes auf erträgliche Lautstärke reduzierte, wenn er die pubertären Temperamentsausbrüche seiner Tochter nicht hinnehmen wollte. Auch seine Versuche, sich bei Entscheidungen in familiären Angelegenheiten Gehör zu verschaffen, wurden zunehmend als unwichtig abgetan. Nicht einmal beim gemeinsamen Spiele- oder Video-Abend wurde er gefragt, was er sich wünsche oder worauf er Lust habe. Sie waren an seiner Meinung nicht interessiert. Er war eigentlich nur noch der Versorger, der dafür zuständig war, seiner Familie ein bequemes und angenehmes Leben zu ermöglichen. Konnten sie nicht sehen, unter welchem Druck er tagtäglich stand? Wie es immer schwieriger für ihn wurde, im Job mitzuhalten? Wie viel mehr an Anstrengung es ihn kostete, die gleichen Leistungen zu bringen wie bisher? Er fühlte sich ungeliebt, bloß noch geduldet.

Die Versuche, etwas in seinem Leben zu verändern, erzielten bisher nicht die erwünschte Wirkung. Das vermehrte Training und die sportlichen

Erfolge ließen nur kurzfristig das Serotonin ansteigen. Und die Investition in ein neues Auto war sowieso notwendig. Er liebte technische Spielereien, hatte immer das neueste Modell, Hightech faszinierte ihn. Die Änderung seiner Ernährungsgewohnheiten trug nicht wirklich dazu bei, sich besser zu fühlen. Sie bewirkten eher das Gegenteil.

Aber sich beruflich zu verändern, das war richtig. Er fühlte sich jetzt viel wohler in seinem Umfeld, in der kleineren Einheit. Die Chemie zwischen den Kollegen stimmte wieder, die Arbeitsatmosphäre konnte nicht besser sein. Und dennoch war sein Leben nicht, wie er es haben wollte.

Noch immer steht er am Fenster und betrachtet den belebten Strand, hört das Stimmengewirr der Urlauber und überlegt. Erschrocken stellt er fest, dass es ihm egal ist, was geschehen war. Von seiner Familie ist er weit weg. Er empfindet nichts mehr für sie. Er hat sie einfach vergessen. Für ihn zählt nur noch ein Gefühl: Er hat sich verliebt, sofort als er sie gestern an der Poolbar kennenlernte. Sie ist äußerst attraktiv. Und er weiß nicht, wie er ohne sie weiterleben soll. Es hat ihn voll erwischt.

Er dreht sich um, begehrlich schaut er auf die schlafende Frau in dem Hotelbett, auf die zerwühlten Kissen, sieht ihr seidiges Haar, betrachtet zärtlich das Gesicht mit dem blassen Teint und den hohen Wangenknochen, das so verletzlich, fast kindlich wirkt. Vorsichtig weckt er die Geliebte, bereit für sein neues Leben mit ihr.

Wie in Trance legt sie den Hörer auf, kaum fähig sich zu bewegen. Fragend sieht der charmante Mitarbeiter, mit dem sie gerade noch ein lockeres Gespräch geführt hatte, sie an. Sie lehnt sich stöhnend an die Säule neben der Hotelrezeption. „Alles in Ordnung. Mein Mann kommt gleich. Ich warte da drüben auf ihn. Vielen Dank."

Marionettenhaft lässt sie sich auf den beigen Ledersessel in der geschmackvoll eingerichteten Hotelhalle fallen, unfähig, ihre Umgebung wahrzunehmen. Eine nie gekannte Übelkeit steigt in ihr hoch, ihr Magen krampft sich zusammen, als hätte er einen Knoten in der Mitte. Die Zeit steht still.

Sie wollte ihn überraschen. Einfach so, weil er ihr gefehlt hat. Zuhause hatte sie alles organisiert. Die Kinder waren alt genug und kamen einige Tage alleine zurecht. Sie versprachen, Hund und Katze, Haus und Garten zu versorgen. Und sie hatten ihre Mutter bestärkt: „Das ist eine super Idee", freuten sie sich darauf, ihre elternlose Freiheit zu genießen. Bei der Arbeit konnte sie sich problemlos vertreten lassen, das Team funktionierte gut. Wie eigentlich alles in ihrem Leben.

Sie weiß nicht, wie lange sie schon hier sitzt, unfähig, ihre Gedanken zu beherrschen, die eigenmächtig wild durcheinander wirbeln. Müde steht sie auf, nimmt ihren geliebten, fast schon antiken Rucksack, ein Geschenk ihres Mannes, und verlässt die Lobby. Vor dem Hotel steigt sie in dasselbe Taxi, mit dem sie gekommen war und fährt zurück zum Flughafen.

Sie sieht nicht, als die beiden wie das Traumpaar des Jahres die großzügig geschwungene Hoteltreppe hinab schreiten, Hand in Hand. Leichtfüßig überspringen sie die letzten beiden Stufen, er zieht seine Begleiterin an sich, strahlend schwebt das Pärchen vorbei. Die Frau trägt die langen hellen Haare hochgesteckt, dezentes Makeup, ein leichtes Sommerkleid, das sich bei jedem Schritt um ihre schlanken Beine schmiegt. „Eine Bitch" wird der Sohn abfällig die Fotos kommentieren, die er in einigen Wochen sehen wird. „Nicht für Deine Tusse" wird die Tochter provozierend auf die Frage ihres Vaters antworten, ob sie ihm bei der Auswahl eines passenden Parfums helfen würde. Und das wird erst der Anfang sein. Wie ein Tsunami wird es sich für seine Familie anfühlen, wenn er einfach aus dem glücklichen gemeinsamen Leben geht, um mit einer anderen Frau zusammenzuleben. Unverständlich. Er wird nichts mitnehmen, sich völlig neu einrichten. Und niemand aus früheren Zeiten wird Platz haben in diesem neuen Leben. Den Kontakt zu seinen Kindern wird er meiden, die Korrespondenz mit seiner Ehefrau auf das Notwendige begrenzen, seinen finanziellen Verpflichtungen wird er selbstverständlich nachkommen.

Sie schlendern Hand in Hand am Strand entlang. Wie vertraut das alles ist: die Strandwanderungen, die gesammelten Muscheln und Steine, die am Ende doch am Strand zurückgelassen werden, die langen Gespräche miteinander, die vielen „Insider", Bemerkungen, die nur sie beide kennen, ihre ungefragten Kommentare zu jedem und allem, die kleinen Berührungen im Vorbeigehen und dieses stille Verstehen, diese Kommunikation ohne Worte. Wie ihm das gefehlt hatte.

Seit einigen Monaten sind sie sich wieder näher. Er lächelt. Sie haben eine Affäre. Miteinander. Sie sind verheiratet. Miteinander. Er hat ihr diese Reise geschenkt. Zum 25. Hochzeitstag. „Wir gönnen uns eine kleine Auszeit", hat er gesagt.

Die kühle Blonde aus dem Norden war doch nicht die Traumfrau, die er sich vorgestellt hatte. Die Beziehung war oberflächlich und entpuppte sich als Fehler. Alles war überschattet. Da half weder Wellness-Urlaub oder Mountainbike-Woche noch Kurztrip oder Städtereise. Die freien Abende und Wochenenden hatten schon nach kurzer Zeit ihren Reiz verloren. Im Kochkurs lernte er niemanden näher kennen, beim Fotografieren reizte ihn nur die Technik der neuen Kamera, Bars und Kneipen waren langweilig alleine, Diskotheken zu offensichtlich. Und das Theaterabonnement war mehr Alibi als wirkliches Interesse. Zudem musste alles von ihm selbst organisiert werden. Die ersehnte „eigene" Wohnung hatte Nebenwirkungen wie Putzen, Waschen, Einkaufen. Er fühlte sich auf der Durchreise, ohne einen Platz der Geborgenheit, ohne Zuhause. Trotz Designermöbel, Flatscreen, iPad und Dampfgarer. Die Arbeit nahm ihn tagsüber in Anspruch, abends half oft nur noch Alkohol. Die ständige Suche nach Ablenkung, der Wunsch nach Entspannung, das Alleinsein, alles machte ihm zu schaffen. Wie sehr sehnte er sich zurück in sein altes Leben.

Dann dieser Unfall. Er wusste nicht, wen er um Hilfe und Unterstützung bitten konnte. Und plötzlich war sie da. Selbstverständlich. Seine Frau.

Auf dem Weg zurück ins Hotel malt er sich aus, wie der Abend verlaufen wird. Er hat einen Tisch reserviert in dem Edelrestaurant, das sie so gern mag. Und dann wird er ihr eröffnen, dass sie morgen einen Besichtigungstermin mit dem Makler haben, um sich das Haus anzusehen, von dem sie seit ihrem ersten Urlaub hier schwärmen und das sie schon immer kaufen wollten. Er freut sich schon auf ihr ungläubiges Gesicht, wenn er ihr von seinen Plänen erzählt, seiner Entscheidung, sich aus dem Unternehmen zurückzuziehen und die vielen zusammen erträumten Reisen zu verwirklichen.

Sie hat auch eine Überraschung für ihn. Heute Abend, nach dem Candlelight Dinner wird sie ihm die Scheidungspapiere überreichen.

Fuerteventura
Ilse Reichinger

 Am Nachmittag treffen wir einen Mann am Strand, er fotografiert eine tote Heuschrecke von allen Seiten. Voller Erstaunen sammeln sich einige Leute um ihn. „Wo kommt die denn her?" „Aus Afrika, einhundert Kilometer. Dort gibt es Tausende, sie fressen alles kahl." Er nimmt sie auf die Hand und macht zu seiner Frau „ueehhh", als ob sie noch lebendig wäre. Dann fotografiert er sie noch einmal. Wir führen ein paar Heuschreckengespräche und trennen uns freundlich. „Tschüs, schönen Tag noch."

Am nächsten Morgen pilgern wir wieder an den Strand. „Gehen wir noch zu Paula in die Strandbude einen Kaffee trinken?", fragt mein Mann. „Ja, bevor wir loslaufen."

Die Steinburgen, kreisrund aufgeschichtetes Vulkangestein, sind von meist älteren und jetzt nackten Menschen besetzt. Omas, Opas, Urgroßeltern genieren sich nicht. Riesige Hängebäuche, Brüste, männliches Gehänge, durch Bindegewebsschwäche nach unten gezogen. Sie stehen in Gruppen am Meer, sich nach dem Sonnenstand drehend. Ab und zu bis zur Hüfte ins Wasser gehend, vielleicht muss man mal. Gesprächsfetzen: „Wir kommen schon zehn Jahre hierher. Das Essen..., Hotel Princess usw". Keine großen Politikgespräche. Aber nun doch: „Die Rente!"

In meine täglichen amüsierten Betrachtungen vertieft, bemerke ich das große Drama am Strand nicht. Tausende und Abertausende Heuschrecken liegen kilometerweit am Strand, von den Wellen zermalmt. „Hast Du so etwas schon einmal gesehen? Heuschrecken, Heuschrecken, soweit das Auge reicht." Nun machen wir auch ein paar Fotos.

Einige Heuschrecken leben noch und schwirren landeinwärts davon. Wir laufen noch zweieinhalb Stunden nach Morro Jable. Überall Heuschrecken.

Ich weiß, welche Schäden sie anrichten. Trotzdem tun sie mir leid. Beim näheren Hinschauen liegen sie elfenhaft aneinandergeschmiegt im Sand. Mit gespreizten Flügeln, die Beinchen der Sonne entgegen. Eigentlich sind sie schön. Orangefarbig, graue Flügel, der elegante lange Hinterleib. Beinchen wie Menschenbeine. Knopfaugen an festgeformten Köpfchen mit Fühlern. „Schau mal Bob, sehen sie nicht anrührend aus?" „Nein!" Wütend zerstapft er eine noch lebende Heuschrecke. Gleichzeitig fallen mir zeichnerische, malerische Heuschreckenkompositionen ein.

Am Abend bringen sie in den Nachrichten: „Heuschreckeneinfall auf Lanzarotes Feldern". Man hat sofort Gift eingesetzt. Wir sind auf Fuerteventura.

Wir erzählen Paula, der jungen schwäbischen Esslokal-Besitzerin von den Heuschrecken: „Haben sie schon gesehen …?" „Ich hatte noch keine Zeit an den Strand zu gehen. Wir leben schon seit vier Jahren hier und ich komme selten dazu an den Strand zu gehen." Ich sage zu ihr: „Heute nehmen Sie sich frei und bitten die Gäste, sich selbst zu bedienen." In ihr Lachen hinein antwortet sie dann nachdenklich: „Es gibt auch afrikanische Menschen, die in nussschalengleichen Booten das Meer überqueren. Sie kommen hier an und wir sehen sie wie tot am Strand liegen." Plötzlich sind wir alle sehr ernst. Sie geht wieder ihrer Arbeit nach und wir haben eine Scham in uns, die wir tagelang nicht loswerden.

Und ich kann es doch

Ellen Göppl

 „Sieht so aus, als ob vor Kurzem jemand im Schuppen war", bemerkt Laurent, was mich nicht überrascht, denn das Vorhängeschloss am Surfschuppen glänzt auffällig, keine Spur von Rost oder Staub liegt darauf. Ich sage aber nichts dazu, und offensichtlich erwartet er auch keine Erklärung von mir. „Irgendjemand von den letzten Mietern muss da rein gegangen sein, das ist überhaupt nicht in Ordnung", brummelt er vor sich hin. Wir sind die vierzig Kilometer von Moulis-en-Médoc ans Meer gefahren, es ist außergewöhnlich heiß, selbst hier an der Küste. Achtunddreißig Grad im Schatten. Der Strand wird voll sein. Laurent ist mein Cousin und ich habe vier Wochen lang auf dem Weingut seines Onkels im Médoc ausgeholfen, das ist diesen Sommer mein Ferienjob gewesen. Sobald die letzte Klausur geschrieben war, bin ich dorthin abgehauen, weg von einer zerbrochenen Liebe.

Nach den vier Wochen Arbeit überredeten mich meine und Laurents Eltern, denen das Ferienhaus an der Atlantikküste gemeinsam gehört, zu einer Woche Urlaub dort. Und da von meinen engeren Freundinnen gerade niemand Zeit hatte, wurde Laurent dazu beordert, von Paris aus zu mir zu stoßen. Zuerst fand ich die Vorstellung, Ferien mit meinem Cousin zu machen, nicht besonders erbaulich, aber dann dachte ich an die vielen Sommer, die wir als Kinder zusammen dort verbracht hatten, und fand, dass es doch ganz lustig werden könnte.

Jetzt stehen wir also vor dem Schuppen, der zum Ferienhaus gehört. Wir wollen direkt weiter zum Strand, und ich lasse mir nicht anmerken, wie alltäglich der Anblick für mich ist. Stattdessen atme ich die heiße, von Pinienduft erfüllte Luft tief ein und schließe für einen Moment die Augen. Das schrille Zirpen der Zikaden ist so vertraut, dass ich es fast vollständig ausblende. Ich schmecke Salz auf meinen Lippen – oder meine ich es nur, weil ich weiß, dass hinter den Dünen das Meer liegt?

„Ach, lass uns erstmal nur kurz hier sitzen, ich bin auch schläfrig." Laurent lässt sich mit einem langen zufriedenen Seufzer in einen der von Regen und Sand verfärbten Plastikstühle fallen, die im Halbschatten auf der Terrasse stehen. Offensichtlich interpretiert er mein Schweigen als Nachmittagsmüdigkeit. Ich grinse in mich hinein und lasse mich ebenfalls auf einen der ehemals weißen Stühle sinken. Während Laurent die Augen schließt, starre ich den Stamm einer der alten Pinien an. Seltsam, wie die Rinde aus der Nähe betrachtet aussieht. Als sei sie in einzelnen Stücken dicht an dicht aufgeklebt.

„Fertig gedöst?" Laurent fixiert mich grinsend, ich nicke, zum ersten Mal fällt mir die Ähnlichkeit zwischen ihm und Onkel Gérard, dem älteren Bruder seiner Mutter auf. Laurent hat sich in den letzten Jahren nochmal verändert, wie viele Männer mit Mitte, Ende zwanzig, als habe er einen letzten Rest Kindlichkeit abgestreift. Irgendwie sieht er breiter aus, obwohl man nicht sagen könnte, dass er irgendwo Fett angesetzt hat. Ich frage mich kurz, ob ihm sein Surfanzug wohl noch passt, dann stehen wir beide auf, er schließt den Schuppen auf und holt Board und Anzug. Ich trage die Strandtasche, in die wir nur Handtücher, eine große Flasche Wasser und eine Packung Madeleines gepackt haben.

Auf einem Holzplankenweg laufen wir über die Düne zum Südstrand. So weit man blicken kann, sieht man bunte Sonnenschirme dicht an dicht. Wir suchen uns ein Plätzchen nahe bei den auslaufenden Wellen, aber auch nicht zu nah, denn die Flut steigt noch. Laurent will direkt aufs Wasser, er ist diesen Sommer noch nicht oft surfen gegangen. Ich schaue ihm eine Weile zu, dann lege ich mich mit geschlossenen Augen aufs Handtuch, die Kappe halb über mein Gesicht gezogen wegen der Sonne.

Ich weiß nicht, wie viel Zeit vergangen ist, als ich hochschrecke, weil Laurent seine eiskalte Hand auf meinen Arm legt.

„Willst du auch mal?" Er rammt das Brett neben mir in den Sand und schaut leicht spöttisch auf mich herunter.

Ich muss grinsen, er kann nicht vergessen haben, wie ungeschickt ich mich früher immer angestellt habe, es fehlte mir an Kraft, an Geduld – an allem, um mich auf dem Brett überhaupt nur aufzurichten. Das einzige, was mich am Surfen faszinierte, war, wie stabil das Brett übers Wasser schoss, sobald es einmal Geschwindigkeit bekommen hatte. Ich benutzte es als Bodyboard und ließ mich im Liegen von ihm tragen, doch nach einem Vorfall vor vielen Jahren – ich muss sechzehn gewesen sein – war auch damit Schluss. Ich raste damals auf dem Brett liegend auf den Strand zu, begeistert über das Tempo, aber leider völlig unkontrolliert. Ich erinnere mich nur zu gut an die kleine Menschenmenge im hüfttiefen Wasser, die wie ein umgekehrtes Spalier nach beiden Seiten vor mir auseinanderstob. Die Strandwächter waren stinksauer, weil ich das Board im streng abgegrenzten Badebereich benutzte und ich musste eine ganze Schimpftirade über mich ergehen lassen. Ich habe dann beschlossen, das mit dem Surfen einfach sein zu lassen.

Aus heutiger Sicht erscheint mir der Vorfall urkomisch, aber ich verkneife mir ein lautes Lachen und ziehe bedächtig eine Schnute. Laurent hält immer noch auffordernd das Brett vor mich hin, und mit zeitlupenartiger Geschwindigkeit greife ich danach. Die Wellen sind fantastisch, nicht zu hart, die Flut hat bald ihren Höhepunkt erreicht, und der Wind baut eine schöne, gleichmäßige Dünung auf. Eigentlich sollte ich den Anzug anziehen, aber Laurent kommt nicht auf die Idee, ihn mir anzubieten, er denkt, ich mache nur Spaß. Immerhin ist jetzt August, noch dazu ist es sehr heiß, und das Wasser hat eine Temperatur von 20 Grad, wenn es stimmt, was in weißer Kreide auf der Infotafel am Häuschen der Strandwacht steht. Mein Schwimm-Shirt muss reichen.

Als ich die nasse Lasche der Leine um meinen Knöchel lege, fährt mir die feuchte Kälte das Bein hinauf, und plötzlich kribbelt alles in mir. Es ist wie vor einem Monat, als ich das erste Mal von Moulis hierhin fuhr, ganz alleine: Etwas in mir ist stärker als ich selbst. Ich zucke nicht mit der Wimper, als ich mit dem Board unterm Arm ins Wasser schreite, das erst gegen meine Schienbeine strömt, dann gegen meine Knie, schließlich erreicht es meine Oberschenkel.

Als mir die erste Welle gegen den Bauch rauscht, lasse ich das Brett auf die Wasseroberfläche ab, tauche einmal bis zu den Schultern unter und lege mich auf das Surfboard. Ich bin keineswegs alleine im Wasser, um mich herum sind Schüler von mindestens zwei Surfschulen verteilt, die mit der Verbissenheit der Anfänger versuchen, eine gute Welle zu erwischen. Weiter draußen liegen die erfahrenen Surfer auf ihren Brettern und ab und an paddelt einer von ihnen wild los, um den richtigen Moment nicht zu verpassen. Auch ich setze mich in Bewegung, weg vom Strand. Ich muss kämpfen, die Wellen kommen mir unerbittlich entgegen, türmen sich vor mir auf, ich komme nur gegen sie an, wenn ich durch sie hindurch tauche, indem ich den vorderen Teil des Bretts feste nach unten drücke.

Immer ist die nächste Welle schon vor mir, wenn ich wiedersehen kann, wieder und wieder tauche ich unter, und so bin ich schon ein bisschen erschöpft, als ich mich hinter die Brandungslinie gekämpft habe. Dafür ist es hier leerer, ich kann mich freier bewegen. Links von mir hebt jemand die Hand zum Gruß, es ist einer der Surfer, denen ich in den letzten Wochen häufiger begegnet bin.

„Ist dir nicht kalt?", ruft er wohl, das Meer rauscht so laut, dass ich es nur erahnen kann; er zeigt auf seine Unterarme und macht eine fragende Geste: Wo ist dein Anzug? Ich schüttle den Kopf und lache, obwohl ich im Wasser inzwischen frösteln muss. Ich will noch etwas rufen, aber in dem Moment hebt sich mein Brett, und eine kalte Mauer von Wasser schlägt über mir zusammen. Ich habe nicht aufgepasst. Dieses Brennen, wenn das Salzwasser mit Druck in die Nase hineinschießt. Diese Ohnmacht gegenüber dem Ozean. Es fühlt sich an wie damals. Ich fühle Wut in mir aufsteigen, doch plötzlich wird die Wut überstrahlt von etwas anderem. Von der warmen, hellen Gewissheit, dass ich das kann. Das jetzt jetzt ist und nicht damals. „Du kannst das!", schreie ich mich selbst an. Ich bin wieder über Wasser, habe das Board unter meine Kontrolle gebracht.

Die letzten Wochen haben mich verändert, meine Arme sind stärker geworden, mein ganzer Körper. *Ich* bin stärker geworden. Ich bin an den meisten Tagen hier gewesen, ungefähr jeden zweiten Nachmittag bin ich im klapprigen Peugeot 405 von Onkel Gérard an die Küste gefahren. War nie im Haus, hatte immer nur Badesachen eingepackt – und den Schlüssel zum Schuppen.

Als ich Anfang Juli zum ersten Mal dieses Jahr mit Laurents Board und in seinem Neoprenanzug über den Holzweg durch die Dünen schritt, toste das Meer mir aufgebracht entgegen, aufgepeitscht von einem scharfen Wind. Mir war es nur recht, sollte ich doch kämpfen müssen, Hauptsache ich war abgelenkt von meinem Liebeskummer. Mit jedem Tag am Meer habe ich mich dann stärker gefühlt. Und heute kommt noch etwas hinzu: Obwohl er weit von mir entfernt am Strand sitzt, kommt es mir jetzt so vor, als liege Laurent bei mir auf dem Brett. Dabei weiß ich nicht einmal, ob er mich beobachtet, aber was sollte er sonst tun?

„Spitze nach unten", höre ich ihn in meinem Kopf rufen, und ich drücke den vordersten Teil des Brettes mit voller Kraft unter Wasser und tauche durch die nächste Welle hindurch, die sich vor mir auftürmt, und um mich herum ist nur noch Rauschen und Glucksen.

Ein paar Wellen steuere ich zu spät an, aber dann kommt die eine, die mich mitnimmt. Ich spüre, wie meine eigene Antriebskraft von einer Kraft aufgegriffen wird, die ungleich größer und stärker ist, ich werde emporgehoben und mit einer einzigen, fließenden Bewegung bin ich auf den Füßen, das Brett liegt unter mir so fest wie der Boden an Land.

„Denk an die Arme", flüstert Laurent, neben dem Tosen der Brandung höre ich es ganz deutlich. Und ich stehe und stehe, beuge die Knie und pumpe, um in der immer flacher werdenden Welle das Tempo noch ein paar Sekunden länger zu halten. Als das Brett anfängt zu schlingern und abzusinken, springe ich mit einem Kopfsprung ins Wasser, vollkommen kontrolliert.

Wie gerne würde ich diesen Ritt wiederholen, das Gefühl des Eins-seins mit dem Meer, aber meine Arme zittern schon, nicht nur wegen der Kälte, und deshalb paddle ich Richtung Strand und stapfe langsam aus dem Wasser, zurück zu Laurent, der seinen Anzug inzwischen ausgezogen hat. In Shorts sitzt er auf seinem Handtuch und grinst breit.

„Damit wäre dann ja geklärt, wer in letzter Zeit im Schuppen war", sagt er, und ich lache vergnügt und schnipse ihm ein paar Wassertropfen ins Gesicht, die im Sonnenlicht silbern funkeln.

Uta Neumann

Erinnerungen

sind schön

wenn man gute

Erfahrungen damit verbinden kann

Heute

Clowns
Ilse Reichinger

 Von äußerlichen Ähnlichkeiten abgesehen, kann man auch Dinge wie Aufrichtigkeit, Treue, Wahrhaftigkeit von den Eltern erben. Ich erlaubte mir, nur väterlicherseits zu erben. Ich erbte seine Melancholie, seine Erinnerungen, seine Liebe.

Wir spielten sehr oft Clown, mein Vater und ich. Gepaart mit einer tiefen Melancholie war es eine seltsame Mischung. Clownerie als Überlebensstrategie für die Seele. Kam mein Onkel Ludwig mit seiner Frau Anneliese zu Besuch, war die Clownerie noch konsequenter. Sie warfen Steine über das Hausdach, sie stellten mich auf ihre Schultern, wieherten und rannten im Kreis. Das war auch ein bisschen Zirkus, zur Besänftigung meiner Mutter, denn diese wollte keinen Besuch und schon gar keinen zum Übernachten.

Mein Vater musste dann Briefe schreiben wie: „Indem meine Frau, die Anna, sehr krank ist..." Und wenn sie dann sehr krank war, musste man ihr kalte Tücher aufs Gesicht legen, Hühnerbrühe kochen, sehr leise sein und immer wieder mal fragen: „Brauchst Du etwas?" Schuldzuweisendes Zischen unter der Bettdecke. Dann schlief sie weiter. Am nächsten Tag war noch etwas Leiden angesagt. Aber dann konnte sich die Erholung nicht mehr verbergen.

Mein Vater arbeitete, arbeitete, meine Mutter war kränklich. Sie erforschte jede Regung ihres Körpers und teilte allen ihre Vermutungen mit: Herzattacken, Kreislaufstörungen, Rheuma. Auch wurde ab und zu eine Ohnmacht herbeigeführt, z.B. durch ein zu heißes Bad. Oder sie spritzte sich noch 0,5 Insulin nach, um den Genuss von Tortenstücken zu kaschieren. „Hans, mir ist so schwindlig." Das führte unweigerlich zu einer Ohnmacht. Manches Mal lag sie malerisch zwischen den Rosenstöcken. Mein Vater war dann außer sich vor Sorge.

Meistens hatte ich Schuldanteile. Ich wollte mich entgegen den Befehlen meiner Mutter mit einem Jungen treffen. „Du bleibst heute zu Hause!!" Doppeltes Ausrufezeichen! Oder mein gegenwärtiger Freund gefiel ihr nicht, sie hatte schon den Sohn des Tankstellen-Besitzers für mich ausgesucht. Er starb früh. Mit 40 wäre ich Witwe gewesen. Die Tankstelle lief auch nicht gut.

Viele Ohnmachten und Kranksein folgten, denn ich heiratete den Freund, der mir verboten war. Wir sind dann 400 km weit weggezogen.

Mein Vater ist seit 20 Jahren tot, meine Mutter erforscht noch immer ihren Körper und lebt mit 86 Jahren alleine auf 1000 qm Grund in einem kleinen Haus. Besorgte Anrufe der Betreuer häufen sich. Es wird wohl wieder eine schlimme Krankheit zu entdecken sein. Und wir müssen besorgt hinzueilen.

In Sinneslust
Claudia Hellstern

 Unbeschwert, jung und sorglos. So waren die drei. Zwei Männer und eine Frau, ungebunden mehr oder weniger, miteinander verbunden, einer sorgte für den anderen. Die beiden Männer passten auf die Frau auf, damit sie nicht abhandenkam oder in einem fremden Bett landete. Hans, der ruhige und älteste der drei, lebte in einer langjährigen Beziehung, aus der er ausbrechen wollte. Er genoss die Gesellschaft der beiden anderen und vor allem die lebenslustige und spontane Art von Corinna, die seine Welt mit ihrem Lachen erhellte. Corinna war für alles zu haben, hatte keine Scheu, Neues auszuprobieren und Kontakte zu knüpfen. Ein Energiebündel eben. Der Dritte im Bunde, Winni, tat eher locker, war es aber eigentlich nicht. Er war sehr gescheit, doch nicht alltagstauglich. Die drei verstanden sich blendend, trotz ihrer Verschiedenheit. Vor allem Corinna genoss es, mit ihren beiden Bodyguards, wie sie sie liebevoll nannte, die Stadt unsicher zu machen. Nach der Arbeit trafen sie sich in einer Kneipe in der Stadt und zogen durch die Lokalitäten, diskutierten und lachten, manchmal, wenn der Weltschmerz hoch kam, trösteten sie sich gegenseitig.

Je mehr es Sommer wurde, je länger und wärmer die Tage wurden, umso unternehmungslustiger wurden sie. So beschlossen sie spontan, in der Mittagspause an einem Freitag, nach der Arbeit an den Lago Maggiore zu fahren und dort das Wochenende in der Sonne und mit südlichem Flair zu verbringen. Schnell packten sie das Nötigste ein - viel brauchte es ja nicht - und starteten Richtung Süden. Winni wollte fahren, er fuhr immer. Hans setzte sich nach vorne auf den Beifahrersitz und Corinna machte es sich hinten bequem. Sie hatten schnell noch etwas für die Fahrt eingekauft und es ging los.

Die Fahrt war witzig. Sie waren total überdreht und ausgelassen. Es wurde gelacht und gesungen. Winni kannte den Musikgeschmack seiner Freunde, dementsprechend war die CD. Bis zum Gotthard lief es prächtig. Dann war Stau.

„Mist, wenn das lange geht, finden wir kein Quartier mehr für heute Nacht. Dann kommen wir irgendwann im Morgengrauen an", schimpfte der bedächtige Hans. Er war es nicht gewohnt, nicht zu wissen, wo er abends sein würde.

Corinna lachte und streichelte ihm liebevoll über den Kopf. „Mein Lieber, wenn wir nichts finden, schlafen wir am Strand oder im Auto oder auf einer Parkbank oder wir schlafen einfach nicht und genießen den Sonnenaufgang. Mach dir keine Sorgen, ich passe auf dich auf."

Hans schaute sie dankbar lächelnd an.

So habe ich ihn noch nie lächeln sehen, dachte Corinna und drehte sich abrupt weg. Der Stau schien endlos.

Sie spielten Karten und Stadt-Land-Fluss und planten die kommenden zwei Tage. Die Welt war in Ordnung.

Winni war ein groß gewachsener schlaksiger Typ. Er war etwas ungepflegt und hatte einen ganz eigenartigen Körpergeruch. Corinna rümpfte oft die Nase, wenn er allzu sehr ausdünstete. Sie hatte keine Scheu, es ihm zu sagen und hoffte, dass sie die lange Zeit im Auto geruchsmäßig aushalten konnten.

Winni konnte aber durchaus auch seine interessanten Momente haben, wenn er frisch geduscht und schick gekleidet auftrat. Dann hatte er Chancen. Sie mochte ihn gerne, aber nur als Freund und Kumpel. Das andere war nie ein Thema.

Winni machte nie die geringsten Anstalten, dass er mehr von ihr wollte. Bei Hans wusste sie, dass sie ihm gefiel, weil sie eben so ganz anders war als er. Aber dabei blieb es und sollte es bleiben.

Corinna suchte keine Bettgeschichten, sie suchte Abenteuer der anderen Art, einfach nur verrücktes Leben. Mit diesen beiden Männern fand sie diese kleinen Verrücktheiten, weil sie letzten Endes alles mitmachten.

Nach stundenlangem Stau kamen sie schließlich ganz früh morgens in Cannobio an. Das Dorf war noch nicht aufgewacht. Nebel lag auf dem See, der traumhaft schön in die Bergwelt eingebettet war. Sie suchten einen Parkplatz und setzten sich an das Ufer, still und müde. Jeder hing seinen Gedanken nach und seinen Sehnsüchten.

Dann, als die Kirchturmuhr siebenmal schlug, machten sie sich auf, um irgendwo zu frühstücken. Es würde ein heißer Tag werden. Schon jetzt flimmerte die Luft. Der Ort erwachte allmählich und mit ihm die Sonne. Corinna war glücklich. Italien, Sonne, Wasser und Nichtstun! Die beiden Männer gingen neben ihr her und sie beschlossen, so bald wie möglich eine Unterkunft für die Nacht zu suchen.

Italien pur! Sie schlenderten durch die engen Gassen. Wäsche war darüber gespannt und Blumentöpfe standen in den schmalen Fenstern. Es roch anders, ganz anders als in der deutschen Biederkeit.

Sie stießen bei ihrem Rundgang auf eine Pension, die ihnen gleich auf Anhieb gefiel. Ein altes Gebäude mitten in der Stadt, mit einem schönen romantischen Garten. Es war wie im Film. Alles etwas heruntergekommen, doch mit diesem romantischen Charme, der es vor allem Corinna sehr angetan hatte. Die drei Freunde betraten das Gebäude, das großzügig mit Blumen geschmückt war. Es war kühl drinnen, fast zum Frösteln. Sie hatten Glück. Corinna bekam ein Einzelzimmer, das direkt neben dem Doppelzimmer der Herren lag.

Die Zimmer gingen zur Straßenseite im 4. Stock. Es war eine enge Gasse, fast konnte man in das Haus gegenüber greifen. Die Männer hatten einen Balkon, sie ein Fenster. Alles wunderbar.

Sie richteten sich kurz ein, machten sich etwas frisch, packten ihre Badesachen und gingen zum Strand. Dort legten sich ans Wasser, mit Buch und Sonnencreme und faulenzten den ganzen Tag in der Sonne. Es war unerbittlich heiß. Corinna machte das nichts aus. Sie war vom Typ her dunkel, unempfindlich gegen Sonne, wogegen vor allem der hellhäutige Hans sich nicht so richtig wohl zu fühlen schien. Corinna scherzte und cremte ihn mit starker Sonnencreme ein, verfrachtete die beiden in den Schatten und nahm ihr Buch. Manchmal wagte sich einer der beiden ins Wasser, spritzte sie dann lachend nass, oder setzte sich kurz neben sie in die Sonne. Hans cremte ihr sanft den Rücken ein, dann den Bauch und das Gesicht. Winni schaute zu und wunderte sich über den Gesichtsausdruck, die Verträumtheit, die er an Hans nicht kannte.

Der wird doch nicht …

Der Tag verstrich. Corinna war tief gebräunt. Sie hatte sich über ihren Bikini ein weißes Shirt gezogen und sah traumhaft aus. Männerblicke hafteten an ihr. Sie blickte ungeniert zurück, winkte dem einen oder anderen zu und verschenkte großzügig ihr Lächeln. Nach einem kühlen Drink in einer Kneipe gingen sie duschen, um danach irgendwo italienisch zu speisen.

Sie machten sich schick. Corinna betrachtete ihre beiden Begleiter, denen die Sonne gut getan hatte. Ihre bleiche Bürofarbe hatte sich in ein zartes Bronze verwandelt. Sie hatten sich Mühe gegeben mit ihrer Garderobe, weiße Hemden und schicke Hosen angezogen, sich rasiert und gekämmt und sie roch sogar After Shave.

Sie können es ja doch, schmunzelte sie, schenkte ihnen bewundernde Blicke, hakte sich unter und sie fanden ein typisch italienisches Lokal mit einem wundervollen Garten.

Die laue Nacht mit italienischem Flair, und nicht zuletzt die leckere Pasta und der Chianti, weckten die Sinne. Die Stimmung wurde prickelnd. Sinnlichkeit lag in der Luft. Beide Herren hatten Freude an dieser Frau und waren stolz, ihre Begleiter zu sein. Beide bewunderten sie Corinna und schmachteten sie an. Sie merkte es nicht, wollte es nicht merken, und suchte Augenkontakt mit anderen Gästen. Am Nebentisch saßen ein paar junge Männer, die etwas zu feiern hatten und sich immer wieder nach ihr umdrehten. Als sie zur Toilette ging und an dem Tisch vorbei musste, wurde sie von einem aufgehalten und angesprochen. Sie konnte etwas Italienisch, verstand, was er sagte und flirtete ungeniert mit ihm. Ihre beiden Galaner beobachteten wie die Schießhunde das Geschehen. Corinna machte sich endlich los und kam mit geröteten Wangen an ihren Tisch zurück. Stumm wurde sie empfangen. Du gehörst zu uns, sagten die Augen ihrer beiden Bodyguards.

„Ist ja gut", flüsterte sie und prostete ihnen zu.

Hans schaute sie unentwegt an, berührte sie immer mal wie zufällig, machte ganz wider seine Art Komplimente, manchmal waren seine Beiträge sogar etwas schlüpfrig. Zu viel getrunken hatten sie alle drei und alles war so viel lockerer als üblich. Eng umschlungen wanderten sie zu später Stunde zu ihrer Unterkunft und gaben sich vor der Zimmertür ein freundschaftliches Gutenachtküsschen und verschwanden in ihren Zimmern. Corinna war froh, endlich alleine zu sein.

Sie öffnete das Fenster, schaute hinaus in die italienische Nacht, saugte die Luft und den Geruch ein, hörte das Palaver unten auf der Straße und beobachtete, wie gegenüber am Fenster jemand die Vorhänge zuzog.

Die Nacht war warm und sinnlich.

Schade, ich sollte in so einer Nacht, in so einer Stadt, in so einer schönen Pension nicht alleine sein, dachte sie wehmütig. Sie duschte und legte sich nackt ins Bett, wo sie bald einschlief.

Wie lange sie geschlafen hatte, konnte sie nicht sagen. Etwas war passiert. Etwas war geschehen. Sie spürte eine eigenartige Spannung in ihrem Körper, ihr Herz raste. Sie hatte Angst. Da war etwas in ihrem Zimmer, was nicht hineingehörte.

Mit geschlossenen Augen lauschte sie in die Dunkelheit. Bewegungslos, erstarrt. Ihr Körper brannte von der Sonne. Kribbelte. Sie war nicht alleine in diesem Zimmer. Da atmete jemand ganz in ihrer Nähe.

Zum Brett erstarrt lag sie da, die Decke zum Schutz unerreichbar. Zaghaft, ganz langsam begann sie ihre Augen zu öffnen und erschrak fürchterlich. Genau über ihr war ein Gesicht.

Zwei Augen schauten sie an. Träumte sie? Wie konnte das sein? Sie wusste genau, dass sie ihre Türe abgeschlossen hatte. Das Gesicht bewegte sich leicht, der Mund verzog sich zu einem Lächeln. Sie konnte den Atem spüren. Es war echt. Sie träumte nicht. Sie wollte gerade zu einem Schrei ansetzen, als das Gesicht zu sprechen begann.

„Still, ich bin es. Ich tu dir nichts!"

Die Stimme, sie kannte diese Stimme. Sie öffnete die Augen ganz und konnte in dem schummrigen Licht von draußen Hans erkennen, der sich zu ihr hinunter beugte.

Sie schrak zusammen, setzte sich auf und griff nach dem Laken. Hans stand vor ihr, splitterfasernackt. Seine Männlichkeit winkte ihr wippend entgegen, als wollte sie ihr zur Begrüßung die Hand reichen.

„Hans! Was machst du hier?"

„Ich wollte zu dir, ganz einfach zu dir."

„Aber Hans", stammelte sie, „wo kommst du her? Wie bist du hereingekommen?"

„Ich will mit dir schlafen, bei dir sein", flüsterte er.

„Ich habe gewartet, bis Winni eingeschlafen war. Der war ja so betrunken."

„Und dann? Wie bist du …?"

„Ich bin über die Balkonbrüstung in dein Fenster geklettert. Ganz einfach. Ich will bei dir sein."

„Bist du verrückt? Nackt? In dieser Höhe? Hans du spinnst. Geh wieder. Geh!"

Corinna war völlig außer sich. Nie im Leben hätte sie gedacht, dass Hans so etwas wagen würde. Im vierten Stock, über das Geländer, ohne Boden, hinüber, hinein in ein fremdes Zimmer. Nie im Leben! Sie wollte das nicht.

„Hans, ich kann das nicht. Ich will das nicht. Du bist verrückt."

Seine Männlichkeit hatte sich mittlerweile enttäuscht zurückgezogen.

„Sei mir nicht böse, aber das geht nicht."

Er schien nun ganz nüchtern zu sein, der alte Hans.

„Ist ja gut. Ich habe verstanden. Nur - ich will nicht mehr auf dem gleichen Weg zurück. Das schaffe ich nicht mehr. Lässt du mich durch die Türe hinaus? Ich habe bei uns nicht abgeschlossen."

„Klar doch."

Corinna stand auf und schloss ihm ihre Tür auf.

Auf Zehenspitzen tänzelte er hinaus auf den Flur.

„Eine Sache noch. Winni muss das nicht erfahren."

„Versprochen."

Corinna konnte erst gegen Morgen einschlafen. Sie war so überrascht und aufgewühlt. Hans! Nie im Leben hätte sie das von ihm erwartet.

Das Frühstück war wie immer. Hans und Corinna warfen sich einen kurzen Blick des Einverständnisses zu.

Doch konnte sie es sich nicht verkneifen, bei einem Bummel durch Cannobio unter ihrem Fenster bzw. dem Balkon der Jungs vorbei zu schlendern und hoch zu schauen. Welch ein Schauspiel für die gegenüberliegende Seite oder einen Nachtschwärmer, der zufällig nach oben schaute. Ein nackter Mann beim Fenstersprung.

Heißer Advent
Alex Devesper

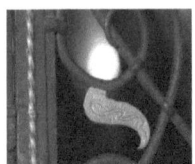 Dieses Jahr habe ich mir in der Weihnachtszeit etwas Besonderes gegönnt: eine Affäre. Seit Anfang Dezember besuchen wir zusammen Weihnachtsmärkte. Die Ouvertüre war in Stuttgart, da kennt uns keiner. In dem Gedrängel versteht es sich von selbst, dass man sich näherkommt, und da sind Berührungen gar nicht zu vermeiden. Wir mussten ganz nah beisammenbleiben, um uns nicht zu verlieren. Und plötzlich war uns dann so glühweinselig zumute. Leider konnten wir dem Weihnachtskonzert des Daimler-Chors nicht lauschen, die Fenster des Hotels sind sehr gut schall-isoliert. Aber das Mittagsschläfchen im Domicil von Graf Zeppelin gegenüber des Bahnhofs wird mir in Erinnerung bleiben.

Nürnberg war schon ein Stück weiter zu fahren. Da musste ich mir ein Alibi zurechtlegen. Ich hab einfach gelogen. Der „Krambamboli" war's wert. Kaum zu glauben, welche Emotionen so ein „wenziger Schlock" Punsch aus dem Neuntausend-Liter-Kessel an der Fleischbrücke bewirkt. Da wurde uns ganz schön heiß, nicht nur von der Feuerzangenbowle. Und an Abkühlung war nicht zu denken bei unserem ersten Freiluftspektakel, trotz der winterlichen Temperaturen. Auf der Liebesinsel an der Pegnitz herrschte reger Verkehr.

Mit dem Ausflug nach Straßburg wurden wir dann international. Der älteste „Christkindelsmärik" Frankreichs mit seinem imposanten Weihnachtsbaum, dem Grand Sapin am Place Kleber und Polizeipräsenz wie nie zuvor gesehen. "Charlie Hebdo", Bataclan, Nizza: Der IS lässt grüßen. Zuerst hat es uns erschreckt, als wir durch eine stichprobenartige Pass-Kontrolle mussten. Ich bin ja schließlich nicht „irgendwer". Aber mittlerweile sind wir ein eingespieltes Team, mein Bodyguard und ich. Unvergesslich die handgemachten leiblichen Weihnachtsgenüsse, gleichzeitige Höhepunkte inmitten der Besucher, die wir am Place d´Austerlitz zusammen erleben durften. Das konnte durchaus mit dem gastronomischen Angebot von elsässischen Spezialitäten in den geschmückten Gassen und Plätzen mithalten.

Die Schiffsrundfahrt auf dem Bodensee, vorbei an der Lindauer Hafenweihnacht mit einzigartiger Kulisse und Alpenpanorama war ein weiteres Highlight unserer amourösen Weihnachtstour. Ein kurzes, aber äußerst intensives erotisches Intermezzo, so kalt war´s da am Wasser. Trotz schottischer Akzente mit Whiskypunsch Orange, den wir als Wegzehrung bei uns hatten. Der Leuchtturmwächter ist beinahe vom Fahrrad gefallen, als er uns früh morgens auf seinem Weg zur Arbeit überraschte. Dass er auch gerade in dem Moment auftauchte ...

Zum Abschluss fuhren wir dann auf dem Heimweg über die Schweiz. Basel ist ganz besonders mit den Holz-Chalets auf dem Barfüsslerplatz, ums Münster herum und in der Adväntsgass im Glaibasel. Glühwein auf dem Claraplatz, *ein* Dezi für *sechs* Schweizer Fränkli. Nicht zu verachten, die Preise. Und auch nicht das Basler Läckerli auf der Empore im Münster. Saftig. Ausdauernd. Laut. „Die Musik ist die Sprache der Leidenschaft", wie schon Richard Wagner wusste. Ein fulminantes Finale inmitten von Orgelpfeifen. Das war die Sünde wert. Frohe Weihnachten.

Das alte Haus
Ilse Reichinger

 Das Licht hat sich verändert, Stille liegt über den feuchten Wiesen. Weiße Nebelfetzen steigen auf, der Herbst kündigt sich an. Sie atmet tief ein, das geschnittene Gras duftet noch immer nach Sommer.

Der Geruch erinnert sie an Geschichten aus ihrer Kindheit. Sie geht durch die offene Türe in das alte Haus hinein. Generationen lebten und starben hier. Es wurde niemals abgeschlossen.

Das Haus riecht, wie es immer gerochen hat: Nach Zukunft und Vergangenheit, nach Geräuchertem. Nach süßem Wein, gebackenem Brot und Kräutern. Altes Holz knarzt und ächzt, es raschelt und zischelt. Auf der Tenne trippeln die Mäuse. Manchmal mischen sich schlurfende und tapsende Schritte in die gewohnten Geräusche.

Es ist Besuchszeit, die Ahnen gehen durch das Haus. In mondhellen Nächten kann sie sie sehen, sie huschen dahin. Und dorthin, um gleich wieder zu verschwinden.

Zwei Gespenster in wunderlichen Nachthemden. Sie wachen über sie. Sie gehören zu ihr wie dieses Haus zu ihr gehört.

Alles was zu sehen war, hat sie gesehen, gelebt, was zu leben war. Zurückgekehrt in das Haus ihrer Vorfahren, schließt sich der Kreis. Sie ist glücklich.

Dorfgemeinschaft
Claudia Hellstern

 Mit Beginn des Wetterleuchtens löste sich die Grillparty auf. Keiner wollte nass werden, jeder wollte trockenen Fußes nach Hause kommen. Zudem musste alles noch rechtzeitig ins Haus gebracht werden.

Es war einer jener seltenen lauen Sommerabende im Schwarzwald, an dem man bis spät draußen sitzen konnte, ohne zu frieren. Viele schienen diesen warmen Abend zu genießen. Oben auf dem Sommerberg, an dem das Haus meiner Eltern stand, konnte man Stimmfetzen von unten aus dem Dorf hören, ab und zu drang eine Wolke Grillrauch herauf zu uns.

„Da kommt noch was", hatte mein Vater schon früh am Abend prophezeit, aber keiner glaubte ihm. Bis das Wetterleuchten einsetzte. Es war ganz still gekommen, wie eine Vorwarnung.

Wir schafften es gerade noch vor den ersten dicken Regentropfen alles ins Haus zu schaffen. Jeder ging in sein Zimmer und legte sich schlafen.

Ich mochte diese Stimmung, dieses unheimliche Licht und stellte mich auf den überdachten Balkon. Von dort schaute ich hinunter ins Dorf, das bei jedem neuen Leuchten kurz deutlich zu sehen war. Dann wieder dichte Schwärze.

Nun prasselte der Regen und bald hatten zackenförmige Blitze das Leuchten abgelöst.

Ich musste an die alte Bäuerin vom Wolfsbauernhof denken, die mir vor ein paar Tagen beim Bäcker erzählt hatte, dass sie ganz furchtbar Angst vor Gewitter habe. „Wenn es nachts ein Gewitter gibt", so erzählte sie, „müssen alle aufstehen, auch die Kinder, und sich anziehen, eine Tasche mit dem Nötigsten packen, Geld, Ausweise und Wertsachen, und sich in der Stube versammeln. Es werden Kerzen bereitgelegt und dann wird gebetet."

Ich stellte mir vor, wie sie alle um den Tisch saßen und warteten, bis das Gewitter vorbei war. Ein Blitz zuckte durch den Nachthimmel und riss ich aus meinem Traum.

Als Kinder sollten wir zählen, mit 21 beginnen, bis zum Donner. Je nachdem wie weit wir kamen, so weit war das Gewitter weg. Ich zählte 21, 22, 23, 24 dann brach das Grollen des Donners über mich.

Weit genug weg, dachte ich und schaute in den Himmel, der nachtschwarz und bedrohlich über dem Dorf lag.

Als es mich zu frösteln begann, holte ich eine Decke und kuschelte mich auf dem Balkon in einen Stuhl, um das kostenlose Schauspiel weiter zu genießen.

Da - ein Blitz, wie im Bilderbuch, jagte herunter. Ich konnte die 21 nicht zu Ende sagen, als ein ohrenbetäubender Knall mich zu Tode erschreckte.

Jetzt hat es irgendwo eingeschlagen, fuhr es mir durch den Kopf. Nicht weit von uns.

Ich packte meine Gummistiefel und einen Regenmantel und rannte hinaus zu meinem Auto. Warum ich das tat? Ich weiß es nicht. Ich bin weder in der Feuerwehr noch beim Roten Kreuz, noch gehöre ich zu den Sensationsgierigen. Aber eine fremde Macht schob mich hinaus in die stürmische Nacht. Bei uns im Haus blieb alles still. Sie schliefen den Schlaf der Gerechten und ich ließ sie schlafen.

Ich fuhr mit meinem Auto hinaus aus dem Dorf in die Richtung, in der ich das Unheil vermutete. Bald sah ich die Flammen, die über den Tannen züngelten. Ich hatte Recht gehabt. Es hatte eingeschlagen.

Unten im Dorf ertönte die Sirene, Autos wurden gestartet. Ich fuhr Richtung Kohlerhof, stellte mein Auto ganz auf die Seite, drehte direkt um und bedachte dabei, keine Feuerwehr oder Helferfahrzeuge zu behindern. Dann stolperte ich in Richtung des Feuers.

Je näher ich kam, umso mehr war die Hitze des Feuers zu spüren. Ich rannte, vielleicht konnte ich helfen. Ich erschrak fürchterlich als ich den Hof im Blick hatte, Feuerzungen leckten begierig an dem Schindeldach des Bauernhauses. Menschen rannten hin und her. Hilflos stand ich auf der Wiese. Hier hatte einmal eine Schulkameradin von mir gewohnt, die nun irgendwo anders lebte. Ihr Bruder hatte den Hof übernommen, ihn umgebaut und viel Kraft hineingesteckt. Wie musste er sich fühlen?

Ich spürte die Hitze, die sich unter meine Kleider schlang, durch meine Haare wand und sich in meinen Gummistiefeln festsetzen wollte und dennoch fröstelte mich.

„Du hier?" Mit diesen Worten wurde ich aus meinen Gedanken gerissen und sah meine Schulkameradin Margreth.

„Die Mutter hat ihren 85. Geburtstag. Deshalb bin ich hier. Es ist so furchtbar."

Ich schaute sie an, fand keine Worte. Ich selber war bald nach der Schule weggezogen und ebenfalls nur zu Besuch hier. Gefühlte 100 Jahre hatten wir uns nicht mehr gesehen und jetzt unter solchen fürchterlichen Umständen.

„Hast du ein Auto hier? Kannst du die Mama und die Kinder wegbringen? Sie sollen das nicht sehen? Machst du das?"

Sie schrie diese Fragen, ohne auf meine Antwort zu warten.

„Sag, machst du das?" Ich nickte nur.

„Bleib hier, ich hole sie alle. Dann bringst du sie weg. Danke."

Bevor ich reagieren konnte, war sie verschwunden. Das Feuer wütete nun wie ein Berserker. Es goss in Strömen, helle Blitze erleuchteten das Szenario und bald wurden sie von einem Donnerpublikum mit lautem Grollen beklatscht. Die Feuerwehren der umliegenden Dörfer waren mittlerweile eingetroffen. Männer rannten umher, zogen Schläuche und schrien Befehle. Ich blieb stehen, rührte mich nicht vom Fleck.

Da kam Margreth zurück. Sie brachte die Oma, die apathisch an ihrem Arm hing. Auf dem anderen Arm trug sie ein Kind von etwa zehn Monaten und hinter ihr kamen weitere fünf Kinder, wie die Orgelpfeifen. Ich nahm die beiden kleineren an die Hand und führte sie zu meinem Auto. Es war nicht leicht, in der Dunkelheit und dem glitschigen Boden unversehrt voranzukommen. Vor allem die alte Bäuerin hatte Probleme mit ihren Beinen und Margreth hatte ihre liebe Not.

Erleichtert erreichten wir mein Auto. Obwohl es in guter Entfernung stand, war auch hier die Hitze des Feuers zu spüren. Ich schloss auf und wir stopften alle in das kleine Gefährt. Die Oma setzten wir vorne auf den Sitz, gaben ihr das Baby in den Arm und setzten die anderen Kinder hinten auf die Rückbank. Stumm folgten sie unseren Anweisungen. Der Älteste, ein Junge von etwa 13 Jahren, redete auf seine Geschwister ein und versuchte sie zu beruhigen. Er wollte gerne auf dem Hof bleiben und helfen, aber Margreth machte ihm klar, dass das keinen Sinn mache, dann hätte die Mama auch noch die Sorge um ihn. Er müsse sich um die Oma und die kleinen kümmern.

Sie drückte mich dankbar an sich. Wir waren beide total durchnässt und schlotterten. „Danke!" flüsterte sie und rannte zurück zum Hof. Ich fuhr langsam los zum Haus meiner Eltern.

Als ich dort ankam, stand meine Mutter schon in der Haustür. Sie nahm der alten Bäuerin das Kind ab und führte sie hinein. Die Kinder folgten zaghaft in das fremde Haus.

„Sie brauchen trockene Sachen", sagte ich zu meiner Mutter, die sofort loslief und zusammensuchte, was sie finden konnte. Kinderkleidung hatte sie keine mehr, da wir erwachsen waren und nicht mehr zu Hause wohnten. Ich suchte in meinen Sachen und zog den Kindern Sweatshirts und Hosen an, die zwar viel zu groß, doch trocken und warm waren. Ihre Kleidung warfen wir in den Trockner. Die Oma sträubte sich, wollte sich nicht umziehen. Sie griente still vor sich hin, schaute nicht auf. Meine Mutter, die rigoros war, überzeugte sie, dass sie in eine ihrer Jogginghosen und Pullis schlüpfen sollte, bis die Kleider einigermaßen trocken waren, dann ging sie in die Küche und machte Tee und Kakao. Ich kümmerte ich um die Kinder, redete ihnen gut zu und legte vier von ihnen, nachdem sie den warmen Kakao getrunken hatten, in mein Bett, wo sie auch direkt einschliefen. Drei Mädchen und ein Junge. Der große Bub blieb im Wohnzimmer auf der Couch bei seiner Oma und hielt ihr die Hand. Das Baby schlief warm eingebettet auf dem breiten Sessel.

Mein Vater war mittlerweile unterwegs zum Hof, auch meine Brüder waren dort. Das ganze Dorf war auf den Beinen.

Erst in den frühen Morgenstunden kam mein Vater nach Hause. Er war erschöpft und müde. Der Hof war nicht zu retten. Bis auf die Grundmauern war er niedergebrannt. Menschen und Tiere waren nicht zu Schaden gekommen. Das Vieh hatte man auf der Weide gelassen und abends nicht zurückgetrieben. Das Stallgebäude und der Geräteschuppen konnten gerettet werden.

Die alte Bäuerin saß zusammengesunken in den viel zu großen Kleidungsstücken meiner Mutter auf der Couch und hörte dem Bericht meines Vaters zu. Ich setzte mich neben sie und nahm sie in den Arm. Erstaunlicherweise ließ sie es zu und dann begann sie zu weinen. Tränen liefen über ihr zerfurchtes Gesicht.

„Dem Himmel sei Dank, dass keinem etwas passiert ist. Dass ich das noch erleben musste. Danke lieber Gott, dass niemand verletzt ist. Oh lieber Gott, lieber Gott."

Mein Vater setzte sich zu ihr und beruhigte sie.

„Das wird wieder. Beim Wolfsbauer ist das Leibgeding fertig. Dort könnt ihr wohnen, bis euer Hof wieder aufgebaut ist. Komm, Marie, das wird wieder."

Ich hörte die Kinder, die aufgewacht waren, und nach ihrer Mama riefen. Schnell ging ich zu ihnen. In einem fremden Haus aufzuwachen, fremde Leute um sich herum. Sie hatte bestimmt Angst.

Sie schauten mich mit großen Augen an. Ich nahm sie an der Hand und brachte sie zu den anderen in die Küche, wo meine Mutter ein Frühstück gedeckt hatte und sie aßen mit Appetit. Nur die Oma wollte nichts essen.

Sie hatte Scheu in diesem fremden Haus. Doch nach langem Zureden tunkte sie das Butterbrot in ihren Milchcafé. Es geht weiter, irgendwie immer.

Der neue Tag hatte sich wieder mit großer Hitze angekündigt. Das Gewitter in der letzten Nacht hatte überall gewütet. Äste lagen auf den Wegen, Keller standen unter Wasser, Straßen waren voller Geröll.

Doch der Himmel lachte und tat so als ob nichts gewesen wäre. Es geht weiter!

Am späten Vormittag kamen Margreth und die Mutter der Kinder. Beide sahen sie müde und mitgenommen aus. Die Kinder sprangen ihrer Mutter in die Arme und drückten sie fest an sich. Die beiden Frauen waren mir so dankbar, dass ich zur Stelle war und die Kinder und die Oma aus dem Glutofen weggebracht hatte.

Sie hatten nur noch das, was sie trugen und ich schenkte ihnen aus meinem Kleiderschrank ein paar Sachen. Sie duschten und zogen sich um und gleich sah die Welt ganz anders aus. Es geht weiter.

Unser Dorf war vorbildlich. Am Nachmittag fuhr ein Auto durch die Dorfstraßen und sammelte Kleidung, Spielsachen, Küchengeräte, Dinge des täglichen Bedarfs. Jeder gab und bald hatten sie mehr als sie jemals besaßen. Auch wurde ein Spendenkonto eingerichtet. Alle machten mit, alle halfen und bald konnte man in den Gesichtern der Kohlerhofbewohner wieder ein Lachen sehen. Es geht weiter, immer, ganz bestimmt.

Die Seele ist überall
Uta Neumann

 Es ist in mir. Nicht im Kopf, sondern überall. Wenn ich Kopfweh habe, tut auch mein Bauch weh. Wahrscheinlich habe ich zu viel Schokolade gegessen gestern oder zu viel geschaut. Nicht Männern oder Frauen hinterher, sondern: So, einfach in mich rein geschaut.

Es gab nicht viel zu sehen in mir.

Dann hab ich im Garten gesessen und den großen Baum angeschaut. Den mit den Walnüssen. Der Geruch, der von ihm ausgeht, ist herb. Es fühlt sich fast bitter an auf meiner Zunge, wenn ich ein Blatt von ihm rieche, wenn ich ganz dicht meine Nase an seine Rinde halte. Es riecht nach Erde, bitterer Erde.

Bei Walnussbäumen gibt es wenig Mücken. Die mögen den Geruch nicht.

Ich mag Walnussbäume. Wie unser Gehirn sind sie hinter der Schale. Der Baum ist so groß und ausladend. Bei den Bäumen bin ich mir ganz sicher, dass sie eine Seele haben, dass sie in Verbindung gehen mit Menschen.

Sie wissen etwas vom Hier-sein auf der Erde und vom Weg-sein von der Erde.

Jemand ruft mich. Obwohl ich es höre, bleibe ich still hier sitzen. Hier bin ich richtig.

Bei dieser alten Frau, die ich pflegen soll, geht es mir schlecht. Sie ruft wegen jeder Kleinigkeit und schimpft.

Ich verstehe sie nicht und sie bemüht sich nicht, langsam zu sprechen. Außerdem hat sie etwas gegen Polen, mein Heimatland. Die Tochter, die manchmal kommt, meinte, das habe mit dem Krieg zu tun. Dem Zweiten Weltkrieg.

Ja, auch ich weiß vom Krieg. Mein Vater ist ermordet worden von den Deutschen und meine Mutter hat viel Kummer gehabt deswegen.

„In unserem Garten nahe Krakau stand ein Walnussbaum", erzählte meine Mutter. „Es gab nicht viele Bäume dort." Er wurde gefällt von den Deutschen, um Feuer zu machen. Das ist alles, was meine Mutter mir erzählt hat vom Krieg. Sie starb, als ich noch jung war, und ich hatte sie nie nach mehr gefragt.

Das Rufen wird lauter: „Hoppla, die Frau hat Kraft in ihrer Stimme. Wut tut ihr gut."

Ich gehe langsam hinein, verabschiede mich für heute von diesem Baum und mache meine Arbeit.

Uta Neumann

Hase

im Wald

hoppelnd im Unterholz

bleibt er sitzen, gähnend

Frühlingsanfang

Der Tod eines Huhnes

Ilse Reichinger

 Das Huhn lag auf der Tiefkühltruhe, noch ungerupft, mit verrutschtem Federkleid. Heute war der 1. November, Allerheiligen. Ich habe noch nie ein Huhn gerupft, geschweige denn ausgenommen. Bald musste ich es tun. Meine Oma konnte das. Sie wäre nie auf die Idee gekommen, irgendwo eines zu kaufen, konnte sie auch nicht, sie lebte weit weg von einer Stadt auf dem Bauernhof. Sie hatte eine Schar Hühner und eine Schar Kinder, drei Mädchen, vier Buben.

Ich konnte mich nicht entschließen, ein Kind haben zu wollen. Das war der Grund für das tote Huhn. Mein Mann, mit dem ich seit fünf Jahre verheiratet war, wollte Kinder.

Also, der Hannes eröffnete mir gestern, dass er mit seiner Kollegin schon lange usw. Sie erwartet jedenfalls ein Kind von ihm. Er müsste sich um sie kümmern und würde in den nächsten Tagen ausziehen, in Elfriedes Wohnung in der Hugstetter Straße, gar nicht weit von unserer Wohnung in der Grünwälder Straße. Seit Wochen ginge es ihr nicht gut, der Elfriede. Sie war das Gegenstück von mir, rundlich, hausfraulich, gefärbtes blondes Haar, qualitätsgut angezogen. Während ich, eher ein Hungergestell, aber modisch aktuell, durch die Welt reiste. Ich war die Top-Vertreterin für eine Luxus-Schuhmarke. Meine wunderbaren, schlanken, gepflegten Füße waren mein Kapital.

Nach diesem locker daher gesagten Geständnis hatte ich das Bedürfnis, mich sofort in die Badewanne zu legen und in einem heißen Schaumbad abzutauchen. Das half mir meist bei Problemlösungen. Aber wegen der plötzlich neuen Lebensumstände wäre es mir peinlich gewesen, mich vor meinem, schon Sachen einpackenden, Fast-Ex-Ehemann nackt auszuziehen. „Bist Du damit einverstanden, dass ich den Schreibtisch mitnehme, diese Bücher?" Ich hörte nicht richtig zu, riss die Autoschlüssel vom Brett und rannte zum Auto. „Kerstin, Kerstin!", rief er hinterher. Verstört, ja, und auch mit einem Gefühl der Erniedrigung, warf ich mich hinter das Steuer und fuhr mit quietschenden Reifen zur Ausfahrt hinaus.

Mein rasantes Tempo kam nicht gut an. Ich bedrängte vorausfahrende Autofahrer, flitzte, an vogelzeigenden und kopfschüttelnden Männern vorbei, links an der Ganter Brauerei zur Stadt hinaus. „Arschgeigen, Blödmänner, Kotzbrocken", rief ich gehässig. Ihre blöden Zeichen und das Gehupe kümmerten mich nicht. Ziellos, noch mehr aufs Gas tretend, preschte ich über die Bundesstraße 31 in Richtung Kirchzarten. Meine Gedanken kreisten. Hatte ich ihn geliebt, zu viel, zu wenig, meinen Hannes, der er nun nicht mehr war? Weshalb hatte er mich geheiratet und hatte er mich geliebt, liebt mich immer noch? Wenn er nun so eine hatte, bieder. Mein Magen zog sich zusammen zwickte und rumorte. Seit dem Frühstück hatte ich nichts gegessen. Es war bald sechs Uhr abends und mitten im Berufsverkehr. Wo sollte ich jetzt hin?

Das Steuer herumreißend, bog ich, intuitiv handelnd, nach Buchenbach ab. Dort waren wir einige Male zum Essen gewesen, in der alten Wirtschaft am Ende des Dorfes. Meine Reifen quietschten, ich war zu schnell und schlingerte. Unter meinem Auto gackerte es plötzlich hühnerkreischend. Flattern, Flügelschlagen. Ich bremste hart, stieg verdattert aus. „Kraackagaackk ...", dann nichts mehr. Still. Unter meinem Auto lag ein Huhn. Ich kniete mich hin, verdrehter Hals, verdrehte weiße Augen. Es war ein schönes Huhn, leider tot. Die herbstroten Federn hoben sich im Wind. Das könnte jetzt Unannehmlichkeiten geben! Klopfenden Herzens schaute ich mich um. Es zeigte sich kein Mensch, kein Kind, kein Hahn. Abendessenszeit!

Am Ortseingang sah man die niedrigen Häuser, verwischt im dunstigen Grau. Ein paar helle Fensteraugen. Uns beide konnte man, glaubte ich, nicht sehen. Das Huhn war auf einem Abendspaziergang verunglückt, ein Opfer meiner gescheiterten Ehe. Es war theoretisch nicht feststellbar, wem das Huhn gehörte. Ich holte meine grauen Strickhandschuhe aus dem Auto. Wegen der herbstlichen Kühle am Morgen hatte ich diese bereits im Handschuhfach deponiert. Ich öffnete die Ladefläche, schaute mich um, zerrte das Huhn am Hals unter dem Auto hervor und warf es auf einen Packen Plastiktüten. Blut konnte ich nicht sehen. Vermutlich trat der Tod des Huhnes durch den erlebten Schrecken ein, wahrscheinlicher Exitus: Herzschlag. Nervös startete ich, fuhr ängstlich die Straße entlang, in das Dorf hinein. Die hell erleuchtenden Fenster der Gaststätte lockten einladend. Auf dem Parkplatz unter der Laterne prüfte ich meine Kleidung, kein Blut.

Ich drückte die schwere Eingangstüre auf. Geblendet von zu großen Lampen mit hoher Wattzahl blieb ich stehen. Der Wirtshauslärm brach ab, Männerköpfe drehten sich, einige glotzten schamlos.

Mein Rock war kurz. Wenigstens Joggingschuhe an meinen wertvollen Füßen. Nicht auszudenken, wenn ich meine berufsmäßig teuren High Heels getragen hätte. Wahrscheinlich wären sie alle aufgesprungen. Die langen, dunkelroten Haare, meine Sonnenstudio-gebräunte Haut waren für diese Männer bereits auffallend genug, um so zu gaffen. Freundlich fragte ich: „Ist noch ein Plätzchen für mich frei?" Bereitwillig rückten die Herren am Stammtisch beiseite. Ich ging zu dem kleinen Zweiertisch in der Ecke.

Der Tisch war nett gedeckt, eine weiße Tischdecke, eine rostrote Aster in der Vase. Der Wirt kam freundlich grinsend mit der Speisekarte an den Tisch. Er bot einen Rostbraten an mit Kartoffeln und Wirsing, welchen ich gerne bestellte. Einen Kaffee, noch vor dem Essen, und zu dem Essen ein kleines Bier. Schon beim Bestellen lief mir das Wasser im Mund zusammen. Es roch verlockend nach Braten. Bald kam das Bestellte auf den Tisch, es schmeckte mir ausgezeichnet. Ein kleiner Trost.

Nach dem Essen überlegte ich, nach einem Zimmer zu fragen. Aber diese lauernden alten Burschen um mich herum. Ich sehnte mich heute nach Komfort, Luxus und Wärme. Viel besser wäre es in Kirchzarten im Hotel Schwarzwälder Hof eine Nacht zu bleiben. Ich musste nachdenken. In eine halb leer geräumte Wohnung zurückzukommen, davor grauste es mich.

Feuchte Augen. Ich winkte den Wirt heran und bat um die Rechnung. Er lächelte mich unter seinem gezwirbelten Schnauzer freundlich an. Als ich etwas sagen wollte, die Rechnung war sehr niedrig, zwinkerte er mir zu.

Ein junger Mann stand auf einmal lachend vor meinem Tisch. „Kerstin, was machst Du denn hier?" Ich starrte verwirrt in ein jungenhaftes Gesicht. „Kennst Du mich nicht mehr?" Die übliche Anmachmasche, dachte ich erst. Da ich ihn immer noch fremd anstarrte, sagte er: „Wir haben zusammen den Aufbaukurs in Betriebswirtschaft gemacht." Das ärgerte mich zuerst, dann fiel der Groschen.

„Ach, Mensch Dirk, das gibt es nicht! Ich war gerade total abwesend. Setz Dich doch. Ich freue mich". Wir hatten früher ein bisschen geflirtet, bis zu einem Kuss, mehr war nicht. Er war etwas größer als ich, sportlich und sah gut aus. Meine Stimmung besserte sich schlagartig. Ich strahlte ihn an, wahrscheinlich etwas zu sehr. „Hast Du Zeit, trinken wir noch ein Glas Wein zusammen?" Ich nickte, ich fühlte mich besser. Wir erzählten uns stichwortartig unsere Geschichten. Damals tratschte man über seine Liebschaften. Besonders die Männer waren neidisch auf die Freiheiten, die er sich nahm. „So ein Zufall Dirk, nach all den Jahren treffe ich Dich. Ich freue mich", sagte ich noch einmal.

Das Haus seiner Großmutter stand am Rande des Dorfes. Er hätte es über Jahre renoviert und verbrachte seine Wochenenden dort. Eine Sauna wäre drin und ein gemütlicher Kachelofen. Heute Abend hätte er angeheizt. Wenn ich Lust hätte, Abstand und Ruhe bräuchte, könnte ich einige Tage bleiben. „Wenn Du willst, zeig ich es Dir." Wir gingen gemeinsam. Der Wirt zwinkerte, die Männer glotzten.

„Ich bin zu Fuß, es ist nicht weit."

Nach seinen Anweisungen fuhr ich wieder zurück durch das Dorf, dann bogen wir rechts ab auf einen Schotterweg.

Da stand es, das Schwarzwälder Haus. Eine alte Laterne beleuchtete den Hauseingang. Wir stiegen aus. Vor der Garage parkte ein weißer Porsche. Es roch nach feuchten Wiesen. Plötzlich erschien mir nichts selbstverständlicher, als dass er seinen Arm um mich legte. Tröstlich vertraut.

Über Nacht war es ziemlich kalt geworden. Raureif lag auf meinem VW. Ich hatte keine warme Kleidung dabei. Er lieh mir seine große Wolljacke. Er lächelte sein Fraueneroberungslächeln. Wir verabschiedeten uns zärtlich.

Ich lud ihn für das nächste Wochenende in meine wahrscheinlich halbleere Wohnung ein, zu einem exquisitem Hühnchen-Essen, mit der Aussicht auf einen köstlichen Michel Maury Merlot.

Auf der Heimfahrt stellte ich mir vor, wie meiner tratschsüchtigen Nachbarin die Augen herausfallen würden, wenn Dirk aus seinem Porsche stieg. Denn inzwischen wusste sicher die gesamte Nachbarschaft Bescheid.

Das Huhn und ich erwarten ihn.

Die Tochter von jemandem
Ellen Göppl

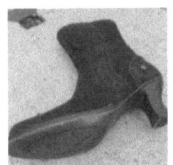 Die Frühlingsnacht war erstaunlich warm, das war selbst hier unter der Bahnunterführung zu spüren, in die tagsüber kaum Sonnenstrahlen einfielen. Der Asphalt roch leicht süßlich wie die gerade aufblühenden Magnolien in den Vorgärten, aber auch schwer und bitter nach Teer. Durch das offene Beifahrerfenster drang eine laue Brise in das stehende Auto. Martin Fehring nahm das angenehme Lüftchen jedoch gar nicht wahr. Wie gelähmt saß er in seinem schwarzen Saab, starrte vor sich auf die Straße und begriff nicht, was geschehen war. Er hatte doch nur helfen wollen. Das Gefühl, das sich in ihm ausbreitete, konnte er nicht einordnen. Vielleicht könnte man es als zerbrochen bezeichnen. Etwas in ihm, von dem er gehofft hatte, es würde wieder heil werden, war endgültig zerbrochen, gerade eben. Verzweifelt versuchte er, sich zu erinnern.

Was er an diesem Abend gemacht hatte. Wo er herkam. Wo er hinwollte.

Er hatte doch fast nichts getrunken. Er war doch nur essen gewesen. Mit seiner Tochter, die hier in Köln Volkswirtschaft studierte. Aber wo waren sie gewesen? Irgendwo in Köln. Nein, nicht irgendwo, in der Nähe vom Barbarossaplatz. Dann war er auf dem Nachhauseweg gewesen, Richtung Bonn. Halt. Wo war er hier, was machte er hier? Diese Gegend lag nicht auf dem Weg vom Barbarossaplatz zur Autobahn in Richtung Süden. Er musste Angelika noch nach Hause gefahren haben. Natürlich hatte er sie nach Hause gefahren, schließlich wollte er nicht, dass ihr etwas passierte. Er war besorgt, war eigentlich immer besorgt um sie gewesen, vor allem, seit Hanne, seine Frau, letzten Herbst gestorben war. Und erst recht, seit er in der Zeitung von diesem Mann gelesen hatte. Die Polizei vermutete, dass es sich um einen Triebtäter handelte. Er sollte schon mehrmals im Raum Köln junge Frauen belästigt haben. Was für eine alptraumhafte Vorstellung, dass Angelika so jemandem begegnen könnte.

Martin starrte auf die gewölbte Betondecke der Bahnunterführung über ihm. Auf die Risse im Beton und die röhrenförmigen Lampen. Ob das Neonröhren sind oder schon die neuen LED-Leuchten, fragte er sich. In seiner Firma stellten sie unter anderem Dioden für solche Lampen her. Aber wen interessierte das jetzt?

Gut zwei Stunden zuvor hatte er im Restaurant ebenso angestrengt auf das Besteck gestarrt, das vor ihm auf dem elegant eingedeckten Tisch lag. Ehe das Hauptgericht serviert wurde, hatte der Ober die großen Messer mit einer akkuraten Handbewegung weggenommen und durch Fischmesser ersetzt. Martin hatte auch das Fischmesser sekundenlang angestarrt. Wie oft waren Hanne und er Fisch essen gegangen, nicht nur im Urlaub. Sie fehlte. Hier. Überall. Als er aufsah, bemerkte er Angelikas prüfenden Blick.

„Wie geht es dir, Papa?", fragte sie. „Du bist immer so abwesend, das macht mir Sorgen."

Er lächelte schnell, er wollte das nicht, er hatte doch immer für seine Tochter gesorgt, nicht umgekehrt.

„Wie kommst Du mit den Vorbereitungen auf deine Prüfungen voran?", fragte er statt einer Antwort. Angelika lächelte leicht gequält, wissend, dass sie das Spiel mitspielen musste. Der Vater kümmert sich um die Tochter, nicht umgekehrt.

„Das klappt schon", sagte Angelika knapp, „weißt du, ich bin ja nicht alleine, ich lerne zusammen mit ein paar Kommilitonen."

Er hatte sie oft zum Essen eingeladen seit Hannes Tod. Früher hatte er für die Familie auch gerne selbst gekocht, aber inzwischen erschien es ihm zu mühselig, alle Zutaten selbst einzukaufen, den Tisch zu decken, hinterher die Küche aufzuräumen. Je mehr dort auf der Theke herumstand, desto weniger fühlte er sich in der Lage, Ordnung in das Chaos zu bringen. Hinzu kamen die Berge von gewaschener, aber ungebügelter Wäsche, die in mehreren Körben im Schlafzimmer und im Wohnzimmer herumstanden. Natürlich hatten sie eine Haushaltshilfe gehabt. Aber er hatte ihr schon vor einer Weile gekündigt. Wollte nicht, dass jemand Zeuge seines Zustands war, der äußerlich immer mehr die Form seines inneren Durcheinanders annahm. Sicher, bei der Arbeit, da war er noch der souveräne Leiter der Forschungs- und Entwicklungsabteilung eines großen Technikunternehmens, da verschanzte er sich noch hinter einer Maske. So lange man noch eine Maske aufhabe, trage man noch eine gewisse Stärke in sich – das hatte er mal irgendwo gelesen. Wie lange würde seine Maske noch halten? Er wollte nicht, dass seine Tochter ihn für alt und schwach hielt. Worüber könnte er bloß mit ihr reden, um wie ein starker, optimistischer Vater zu wirken? Er war froh, als die Dorade serviert wurde – auch Angelika hatte sich zum Fisch überreden lassen – und sie sich dem Essen widmen konnten. Während Angelika wie immer leicht ungeduldig die Haut des Fischs beiseiteschob und kleine Stücke von den Gräten trennte, filetierte Martin sein Exemplar mit höchster Konzentration. Sich ganz auf diesen einen Ausschnitt zu konzentrieren, half ihm, seine Trauer beiseite zu schieben. Doch das Leben bestand nicht nur aus dem Filettieren einer Dorade.

Wie schnell Angelika erwachsen geworden war. Oder kam ihm das nur so vor? Hatte Hanne das auch so empfunden? In den letzten Jahren hatten sie sich nicht mehr so viel ausgetauscht wie früher. Und nun konnte er sie nicht mehr fragen. Nie mehr würde Hanne ihm von früher erzählen, wie sie die Zeit mit Angelika verbracht hatte, während er zwölf Stunden am Tag im Labor stand. Er hatte ihre Kinderjahre weitgehend verpasst und es später nie geschafft, ein so inniges, vertrautes Verhältnis zu ihr aufzubauen wie seine Frau. Erstaunlich, dass Angelika nicht an Hannes frühem Tod zerbrochen war. Aber sie hatte anders getrauert als er, hatte ihren Tränen tagelang freien Lauf gelassen und sich dann langsam wieder gefangen, war nach und nach wieder zur Normalität übergegangen. Nicht wie er. Er hing nach einem halben Jahr immer noch in der Phase der Fassungslosigkeit fest.

Als er Angelika nach dem Essen nach Lindenthal zu ihrer WG fahren wollte, wehrte sie ab. „Das ist doch so ein Umweg für dich, Papa", sagte sie, „ich nehme doch sonst auch immer die Bahn."

Er hatte aber darauf bestanden, sie zu fahren. Sie sprachen nicht viel auf der Fahrt. Er hatte das Gefühl, dass Angelika eigentlich nochmal auf das eingehen wollte, was zwischen ihnen ungesagt blieb – dass er nicht mehr lange so weiter machen konnte. Aber sie spürte wohl, dass er sich ihr nicht öffnen würde, dass er die Fassade nicht bröckeln lassen wollte. Sie spielte an ihren Ohrringen herum, wie Hanne es auch oft getan hatte, wenn sie nachdachte, und schwieg. Und so erzählte er ihr nichts von den schlaflosen Nächten, dem Druck, der bei der Arbeit auf ihm lastete ... wie sehr er Hanne vermisste, obwohl ihm die Ehe in den letzten Jahren, in denen sie noch lebte, nur allzu eintönig und abgenutzt erschienen war. Er erzählte auch nichts von dem Antidepressivum, das ein befreundeter Arzt ihm verschrieben hatte, und von dem er noch nie etwas genommen hatte, weil er fürchtete, nie wieder davon los zu kommen. Egal, wie sehr der Arzt beteuerte, er müsse es nur vorübergehend nehmen.

Und jetzt saß er hier im achtlos halb auf der Straße geparkten Wagen. Seine Maske war zersprungen, seine Hoffnung erloschen, sein Ich zerbrochen. Da war dieser dunkle Fleck auf der Fahrbahn, der sich um den Kopf der reglos daliegenden Frau ausbreitete und immer größer wurde. Im Licht der Leuchtröhren, die die Unterführung erhellten, sah er seltsam farblos aus. Es könnte auch eine Öllache sein, sagte sich Martin, bitte lass es eine Öllache sein. Von irgendeinem Auto. Sein Atem ging schnell und flach, und er versuchte immer noch, seine Gedanken zu ordnen. Während auf der Straße jetzt mehrere Personen hektisch herumliefen, sich über die Frau beugten und ihre Mobiltelefone zückten, stieg in ihm die Erinnerung auf wie eine Luftblase in einem kalten See. Es hatte etwas damit zu tun, dass auch diese junge Frau, die nun so da lag, die Tochter von jemandem war. Das war es, was er zuletzt gedacht hatte, ehe das Schreckliche passierte. Jetzt sah er es wieder vor sich: Wie die junge Frau vor ihm lief. Vor ihm davonlief.

Nachdem er seine Tochter abgesetzt hatte, sah er die Frau irgendwann alleine auf dem Fußgängerweg entlanglaufen. Sie wirkte nicht viel älter als Angelika. Kurzer Rock, kurzer Mantel, kleine Umhängetasche.

Sie scheint gar keine Angst zu haben, dachte er, hier ist es doch dunkel und einsam. Einige Autos zwar, aber niemand zu Fuß unterwegs. Niemals würde er wollen, dass Angelika hier alleine langlief. Angelika ... Hanne ... er hatte sie doch immer beschützt, das war doch seine Aufgabe. Er überlegte nicht lange.

„Kann ich Sie irgendwo hinfahren?", fragte er, noch während er die Scheibe auf der Beifahrerseite herunterließ. „Haben Sie es weit?"

Sie erstarrte mitten in der Bewegung des Laufens, ihr Kopf fuhr herum.

So alt wie Angelika, dachte er, fast noch ein junges Mädchen. Ihr Blick wechselte von entgeistert über ängstlich zu leicht verwundert. Keine Frage, sie versuchte ihn einzuschätzen. Was bedeutete das, ein dunkler Saab, ein Mann über Fünfzig?

„Meine Tochter ist in ihrem Alter", sagte Martin schnell, aber nicht zu schnell. Er versuchte, freundlich, aber nicht aufdringlich zu lächeln.

„Nein danke, ich habe es nicht weit."

Sie sagte es nicht unfreundlich. Schon wandte sie sich wieder von ihm ab und ging weiter, nicht hektisch, aber zügig.

Sie ist vorsichtig, dachte Martin, natürlich, sie kennt mich ja nicht. Ich will ihr helfen, aber ich kann nicht. Ich würde ja auch nicht wollen, dass Angelika bei einem Fremden ins Auto steigt ... Aber wenn der Fremde nun ein freundlicher Herr wäre, der sie sicher nach Hause bringt? Der sie davor bewahrt, einem Triebtäter in die Arme zu laufen? Die Zeitungsartikel darüber ließen ihm keine Ruhe. Er fuhr langsam weiter, er sah die Frau nun im Rückspiegel. Links von ihnen lag ein offenes

Parkgelände. Große Bäume, Buchen vielleicht warfen im Schein der wenigen Straßenlampen lange Schatten.

Ich muss sie ja nicht mitnehmen, dachte Martin. Ich werde sie unauffällig begleiten. Ihr heimlicher Ritter sein.

Die Ampel vor ihm sprang auf Rot, er hielt an. Stadteinwärts fuhren mehrere Autos an ihm vorbei, dann zwei Radfahrer.

So wenig ist hier gar nicht los, sagte er sich, Mensch Martin, reiß dich zusammen. Die Frau geht dich nichts an. Angelika saß jetzt längst sicher in ihrer WG, das war das Wichtigste. Schaute vielleicht eine DVD an oder duschte oder saß noch mit ihren Mitbewohnern zusammen.

Er hatte gewartet, bis die Haustür hinter ihr ins Schloss gefallen war, ehe er seinen Heimweg antrat.

Die junge Frau lief erstaunlich schnell. Sie kam an seinem Wagen vorbei, während er an der roten Ampel stand, lief über die rote Fußgängerampel, noch ehe diese auf Grün umsprang. Sie sah mit hoch erhobenem Kopf geradeaus, so, wie nur Menschen nach vorne schauen, die auf keinen Fall zur Seite blicken wollen. Martin wartete. Kein anderes Auto hinter ihm. Jetzt vergiss sie einfach. Fühl dich nicht für alles verantwortlich. Bieg doch einfach rechts ab, sagte er sich, dann siehst du sie nicht mehr. Vielleicht ist sie ja auch froh, wenn der schwarze Saab endlich verschwindet.

Langsam ließ Martin die Kupplung kommen, der Wagen setzte sich in Bewegung. Martin hatte schon die rechte Hand oben auf das Lenkrad gelegt, um das Auto um die Kurve zu steuern, da fiel ihm ein, was ihn störte. Geradeaus kam doch diese lange Bahnunterführung. Die junge Frau würde durch die Unterführung laufen. Ja, erleuchtet war sie, aber eine Unterführung war doch wie eine Falle. Seine Hand glitt wieder am Lenkrad hinab, er fuhr geradeaus. Wieder drückte er den elektrischen Fensterheber, um die vordere rechte Scheibe herunterzulassen.

„Kommen Sie, ich nehme Sie mit, nur ein kleines Stückchen", rief er. Diesmal wurde sie hektisch. Mit großen Schritten hastete sie weiter, sie sagte nichts, sah ihn nur kurz an, und er bemerkte die Angst in ihren Augen.

Das gibt es doch nicht, dachte er, warum hat sie solche Angst? Spürt sie nicht, dass ich es gut mit ihr meine? Sie müsste doch ein Gespür für sowas haben. Hätte Angelika es? Was tut man, wenn man helfen will und jemand sich nicht helfen lässt, weil er Angst hat?

Lass sie in Ruhe, sagte wieder diese Stimme in ihm, sie ist eine Fremde und du bist für sie ein fremder Mann. Sie ist nicht deine Tochter.

Er sah ihre langen Haare, die nackten Beine, den hastigen Gang. Sie geriet kurz ins Straucheln, wie ein Kind. Das war der Moment.

Nein, dachte er verzweifelt, ich kann sie nicht alleine lassen, sie ist doch auch die Tochter von jemandem! Ich muss sie beschützen!

Er hatte sie überholt, hielt jetzt an, rief durch das geöffnete Beifahrerfenster: „Kommen Sie, ich begleite Sie, Sie müssen doch keine Angst vor mir haben!"

Und dann war sie losgerannt. Blindlinks wechselte sie die Straßenseite, stolperte fast, Martin schrie jetzt, ohne zu wissen, was. Und dann war ihnen plötzlich dieses andere Auto entgegen gekommen, im Licht der Scheinwerfer sah er noch einmal ihre nackten, schlaksigen Beine – und schon wurde sie von dem heranschnellenden Auto durch die Luft geschleudert.

So war es passiert. Und der Fleck, der sich um ihren Kopf herum ausgebreitet hatte, war auch nicht farblos, er war rot, das wusste Martin jetzt. Auch wenn das zuckende Blaulicht inzwischen alles in einem ganz unwirklichen Licht aufflackern ließ. Vor ihm lag ein zerstörter Körper wie zum Beweis für sein eigenes zerstörtes Leben. Als sich jemand in einer dunklen Uniform zu seinem Fenster hinunterbeugte und an die Scheibe klopfte, wünschte Martin sich so sehnlich wie nie zuvor, dass Hanne noch lebte und bei ihm wäre.

Heimliche Leidenschaft
Ilse Reichinger

 Seine beiden Tanten waren wunderbare Geschöpfe. Die Schulferien verbrachte er größtenteils in Lugano in ihrem kleinen Haus am See. Schon als kleiner Junge schmiegte sich Andi selig an die seidigen Beine der beiden Tanten. Später an ihre engen Seidenröcke. Er ließ keine Gelegenheit aus, sich auch als Halbwüchsiger an die Tanten ranzumachen. Diese wunderbaren Stoffe der Kleider und Blusen aus edler Seide, Batist und fein gewebter Baumwolle. Und die Düfte, welche die Tanten umgaben. Es war das Paradies. Saßen sie auf der Ottomane im Salon, quetschte er sich vergnügt zwischen die beiden, legte jeweils einen Arm auf ihre Schultern. Ein Bild des gekreuzigten fröhlichen Heiligen zwischen zwei schönen Frauen. Eigentlich war der Salon nur ein kleines Vorzimmer. Doch die Schwestern schwärmten für Biedermeier-Möbel, Bilder, Teppiche, und auch für Kleider aus dieser Zeit. So wurde aus einem kleinen alten Haus am See eine Biedermeier-Villa.

Sein Vater starb vor seiner Einschulung an einer seltenen Erbkrankheit. Seine Mutter arbeitete in einem Architektenbüro. Sie war erleichtert, dass er während der Ferien bei ihren Schwestern sein durfte.

Heimlich holte er sich nachts eines der großen Seidenkissen vom Sofa ins Bett. Glücklich bettete er seinen Kopf auf die luxuriöse Stofffülle.

Zum Geburtstag wünschte er sich einen Seiden-Morgenmantel, Seiden-Pyjama, Seiden-Unterwäsche und -Hemden.

Als er erwachsen wurde und sein Studium in Stoffdesign abgeschlossen hatte, kaufte er Ballen von Seidenstoffen aus aller Herren Länder. In seiner Wohnung stapelte sich, in einem extra dafür vorgesehenen Zimmer, Einfaches bis Exotisches, ebenso wie Kleidung aus Seide. Mit einem Kimono fing es an. Dann kamen weite Kaftane dazu, Frauenkleider, Frauen-Unterwäsche, Lippenstifte mit Seidenextrakt. Damen-Seidenstoffschuhe.

Lange verbarg er seine Leidenschaft. Doch dann zog er immer häufiger Damenkleidung an, schminkte sich, trank englischen Tee und rauchte selbst gedrehte Zigaretten aus Seidenpapier. Nicht, dass er Männer mochte, ein Transvestit war. Nein, keinesfalls. Es war die Seide, die Liebe zu den Tanten und ihren Seiden.

Er hatte wechselnde Geliebte. Diese mussten Seidenwäsche tragen und in Seidenbettwäsche liegen. Sein Vorrat war riesig. Gerne verglich er seine Neigung mit dem Roman „Das Parfüm" von Patrick Süskind. Er hätte für die kostbare Seide morden können.

Er versuchte, in Museen in Marokko, in der Türkei, in China, die seltensten Stücke aus frühen Epochen, z. B. der Ming-Zeit, ausfindig zu machen. Natürlich konnte er diese Schätze nicht stehlen. Wenn er Gelegenheit dazu gehabt hätte, er hätte es getan. Er fand alte kostbare Seide und ließ nach früheren Vorlagen Kimonos, Vorhänge, Tischdecken nacharbeiten.

Seltenen Seidenteppichen jagte er ausgefuchst und gierig hinterher. Er ließ sich seine Gier nicht anmerken. Interesselosigkeit vortäuschend kam er an so manches historische Stück.

Seine Empfindungen zu Seide waren erotischer und leidenschaftlicher, als sie es je für eine Frau hätten sein können. So dachte er manchmal von sich selbst.

Während eines Aufenthalts auf Bali war er in die traumhafte Villa seines indonesischen Freundes zu einem Fest eingeladen. Leute standen in Gruppen auf dem Rasen. Lebhaftes Reden und Gelächter schallte ihm entgegen.

Etwas abseits stand eine junge Dame. Er roch sie, er sah sie, er spürte sie. Seide der edelsten Herstellung. Sofort war er elektrisiert. Die Dame war in duftige weißgoldene Tücher gehüllt. Sein geschultes Auge erkannte die seltene Muschelseide. Diese einzigartige „Meerseide" wurde im Altertum als „Byssus" bezeichnet. Goldmetallisch glänzende Byssusfäden wurden von der Steckmuschel, der „Pinna nobilis", produziert. Im Mittelalter entwickelte sich um Taranto in Italien ein exklusiver Industriezweig. Die von der Steckmuschel gesponnen Fäden waren so fein wie menschliches Haar und so weich wie Seide. Der lange Rock und die Bluse schillerten in dunklem Karminrot. Gefärbt mit dem Sekret der Purpurschnecke, der Purpura hamenostoma. Purpur, die Farbe der Herrscher, die Farbe Roms. Eine der exklusivsten Seiden, eine handgearbeitete edle Fertigung. Auch nach langem Tragen entstehen keine Knitterfältchen. Diese Informationen, durch Studien in sein Bewusstsein eingeprägt, riefen sich wie von selbst ab.

Er zitterte, sein Herzschlag beschleunigte sich rasant. Mit ungewohnter Beherrschung bewegte er sich langsam, so langsam wie eine kriechende Purpuride, dachte er, auf die junge Dame zu. Sie lächelte ihn an, als hätte sie ihn schon lange erwartet. Samtene braunschwarze Augen. Er entdeckte ihre Schönheit. Sie hatte eine Ausstrahlung, die ihn gefangen nahm. Ihre gebräunte Haut zeigte diesen seidenweichen Schimmer ebenso wie die von ihm so heiß begehrte Seide. Sein Herz hämmerte, an seinem Körper war jeder Muskel angespannt, während er die Dame höflich ansprach. Sie tauschten Artigkeiten über den Gastgeber und das Fest aus. Als sie sich wie zufällig an den Händen berührten, bemerkte niemand die heißen Blitze, die diese beiden Körper brennen ließen. Er hatte den Höhepunkt seiner Leidenschaft gefunden.

Text über die Meerseide aus: Manfred Breitmoser, Purpur – Farbphänomen der Antike.

Loslassen
Claudia Hellstern

 Wo bleibt sie denn wieder? Sie weiß doch genau, dass es mich auf die Palme bringt, wenn ich warten muss. 9 Uhr war ausgemacht, 9 Uhr ist Abfahrt und jetzt ist es fünf nach neun. Diese Frau, ich halte es einfach nicht mehr aus. Wenn mein Plan gelingt, alles gut läuft, dann ist das der letzte Urlaub mit ihr. Es geht einfach nicht mehr. Schon allein der Gedanke an sie nervt mich. Das muss ein Ende haben. Wo bleibt sie denn nur?

Ernst schaute auf die Uhr und klopfte mit den Fingern aufs Lenkrad.

Eine Schnapsidee, dieser Urlaub. Aber ein guter Abschluss für unsere Ehe. Ah, da kommt sie ja. Schrecklich, ihr dicker Hintern in dieser Kniebundhose aus Hirschleder und diese roten Strümpfe. Ein Wunder, dass sie ihren Tiroler Hut nicht auf hat. Den hat sie bestimmt im Rucksack. Und wie sie grinst. Knallroter Lippenstift – wie eine Vogelscheuche auf Wanderurlaub. Tief Luft holen, Ernst, denn sicher hat sie dieses Eau de Cologne aufgesprüht, das mir den Magen umdreht. Durchatmen, Luft holen und lächeln.

Margit riss mit Schwung die Autotür auf und ließ sich auf den Sitz fallen. Ernst hatte das Gefühl, das Auto senkte sich bis zum Boden. Ungehalten schaute er ihr zu, wie sie sich den Gurt über ihren fülligen Leib zog.

Wie war sie doch mal fesch gewesen - früher. Dass sich ein Mensch so ändern kann. Gut, dass ich der alte geblieben bin, dachte Ernst.

„Bärchen, wir können los. Ich habe alles, wirklich alles abgeschlossen. Luise hat noch kurz angerufen. Doch auf die paar Minuten kommt es ja nicht an. Ich freue mich gewaltig auf unsere Tour. Du auch? Das Wetter scheint es gut mit uns zu meinen. Ja, wenn Engel reisen."

Margit schnatterte in einem fort. Ernst startete schweigend das Auto und fuhr in Richtung Autobahn.

Wenn sie nur mal den Mund halten würde. Dieses Geplapper macht mich ganz verrückt. Ich hätte alleine gehen sollen oder mit meinem Purzelchen ins Wellness. Schade, dass die Kleine keine Bergtouren mag. Sie steht total auf Wellness. Aber warum nicht? Ich bin ja lernfähig und mit ihr allemal.

Jetzt drehte Margit am Radio herum.

Bestimmt sucht sie den Jodelmusiksender. Und das die ganze Fahrt. Hoffentlich hat sie nicht auch noch eine CD dabei mit ihrer Volksmusik.

Margit drehte an den Knöpfen des Radios und fand ihren Musikgeschmack. Volksmusik zum Mitsingen. Herrlich. Sie kannte jedes Lied.

Ernst ist wieder mal mies drauf. Wahrscheinlich, weil ich nicht Schlag neun im Auto saß. Was soll das? Zehn Minuten hin oder her? Leichter ist es mit ihm auch nicht geworden. Er ist so knurrig und immer schlecht gelaunt. Er kann es einfach nicht glauben, dass er nicht mehr zu den Jungen gehört. Halbglatze und Bauchansatz und immer ein paar Schweißperlen auf der Stirn. Nicht gerade sexy. Männer sind so blöd, wenn ihre Libido schwindet, fangen sie an launisch zu werden. Als ob da jemand was dafür kann.

Sie fuhren schweigend Richtung Alpen, wo sie eine Bergtour machen wollten. Seit Jahren waren Bergtouren ihr gemeinsames Hobby. Sie liebten anspruchsvolle Klettersteige und zählten sich zu den erfahrenen Bergwanderern. Der Plan war, direkt in den Berg zu steigen und das Quartier erst am Abend anzufahren, damit sie keine Zeit verlieren. Ihre Wirtin Frau Pfundstein war sehr gesprächig und wollte sie meist zuerst mit allerlei Kulinarischem versorgen. Das wollten sie sich ersparen, sich erst am Abend in deren Fürsorge begeben. Für den Tag hatten sie in die Rucksäcke Vesper und Tee eingepackt.

Ernst fuhr schnell. Er hatte das Gefühl neben seiner Frau zu ersticken, ihr süßliches Eau de Cologne haftete ihm in der Nase. Er schaltete die Klimaanlage kühler, sodass das Gebläse in vollen Gang kam. Ich kann sie nicht mehr riechen. Sprichwörtlich nicht mehr riechen. Nicht mehr ertragen, nichts mehr, dachte er.

Sie kamen ohne Verkehrsprobleme am Zielort an, fanden den Parkplatz sofort und machten sich bereit für den Aufstieg. Sie schulterten ihre Rucksäcke mit dem Proviant und dem Regenschutz, aßen im Auto noch einen Bissen aus der Vesperbox, tranken dazu den mitgebrachten Tee und marschierten gestärkt los. Stumm - jeder in Gedanken bei sich. Ernst machte wie immer die Vorhut und Margit hielt mit ihm Schritt. Trotz ihrer ausladenden Figur war sie eine gute Bergsteigerin. Sie konnte mit ihren Kräften haushalten und machte selten schlapp. Ernst hatte diese Ausdauer, diese nicht tot zu kriegende Frau, immer sehr geschätzt und bewundert. Doch jetzt spürte er nur noch Verachtung.

Ein letztes Mal muss ich dieses gleichmäßige Schnauben ertragen, den Jodler auf dem Gipfel hören und diese widerlichen, von ihr geschmierten, Leberwurstsemmeln essen. Das letzte Mal. Durchhalten Ernst, es hat ein Ende.

Mit diesen Gedanken setzte er Schritt für Schritt den Berg hinauf.

Margit schaute auf seine nackten Waden. Ernst hatte die Strümpfe nach unten gerollt. Das wirke cool, hatte er einmal gesagt.

Als ob diese kugelförmigen Dinger Eindruck machen, dachte Margit. Ich mag ihn nicht mehr. Er ist selbstherrlich und langweilig. Wenn wir zurück sind, werde ich ihm sagen, dass ich ihn verlasse. Die Wohnung habe ich schon. Es ist nur noch ein kleiner Schritt. Dann lebe ich mein Leben, ohne diese schrecklichen Bergtouren. Kreuzfahrten und Städtereisen sind angesagt. Nie mehr Leberwurst und Pfefferminztee und Volksmusik. Drei Tage um Abschied zu nehmen, die halte ich noch aus.

Nach zwei Stunden Aufstieg in der sengenden Sonne machten sie Rast. Sie setzten sich auf ihre Jacken und packten Brot, Eier und Tee aus.

„Herrlich hier. Die Berge haben immer etwas Besonderes. Schau die Schneefelder dort drüben glitzern wie Diamanten unter den Sonnenstrahlen. Das ist nicht mit Geld zu bezahlen. Und die Luft", schwärmte Ernst.

Wobei dein Stinkparfum völlig untergeht, dachte er gehässig.

Sie legten sich kurz auf den Rücken und beobachteten die Wolkenbilder. Bald machten sie sich wieder auf den Weg. Wenn sie bis zum frühen Abend zurück sein wollten, durften sie ihre Rast nicht allzu lange ausdehnen. Zudem - man wusste ja nie in den Bergen!

Die Luft wurde merklich dünner, die Wege wurden anspruchsvoller und bald sollte diese schwierige enge Kletterspalte kommen. Vorausschauende Bergführer hatten eine Seilführung angebaut und Steigeisen als Haltegriffe eingehämmert. Margit und Ernst kannten diese Passage, waren sie doch schon zum dritten Mal hier. Man musste aufpassen, wo man seinen Fuß hinsetzte. Konzentriert voranschreiten. Sie schauten nach oben zum Gipfel, wo das Gipfelkreuz winkte.

Bald haben wir es geschafft, bald habe ich es geschafft, dachte Ernst mit einem Schmunzeln.

Margit beobachtete ihn und fragte sich, worüber er sich so freute, woran er gerade dachte.

Er freut sich sicher auf den Eintrag ins Gipfelbuch. Schon dreimal hier gewesen. Dieser Angeber. Naja, er soll auch eine kleine Freude haben. Heute trage ich mich auch ein, vielsagend. Aller guten Dinge sind drei und dann ist es vorbei. Mal sehen, ob er es versteht, ob er überhaupt nachfragt. Er ist ja oft schwer von Begriff.

„Komm lass uns hinaufgehen, denn der Rückweg ist noch lange genug", fordert sie ihn auf.

Sie machten sich an den schwierigen Teil des Aufstiegs und kamen oben auf dem Gipfel an. Der Ausblick war herrlich, das Dankeschön der Natur, die Belohnung für die Mühen.

Ernst stand mit ausgebreiteten Armen da und holte tief Luft, ließ sich die Sonne ins Gesicht scheinen und seufzte tief. Er machte einen Schritt vor an die Kante und schaute hinunter.

„Schau Margit, ein Gamsjunges mit seiner Mutter. Komm schau."

Sie ging zu ihm hinüber, lehnte sich an einen Felsbrocken und rutschte aus. Sie meinte seine Schulter gespürt zu haben, die sie Richtung Abgrund drückte. Gerade noch konnte sie Ernsts Hand greifen.

„Hilf mir Ernst, zieh mich hoch, halt mich fest!", schrie sie hysterisch. Ernst war völlig überrascht über ihre Reaktionsfähigkeit. Damit hatte er nicht gerechnet.

„Lass los, sonst ziehst du mich auch noch hinunter. Lass los du dumme Kuh", schrie er.

Doch sie krallte sich fest. Ernst hing bereits schräg über dem Abgrund und fand keine Stelle zum Halten.

„Lass verdammt noch mal meine Hand los, du blödes fettes Weib, lass los."

„Nie im Leben. Diesen Gefallen werde ich dir nicht tun. Ich werde nicht loslassen", schrie sie mit erstickter Stimme zurück. Da passierte es. Ernst verlor den Halt und beide fielen in die Tiefe.

Verweht
Ilse Reichinger

 Helle gelbe Flecken veränderten viel zu früh mein Aussehen. Eigentlich sollte ich noch im satten Grün am Baum hängen. Das ganze Jahr über warteten wir auf den Regen. Ich spürte, wie der Baum seine Wurzeln immer tiefer in die Erde grub. Er versuchte verzweifelt, an das Grundwasser zu kommen. Das Wasser hatte sich in die tieferen Erdschichten zurückgezogen. Nachts hörte ich ihn seufzen, den guten alten Riesen. Die Rinde knarrte laut, sie riss sich tiefe Schrunden. Ein heißer Wind kam auf, er schüttelte boshaft an meinem Stil. Er quälte uns den ganzen Tag mit seinem wilden, heißen Atem. Ich war sehr in Sorge, dass ich davonschweben würde. Verzweifelt hakte ich mich fest.

„Ich will noch bleiben", keuchte ich in Todesangst. Meine Freunde, Schwestern und Brüder zitterten ebenfalls. Sie raschelten und flirrten aufgeregt. „Halt mich fest mein Lieber", flehte ich meinen starken Ast an.

Es wurde dunkel, der Mond hing als helle Sichel über unserem Baum. Wehmütig dachte ich über mein sommerliches Blätterleben nach. Da, ein kurzer harter Stoß, ein schmerzhafter Ruck und dann war das geschehen, was noch gar nicht sein durfte. Ich flatterte hoch, schwebte tief über dem Gras, flatterte wieder hoch. Begleitet vom Glitzern der Sterne hätte es ein romantischer Ausflug sein können. H Spielerisch ließ mich der Wind über eine hohe Mauer segeln. Unerwartet schlitterte ich über die Terrasse bis zu einer großen Villa.

Eine junge Frau schaute mir zu, wie ich wirbelnd an die Fensterscheibe gedrückt wurde. Sie öffnete das Fenster und holte mich ins Zimmer. Sie glättete meine ramponierte Haut, drückte leidenschaftlich ihre vollen Lippen auf mich. Fliederduft und Samthaut.

„Mein Prinz, wie liebe ich Dich", flüsterte sie verschämt. Verzückt presste sie mich noch heftiger an sich.

„Komm in mein Kämmerlein, da die Uhr zwölf Mal glockte."

Wo ist ein Kämmerlein in diesem großen Haus, überlegte ich. Verzückt, gefühlvoll und laut sprach sie immer wieder die gleichen Worte.

„Was für eine seltsame Sprache", dachte ich. Ein aufgeschlagenes Buch mit verschnörkelten Buchstaben „Shakespeare" lag auf ihrem Schreibtisch. Auf einmal verstand ich es. Ein Theaterstück!

Die Sätze, die sie sprach, verursachten einen starken Schmerz in mir. Worte, wie „Liebe bis über den Tod hinaus", waren nicht für mich bestimmt. Heftig zitternd, bereits erheblich ramponiert, fiel ich auf den Teppich. Eine Schuhspitze presste mich in den üppigen Flor hinein. Und damit noch nicht genug, die Hauskatze stob auf mich zu. Sie kratzte mit ihrer harten Pfote auf mir herum, vergnügt zerbröselte sie mein Innerstes.

Niemand sang ein Requiem!

Pieps
Uta Neumann

 Heute habe ich meinem Vogel das Küchenfenster geöffnet und ihn auf meinem Zeigefinger an das Fenster getragen. Es war warm draußen. Spätfrühling! Alles ist schon grün, jedoch barfuß gehen wäre zu kalt, wegen der Erdkühle.

Er sollte fliegen. Frei!

Ich lebe mit ihm in der kleinen Wohnung in dieser Stadt. Zuerst war meine Frau auch noch hier. Als sie starb, sind wir beide übrig geblieben. Der Vogel und ich. Meine Frau hatte mir alles genau erklärt, damals. Wo und wann ich Körner geben sollte, wie den Käfig reinigen, Wasser wechseln. Ich hatte beobachtet, wie sie ihn liebkoste und streichelte, mit ihm sprach.

Ich sah, wie er piepte, wenn sie Geräusche machte. Ihr Gesicht ganz nah an seinem Köpfchen.

Es war damals nur ein Piepsen, sie behauptete, er spreche mit ihr.

Meine Frau und ich, wir haben uns die letzten Jahre ihres Lebens nicht gut verstanden. Sie hat schlecht gerochen und ich habe ihr nichts recht machen können.

Ich war oft unterwegs, und ab und zu hab ich sie mit dem Vogel beobachtet.

Sie hat auch nicht mehr kochen können, die letzten Wochen, bevor sie ins Krankenhaus kam.

Da habe ich mich schon manchmal um den Vogel gekümmert, wenn sie zu schwach war.

Beim Metzger um die Ecke holte ich warmes Mittagessen.

193

Die letzten Monate hab ich es meistens so gehalten. Seitdem meine Frau nicht mehr ist, gehe ich wenig aus dem Haus. Einkaufen für mich und Futter für Pieps. Zum Amt, wenn es was gab. Mein Vogel ist nicht gern allein und braucht Ansprache.

Bis gestern! Gestern bin ich über die blöde Türschwelle gestürzt und konnte mich dann nur mit Müh und Not wieder hochbringen. Die Hüfte macht nicht mehr mit. Ich kann gehen, ganz langsam. Tut aber weh. Ziemlich.

Ich werde nicht zum Arzt gehen.

Als meine Frau starb, war es mir schwer im Herzen. Wie gesagt, wir haben uns nicht mehr gut verstanden. Aber um das ganze Leben, um dieses Leben, was Stück für Stück verloren ging mit ihr. Darum musste ich weinen.

Vogel flieg. Ich werfe die Hand mit ihm nach oben gen Himmel. Er fällt in die Luft, bewegt seine Flügel so langsam. Dann, fast auf der Erde, fängt er an mit den Flügeln zu flattern und gewinnt Raum in der Luft und ganz langsam Höhe. Tschüss, Pieps.

Ich schließe das Fenster.

Sonst lasse ich in der Wohnung alles, wie es ist.

Das Wasser habe ich abgestellt. Putzen kann ich nicht mehr. Zu große Schmerzen.

Eine Mitteilung für den Vermieter habe ich hingelegt. Wir hatten keine Kinder und Freunde in den letzten Jahren auch nicht mehr.

Ich kenne die Fahrzeiten der Züge. Die Gleise sind zwei Straßen hinter meinem Haus.

Es wird schwer. Aber ich schaffe es. Ich habe es auch geschafft, Pieps in den Himmel fliegen zu lassen.

05:35 Uhr ist eine gute Zeit zu sterben. Ich gehe langsam. Das habe ich eingerechnet.

Und sie kochte vor Zorn

Claudia Hellstern

 Das kann doch nicht wahr sein? Muss die mir jetzt auch noch im Supermarkt begegnen? Ist sie das? Die verfluchte Schlampe? Verdammt, ich sehe so schlecht.

Vor mir, zwei Leute vor mir, stand diese von mir so sehr verhasste Frau. Sie war es. Die schwarzen Haare, der Pferdeschwanz, die Figur, die eng sitzende Hose, die hohen Schuhe. Keine Frage.

Nur nicht hinschauen, sie soll mich nicht sehen. Ich will sie nicht sehen und sie schon gar nicht ansehen. Diese falsche Schlange.

Was die alles einkauft!

Der Wagen war bis oben gefüllt. Ich sah Ananas und Papaya. Bananen.

Sie hat wohl wieder Obsttag! Vielleicht will sie einem Lover das Maul stopfen.

Nach dem Motto: erst kochen, dann lochen. Mein Gott, bin ich wieder böse. Ich muss endlich aufhören. Immer wieder muss mir dieses Weib über den Weg laufen, immer wieder. Am besten nicht beachten.

Ich kochte, kochte innerlich. Spürte, wie mir der Schweiß ausbrach. Vor Zorn, weil ich nicht cool war und vor Zorn, weil sie nun wieder in meinem Kopf war.

Hoffentlich sieht sie mich nicht.

Die Hexe stand hinter ihrem Wagen und wartete darauf, dass sie endlich das Band belagern konnte und vertrieb sich die Zeit mit ihrem Handy.

Wie viele Lover sie wohl am Start hat?

Zwischen uns stand ein Kerl, der keinen Wagen hatte. Ich kann es nicht leiden, wenn Leute keinen Wagen nehmen, weil das aufhält. Zum einen stöhnen diese Leute gerne über die Last, bis sie ihr Zeug auf das Band legen können und drängeln gern, zum anderen brauchen sie viel länger, nach der Bezahlung ihre Sachen zu verstauen. Schnell in den Wagen gelegt und dann auf der Seite eingepackt oder direkt zum Auto gefahren geht doch viel zügiger.

Die Hassnelke kam nun an die Kasse und begann grazil ihren Wagen zu räumen. In der einen Hand hielt sie ihr Handy, mit der anderen Hand holte sie Artikel um Artikel aus dem Wagen.

So wird die nie fertig. Was spielt sie denn hier für ein Spiel? Der Kassierer hat doch keine Zeit für Dich, Du dummdämliche Schlampe.

Egal, ich rege mich nicht auf.

Mir ist so heiß. Diese Frau so nah. Wie ich sie hasse.

Der Typ zwischen uns hatte seine fünf Einkäufe ebenfalls auf das Band gelegt. Er trug einen grauen Kapuzenpulli, die Kapuze über den Kopf gezogen. Ich sah, dass er recht dünn war, einen etwas schlabbrigen Pulli trug, Jeans und weiße Turnschuhe. Sein Gesicht konnte ich nicht sehen. Er schaute stur geradeaus. Wahrscheinlich beobachtete er die Frau vor ihm.

Sie stand nun mit leerem Wagen da und wartete darauf, bis die Kundin vor ihr endlich das passende Kleingeld aus ihrem Portemonnaie gefischt hatte.

Und da – es ging rasant, sah ich die Hand des Mannes vor mir vorschnellen. Sie fasste in den offenen Rucksack meiner verhassten Frau und zog deren Geldbeutel heraus. Sein Kopf bewegte sich keinen Zentimeter. Rasch war die Bewegung vorbei. Nichts geschehen. Vermutlich hatte sein Pulli eine Kängurutasche, in der die erbeutete Brieftasche verschwand.

Ha, das geschieht dir recht, du dumme Kuh. Es kommt alles zurück, alles.

Ich blieb regungslos. Ich beschloss, nichts zu unternehmen, nichts zu sagen. Was ging es mich an? Sie war ja so dumm und hatte den Rucksack offen auf dem Rücken, den Geldbeutel sichtbar. So als wolle sie sagen: Bedien dich ruhig. Selber schuld. Selbst aus weiterer Entfernung war die Geldbörse zu sehen.

Bin gespannt, wie du dich da herauswindest, du dummes Weib.

Ihre Waren wurden jetzt über den Scanner gezogen, sie sortierte sie in ihren Wagen.

Die hat die Ruhe weg. Andere wollen auch mal nach Hause. Ganz bedächtig legte sie ein Teil nach dem anderen in ihren Wagen zurück. Sie schien alle Zeit der Welt zu haben.

Ich legte nun meinerseits meine Einkäufe auf das Band und bekam nicht mit, welchen Betrag sie zu bezahlen hatte. Ich war zu beschäftigt mit mir, meinen Sachen und meinen Gedanken.

Sie schien noch einmal nachzufragen. Ich hörte so etwas wie 132,61 Euro. Beschwören könnte ich es allerdings nicht.

Sie zog ihren Rucksack von der Schulter und begann darin zu kramen. Anfänglich ganz entspannt, dann zunehmend hektisch. Wir, mein Vordermann und ich, schauten gespannt zu. Hinter mir hatte sich mittlerweile eine Schlange gebildet.

Mit rotem Kopf schaute sie auf und jammerte, dass sie ihre Geldbörse nicht finden könne. Sie sei aber sicher, dass sie gerade noch da gewesen sei.

Der Kassierer sagte etwas zu ihr, das ich nicht verstehen konnte. Sie schaute den jungen Mann hinter sich an, dann erkannte sie mich. Sie lächelte zaghaft. Ich erwiderte das Lächeln nicht und tat, als ob ich sie nicht kennen würde.

Schmor du ruhig mal.

Ich badete in der heißen Wolke meiner Gehässigkeit. Der Kassierer schlug ihr vor, den Wagen beiseite zu schieben und im Auto zu schauen, ob der Geldbeutel dort liege. Dann könne er schon mal weitermachen. Sie schob unwillig den vollen Einkaufswagen zur Seite und stakste mit hochrotem Kopf hinaus. Sie hatte nun die volle Aufmerksamkeit. Ich hatte das Gefühl, jeder, ob Kunde oder Mitarbeiter, beobachtete sie. Und jeder dachte wohl: Gott sei Dank nicht ich.

Nun hatte der Kassierer die Waren des Typen vor mir über den Scanner gezogen und ihm einen geringen Betrag genannt, den er bar bezahlte. Er verließ den Supermarkt, ohne sich umzublicken. Ich hatte zu keiner Zeit sein Gesicht gesehen.

Ich war nun an der Reihe. Meine Waren wanderten alle in den Wagen zurück. Gerade wollte ich bezahlen, als sie, völlig aus dem Häuschen, wieder zur Kasse kam.

Sie war nicht mehr die schöne coole Frau, die sie immer spielte, sondern ein Huhn, das Federn gelassen hatte. Aufgescheucht, nervös und speiend.

„In meinem Auto ist nichts. Ich habe alles abgesucht. Meinen Rucksack habe ich komplett ausgeleert. Nichts! Nichts. Man hat mich bestohlen!"

Ungerührt machte ich weiter und tippte meine Pin ins Kartenlesegerät. Tat, als ob ich nichts mitbekommen hatte. Desinteressiert. Geschieht dir Recht.

„Langsam, langsam. Sind sie sicher, dass sie das Geld eingesteckt haben? Womöglich liegt Ihr Geldbeutel daheim auf dem Küchentisch. Das gibt es immer mal wieder. Beruhigen Sie sich. Lassen Sie den Wagen stehen, gehen Sie nach Hause und kommen Sie mit dem Geldbeutel wieder."

„Ich gebe Ihnen meine Adresse und unterschreibe Ihnen, dass ich alles sofort bezahle, überweise oder wie auch immer. Geben Sie mir meine Sachen mit. Sie können mir glauben, ich bin zuverlässig."

„Liebe Frau", sagte der Verkäufer ruhig, „wie stellen Sie sich das vor? Ich kenne Sie nicht und meine Kasse muss stimmen. Selbst wenn ich wollte, darf ich das nicht machen. Fangen wir das einmal an, dann kommen alle. Gehen Sie nach Hause, holen Sie das Geld und kommen wieder. Ich lasse den Wagen stehen, bis kurz vor Geschäftsschluss. Mehr kann ich nicht tun."

„Sie kennen mich doch. Ich komme doch mindestens einmal die Woche. Ich bin total unter Zeitdruck. Das gibt es doch nicht." Sie kreischte.

Ich war inzwischen fertig und wandte mich dem Ausgang zu, als sie auf mich losstürmte.

„Hast du das mitbekommen? Kannst du mir nicht das Zeug bezahlen? Ich gebe es dir sofort wieder. Wir können auch schnell bei mir vorbeifahren. Es ist nicht weit."

Ich schaute sie kalt an. Mein inneres Höllenfeuer war nun zu einer Eiswüste geworden.

„Wie kommen Sie darauf, dass ich Ihnen aushelfe? Ich kenne Sie nicht."

„Mensch, jetzt mach doch nicht so. Natürlich kennst du mich."

Sie war laut geworden. Alle Blicke waren auf uns gerichtet.

„Ich weiß, wer Sie sind. Aber ich kenne Sie nicht." Ich fuhr ungerührt meinen Wagen nun hinaus auf den Parkplatz zu meinem Auto.

Dort holte ich erst einmal tief Luft.

Ich packte meine Sachen ins Auto und fuhr den Einkaufswagen zurück, als sie plötzlich wieder vor mir stand. Kochend vor Wut.

„Du, du, du", stotterte sie, „du hättest mir helfen können. Das ist doch scheiße hier."

Ich antwortete ganz ruhig:

„Sie haben sich meinen Mann geliehen, da konnte ich nichts machen. Ungefragt übrigens. Mein Geld allerdings, das leihe ich Ihnen nicht." Ich drehte mich um und ließ sie stehen.

Geierwallys Rückkehr

Ilse Reichinger

 Wumm! Bumm! Das nächste wassergefüllte Schlagloch war geschafft. Wir saßen ungemütlich in einem Kleinbus auf dem Weg zur „Strohmaier- Alm". Drei Ehepaare, zwei Söhne und wir, zufällige Ferienbekanntschaften. Es war später Nachmittag und die Umgebung war kaum zu erkennen. Dunkle Wolken schoben sich vor die Landschaft. Die wunderbaren Bergmassive zugedeckt, man konnten sie nur noch erahnen. Der Fahrer fuhr wie ein Wilderer auf der Flucht. „Ich war drei Jahre in Kolumbien", brüllte der zierliche Mann mit den abstehenden Haaren, „ich hab alles im Griff." Es blitzte und gleichzeitig schlug uns dröhnender Donner um die Ohren. Die Scheinwerfer tasteten sich an windgepeitschten Büschen vorbei. Regen prasselte auf das Autodach, schwarze Tannen standen Spalier, als wollten sie uns beschützen. „Achtung! Die kleine Brücke", rief Jochen aus Düsseldorf. Erhellt von zackigen Blitzen sah man das Wasser über die Brücke sprudeln. Es war glitschig und der Kleinbus rutschte gefährlich. Die Räder schienen nicht richtig zu greifen.

Auf dem steinigen, holprigen Weg dahinter fühlten wir uns wieder etwas sicherer. Der 15-jährige Sohn des Ehepaars Bähr sang bzw. krächzte mit seinem Stimmbruchbass „im Wald, da sind die Räuber." Der Fahrer bog nun rechts ab, in einen breiteren Weg. Dann ging es steil bergauf.

Nach einer Kurve sah man schummriges Licht durch die Regenschwaden flimmern. Es waren die Fenster der Alm. „Wir sind gleich da", sagte der Fahrer. Das war ja noch mal gut gegangen!

Als wir ausstiegen, stürzte der Regen wie ein Wildwasserbach auf uns. Mäntel und Schirme waren untauglich als Schutz gegen das Wetter. Prustend trampelten wir in die Hütte.

Die Hochstimmung der schon Rauschseligen wurde kurz unterbrochen. Aber sogleich empfing uns lautes Hallo und ein Grölen. „Kommts Maderln, setzts Eich her, auf der Alm doa gibt's koa Sünd." Wir drückten uns in die zu dicht besetzten Bänke. Ich saß eingequetscht neben einem dickbauchigen Tirolerhut. Den Menschen unter dem Tirolerhut konnte ich in der rauchig schummrigen Hütte nicht sehen. Eine pratzige Hand wollte sich gerne bei mir ausbreiten. Ich stopfte Mantel, Schirm und Mütze als Abwehrwall um meine Hüfte. Robert, mein Ehemann, saß offenbar ganz woanders. Die anderen waren auch nicht zu entdecken.

Der Lärmpegel stieg, dicker Zigarettenqualm verschleierte das spärliche Kerzenlicht. Immer noch blitzte es und erhellte ab und zu das Gomorra. Das verlebte Gesicht des Schifferklavier-Spielers wurde kurz in ein weißlaues Licht getaucht. Auch die rußschwarze Holzverkleidung und die offene Feuerstelle konnte man erkennen.

Die Wurstfinger des Tirolerhut-Mannes schwebten immer wieder mal geisterhaft über meinem Bierglas. Er leerte einen Schnaps nach dem anderen hinein. Offenbar hatte er eine Flasche unter dem Tisch. Als er sich wieder einmal bückte, vertauschte ich schnell die Biergläser. Ich trank keinen Schluck mehr.

Wo sind wir da hineingeraten! Das wollten wir schon lange nicht mehr. Tirol "Humpa, Tumpa, Trachtenhut und Jagertee." Nun ja, Spielverderber, das lag mir auch nicht und so sang ich die „Schnaderhüpferl" mit und schunkelte ab und zu, immer wieder die suchende Hand abwehrend.

Plötzlich kreischte eine Frau auf. Von der Türe her rief sie mehrmals „Hilfe, kommts hierher!" „Was ist passiert?" Alle riefen durcheinander. „Da draußen liegt einer, schnell! Ich war vor der Türe, als es blitzte, da habe ich eine Gestalt liegen sehen." Niemand sagte etwas. Endlich erhob sich ein großer Mann und fragte in einwandfreiem Hochdeutsch nach einer Taschenlampe. Man fand keine Taschenlampe. Also nahm er sich zwei Laternen vom Tisch. Entschlossen ging er zur Türe. Ich auch. Die Nacht war undurchdringlich. Die Lichter wegen des Stromausfalls aus. Man konnte nur die Umrisse des Stalles erahnen, nichts sehen. Trotzdem standen alle am Fenster. Vereinzelt wagten sich weitere Gäste ins Freie. Ich tastete mich über glitschige Stufen in die aufgeweichte Wiese hinaus. Einige hatten sich Laternen genommen.

Die unbekannte Frau gab Anweisungen von der sicheren Treppe aus. „Links, dann Vorsicht, ein Trog, geradeaus." Es blitzte schon wieder und der grelle Schein zeigte der Lichterprozession kurz den Weg. Da fiel mir die Geschichte von der „Geyerwally" ein. Die älteren Leute im Dorf erzählen, dass die „Geyerwally" ganz in der Nähe dieser Alm ihren ungeliebten Verlobten erschlagen hätte, in Notwehr, glauben sie. Ein brennendes Holzscheit, das sie auch nach ihm warf, wäre die Ursache für das Abbrennen des Hofes gewesen.

Erschrocken blieb ich stehen, etwas zerrte an mir, griff in meine Haare. Dann wischte man mir über das Gesicht. Ich sah eine große Gestalt auf mich zuwanken, flatterndes Haar, eine Zaunlatte im Anschlag. Raue Stoffteile schlugen auf mich ein. Ich hielt meine Hände vor das Gesicht, schrie hysterisch „Hilfe, Hilfe." Keiner bemerkte es.

Aber dann spürte ich es an meinen Armen, es waren nur vergessene nasse Wäschestücke, Hemden und Bettwäsche auf der Leine. Vom Wind zu monströsen Geistern aufgebläht, hatte mich meine Fantasie ins Reich der „Geyerwally" geführt.

Sie wurde als eine starke Frau geschildert, die sich niemals Zwängen unterworfen hätte. Mythos und Fiktion. Daraus wurde ein Roman, nach dem Filme und Theaterstücke inszeniert wurden. Sogar eine Oper gab es zu diesem Stoff. Die wahre „Geyerwally" hieß Anna Stainer-Knittel.

Ich atmete tief durch und ging mit der nächsten „Laterne" mit. Plötzlich legten sich zwei große Hände um meine Taille. „Hände weg, hau ab, Du blöder Tirolerhut" brüllte ich empört. Es war Gott sei Dank endlich mein Mann, der auf meinen Schrei hin nach mir gesucht hatte.

Inzwischen versuchte man die Polizei zu erreichen. Wegen des Unwetters gab es keine Verbindung. Da fiel dem Kleinbusfahrer ein, dass er einen batteriebetriebenen großen Scheinwerfer im Wagen hatte. Er holte ihn und leuchtete alle Flächen und Ecken aus. Bei einer nahen kleinen Hütte lag etwas. Jedenfalls erkannte man dort dunkle Konturen. Bestürzt gingen wir weiter, einen Herzschlag lang, in der Gewissheit, einen Menschen verletzt oder ermordet aufzufinden.

Als wir näherkamen, schauten zwei dunkle große Augen angstvoll ins Scheinwerferlicht. Ein verzagtes Muhen ließ uns aufatmen. Ein Kalb lag zitternd im Schlamm. Es hat wohl nicht mehr in den Stall gefunden. Der Almwirt hockte sich zu ihm hin, streichelte es und redete leise auf das Kälbchen ein. Allmählich beruhigte es sich und wir brachten es wieder auf die Beine. Leise Worte murmelnd begleiteten wir das Kalb in den Stall. Es wurde mit lautem Muhen willkommen geheißen. Verdreckt, nass, aber zufrieden gingen wir wieder zurück. Alle waren erleichtert.

Der Hausherr spendierte uns in der Hütte eine Runde Obstler, weil alles so gut ausgegangen war. Ich gab meinen Schnaps dem „Tirolerhut". Er war nun auch glücklich.

So gut wie in dieser Nacht hatte ich schon lange nicht mehr geschlafen.

Spiderman
Alex Devesper

 Seinen richtigen Namen kenne ich nicht. Für mich ist er mein Spiderman. Ich komme oft an seinem Haus vorbei, einem ehemaligen Weingut mit leichter Patina, etwas außerhalb der Ortschaft. Ein Feldweg führt dort in die Weinberge und den angrenzenden Wald. Er freut sich, wenn ich bei ihm reinschaue. Ich vertreibe die dunklen Schatten, sagt er.

Manchmal habe ich das Gefühl, er wartet auf mich, wenn er in seiner Garage vor sich hin werkelt und schon zwei Bier kaltgestellt hat und für meinen Hund ein paar Käsestückchen aus der Hosentasche kramt. Wie bei unserer ersten Begegnung vor Jahren. Als ich damals vorbeikam, waren die mächtigen Flügeltüren weit geöffnet und er saß gedankenverloren in seinem schwarzen Ledersessel, polierte zärtlich eine Zierleiste und ich fragte spontan, wo das König Pilsener aus der Werbung sei. Er blickte auf und sah mich erstaunt an. Dann lachte er, winkte mich heran und drückte mir eine Bierflasche in die Hand.

Garage ist eigentlich nicht die passende Bezeichnung für den Anbau, in dem früher das Weinlager untergebracht war. Ein großes Holztor führt in das Sandsteingemäuer mit hoher Gewölbedecke und Rundbogenfenstern.

Für ihn ist es sein Refugium. Eine perfekt eingerichtete Werkstatt mit akribisch sortierten Werkzeugen, gefühlten hundert Schraubenschlüsseln und Zangen, der Größe nach an der Wand aufgereiht. Fein säuberlich beschriftete Schubladen und Regale mit unzähligen Fächern und Kästchen, in denen Schrauben, Muttern, Unterlegscheiben sortiert sind. Erinnert mich ein bisschen an eine Apotheke, so geordnet, sauber, fast steril. Der Boden ist gefliest, hat elektrische Fußbodenheizung. In der Ecke eine kleine Pantryküche, davor sein Ledersessel und ein Fußhocker, auf dem meistens ich sitze, neben einem Stapel Magazine und Zeitungen. An der weiß gekalkten Wand hängen kunstvoll gerahmte Schwarz-weiß-Fotos, Aufnahmen von kurvigen Landstraßen, Brücken und Portraits einer jungen Frau, scheinbar zufällig angeordnet. Ein Urlaubsdomizil, wenn da nicht in der Mitte des Raumes andächtig dieses Auto stehen würde:

Ein 1966er Alfa Romeo Spider 1600 der ersten Generation mit Rundheck, Vier-Zylinder-Motor, 1,6 l, 109 PS. Selbstgebaut. Alle Teile original. Er hat sie gesammelt, gekauft, ersteigert, Schrottplätze durchwühlt, Ebay durchforstet, Anzeigen geschaltet.

Der Roadster ist knallrot mit schwarzem Verdeck und Interieur. Allein an der Rosso-Alfa-Lackierung hat er wochenlang geschliffen, geputzt, verschiedene Schichten aufgetragen, poliert. Er hat eine Absauganlage in die Wand gebaut, um den Raum staubfrei zu halten.

Manchmal darf ich assistieren. Dann kommt ein kurzes Kommando, wenn sein graugelockter Kopf unter der Motorhaube verschwindet und sein Oberkörper mit der Maschine verschmilzt. Dann ist er eins mit diesem Auto.

Wenn er wieder auftaucht, leuchten seine dunklen Augen und sein breites Lachen erinnert an einen großen Jungen, trotz der vielen Falten. Dann darf ich den Motor starten, mit Gefühl, wie er immer betont, und dieser markante Klang, unverkennbar, tief von innen heraus, der den Pulsschlag eines jeden Alfisti beschleunigt, erfüllt den Raum mit Musik. Sachte spiele ich mit dem Gaspedal und gebe den Rhythmus vor. Regelmäßig fängt er an zu schwärmen von diesem Motor, komplett aus Leichtmetall mit zwei obenliegenden Nockenwellen, die zusammen mit den beiden Doppelvergasern das typische Motorengeräusch erzeugen. Er doziert über Rundum-Scheibenbremsen, Fünfgang-Getriebe und die Mehrfach-Vergaseranlage, mit der die Mailänder Autobauer schon früh Maßstäbe setzten. Er ist in seinem Element, nennt mich „Bella". Wahrscheinlich meint er auch das Auto, la bella macchina, wenn er anfängt zu schwärmen über Form und Gestalt des Chassis. Das Rundheck hat es ihm besonders angetan. Er streichelt mit seinen immer noch geschmeidigen, stets gepflegten Händen über das Heck, erklärt liebevoll Details wie die kleinen Rückleuchten, die als Original-Teile so selten sind, hebt die Ästhetik des Kühlergrills hervor. Er beschreibt ein Kunstwerk. Sein Kunstwerk.

Nur ein einziges Mal hat er nicht über Autos gesprochen. Als ich wieder einmal eingehend die Fotos betrachtete, während er über die Vorzüge der Starrachse sinnierte, folgten mir seine Augen. Er sah mich lange an, schweigend, und sagte schließlich mit Blick auf das Cabriolet: „Sie heißt Giulia, wie das Vorgängermodell." Danach waren die Flügeltüren tagelang geschlossen und aus der Remise tönte laut und bombastisch Wagner-Musik.

Mein Hund schlägt zielstrebig den Weg zum Spiderman ein. In den letzten Wochen waren wir regelmäßig hier. Wir sind in der letzten Runde, auf der Zielgeraden, und fiebern unserer ersten Ausfahrt entgegen. Er nimmt mich mit. Ich erledige den Behördenkram. Gar nicht so einfach, ein selbstgebautes Auto anzumelden. Noch dazu einen nagelneuen Oldtimer. Ganz zu schweigen vom Anforderungskatalog beim TÜV.

Die Flügeltüren stehen einladend offen. Der Alfa blinzelt mich an. Auf dem Ledersessel sitzt eine zierliche alte Frau und winkt mich heran.

Sie lächelt traurig: „Es war sein Herz."

Liebevoll nimmt sie meine Hand und legt den Schlüssel mit dem Kleeblatt-Anhänger hinein. „Es war sein Wunsch, dass Du den Spider bekommst."

Mit einem Blick auf die Fotos an der Wand sagt sie: „Du hast ihn an unsere Giulia erinnert. Sie war damals ungefähr so alt wie Du jetzt. Es war ein Unfall. Er war abgelenkt, nur einen Augenblick."

Schiebie Schiebo

Sabine Lauffer

 Der Mann war lange vor allen anderen oben in den Weinbergen. In wenigen Stunden würde es soweit sein. Bevor er losgelaufen war, hatte er nochmals den Wetterbericht studiert. Der Regen würde erst gegen Mitternacht kommen. Er hatte alles genau geplant und hoffte damit unerwartete Zwischenfälle verhindern zu können. Er war nicht gut darin, im Spontanen. Seine rechte Hand tastete in der Hosentasche nach dem Feuerzeug. Er hatte es am Morgen immer wieder getestet, seinen linken Zeigefinger bis an die Schmerzgrenze in die heiße Flamme gehalten.

Auf dem Weinberg war in den letzten Tagen mehr los gewesen, als ihm lieb war. Die Jugendfeuerwehr nahm ihre Aufgabe, das Scheibenfeuer für das Scheibenschlagen am ersten Fastensonntag vorzubereiten, sehr ernst. Immer wieder waren sie mit ihren Traktoren zum obersten Plateau gefahren, um Holz abzuladen, das akribisch zu einem fünf Meter hohen Holzturm aufgeschichtet wurde. Am Sonntag selbst kamen Getränkelieferungen und ein Würstchenstand dazu. Kurz bevor es dunkel wurde, und das war um diese Jahreszeit früh am Abend, würden die Dörfler den Berg heraufkommen und sich zum Scheibenschlagen versammeln.

Sein Auftritt würde früher stattfinden. Er wollte niemandem schaden, nicht mehr. Jahrelang hatte er das Dorf in Angst und Schrecken versetzt, wenn nachts die Feuersirene aufheulte. Erst waren es die Umkleidekabinen im alten Freibad gewesen, dann einige Gartenhütten. Zwei Heustadel gingen ebenfalls in Flammen auf. Das leer stehende Holzhaus, in dem bis zu ihrem Tod die Witwe Vögele gewohnt hatte, war ein besonders intensives Feuer gewesen und für ihn eine Sensation.

Einmal wäre er fast entdeckt worden, als der Sohn beim Landwirt Ehret spätnachts nach Hause kam. Damit hatte er nicht gerechnet. Den

Brandbeschleuniger hatte er bereits verteilt und wollte gerade das Feuerzeug betätigen, als ihn fast das Licht des heimkehrenden Autos streifte. In dieser Nacht verzichtete er auf das Feuer und verschob es um ein paar Wochen. In einer besonders dunklen Spätwinternacht gelang es ihm, das landwirtschaftliche Nebengebäude in Schutt und Asche zu legen. Nur mit großer Mühe hatte die Freiwillige Feuerwehr das Übergreifen des Feuers auf das Wohnhaus verhindern können. Leichtsinnig hatte er das Leben des Bauern und seiner Frau aufs Spiel gesetzt. Ihm war klar geworden, er musste sich ändern. Er hatte eine Therapie begonnen, die ihm ein Jahr lang Ruhe bescherte. In diesem Jahr war er ein eifriger Besucher sämtlicher Feuerbräuche in der Region geworden.

Am besten hatte ihm das Scheibenschlagen am Schönberg gefallen. Es war ein beeindruckender Brauch, wie die glühenden Holzscheiben an langen Stöcken über den Scheibenbock in den Nachthimmel geschleudert wurden. Die rot leuchtenden Scheibenränder formten wunderschöne Muster mit ihren Flugbahnen am dunklen Himmel, ehe sie unten am Berg aufschlugen. Viel imposanter war jedoch das Scheibenfeuer mit seinen meterhohen züngelnden Flammen. Das knackende und krachende Holz war Musik in seinen Ohren, zu der die Flammen im Takt tanzten. Und dann die Hitze, so intensiv hatte er das selbst nicht hinbekommen. Er war so hypnotisiert und erregt von der Hitze gewesen, dass er überhaupt nicht gemerkt hatte, dass er viel zu nahe am Feuer stand. Sein Gesicht glühte und der ein oder andere Funkenschlag brannte ihm kleine Löcher in die Jacke. Ein Feuerwehrmann hatte ihn aus seiner Trance geholt, ihn am Ärmel gepackt und nach hintern gezogen und dabei nur den Kopf geschüttelt.

Über den Sommer und Herbst hatte er sich mit zahlreichen Lagerfeuern gerettet. Seine Freunde hatten im Laufe des Sommers die Lust daran verloren und dankend abgelehnt, wenn er wieder einmal zu einem Grillabend eingeladen hatte.

Nun fieberte er dem Ende der Fastnachtszeit entgegen. Seit Monaten hatte er sich auf diesen Tag vorbereitet. Immer wieder hatte er Holz den Berg hochgetragen, das langsam zu einem ansehnlichen Holzhaufen gewachsen war. Damit es trocken blieb, hatte er es mit einer Folie abgedeckt. Die Idee reifte in ihm, als Freunde ihn baten, während ihrer einjährigen Weltreise auf ihren am Waldrand gelegenen Schrebergarten nahe dem Weinberg aufzupassen. Ein idealer Ort für sein Vorhaben.

Von weitem hörte er nun Stimmen, Lachen und Kindergeschrei. Es war soweit, er musste ihnen zuvorkommen. Die Folie hatte er bereits von seinem Holzstapel abgenommen, nun begann er den Benzinkanister aus seinem Rucksack herauszuholen und die Flüssigkeit ringsum zu verteilen. Ein paar Tropfen fielen auf seine Schuhe und Hose, aber das war egal. Um den Stapel so hoch aufzutürmen, hatte er eine Holzleiter gebraucht, die er hinaufstieg, um sich oben auf das Holz zu setzen. Von dort hatte er einen guten Blick auf das noch nicht entfachte Scheibenfeuer. Zufrieden registrierte er, dass sich bereits ausreichend Publikum auf dem Plateau eingefunden hatte.

Zielstrebig entfachte er das Feuer und in wenigen Sekunden brannte der Holzstapel lichterloh. Die Menschen auf dem Plateau blickten irritiert auf und verstanden es nicht. Er hielt seine erste Scheibe auf dem langen Haselstecken ins Feuer, bis sie glühte, schlug sie über den Scheibenstuhl in den noch nicht ganz dunklen Himmel, wo sie mit eleganten Leuchtspuren dahinflog. Kurze Zeit später war die nächste Scheibe bereit, die er mit einem lauten „Schiebie, schiebo, wem soll die Schiebe go!" in den Abendhimmel schickte und mit glühenden Wangen und glänzenden Augen hinterherschaute. Es erfüllte ihn mit Stolz, dass er so gut mit dem Feuer umgehen gelernt hatte. Sollen andere mit diesem Brauch die Wintergeister austreiben, er würde damit seine eigenen Feuergeister zum Schweigen bringen.

Inhalt

Die Autorinnen

Alex

Quirlige Weltenbummlerin. Heute Paris, morgen Hawaii. Sie mag's kurz und knackig und so sind ihre Geschichten.

Claudia

Die wildeste unten den Schreibwilden. Viel im Kopf, viele Ideen – drastische Höhepunkte.

Ellen

„Kriminell" veranlagt. Überraschende Wendungen sind ihre Spezialität. Nicht nur Mord, sondern auch Amore.

Ilse

Die Grande Dame und Künstlerin. Wortfinderisch mit herrlich abgefahrenen Texten. Ihre Geschichten sind genauso kreativ wie ihre Bilder.

Sabine

Die scharfe Beobachterin. Trifft die leisen Töne. Sie ist das Grafik-Talent unter uns.

Uta

Das Nordlicht. Legt in ihren Geschichten den Finger dort hin, wo's weh tut. Intensiv, tiefgründig und humorvoll.

FSC
www.fsc.org
MIX
Papier | Fördert
gute Waldnutzung
FSC® C083411

Zeitfracht Medien GmbH
Ferdinand-Jühlke-Straße 7
99095 Erfurt, Deutschland
produktsicherheit@kolibri360.de